VERLAG ANTJE
KUNSTMANN

Ivica Djikić

ICH TRÄUMTE VON ELEFANTEN

Aus dem Kroatischen
von Patrik Alac

Verlag Antje Kunstmann

Im Grunde ist die Geschichte nicht nur selektiv, sondern auch vorurteilsbehaftet, denn sie entnimmt dem Leben nur das Material, das sie interessiert und das von der Gesellschaft als historisch erachtet wird, während sie den ganzen Rest, der vielleicht die wahre Erklärung für die Fakten und Dinge, für diese verdammte Realität liefern könnte, missachtet. In Wahrheit, und das sage ich euch, ist man als Romanschreiber, als Dichter, als Lügner besser dran.

(…)

Wie bereits bekannt sein dürfte, ist die exakteste, die zutreffendste Darstellung der menschlichen Seele das Labyrinth. Und damit ist alles möglich.

JOSE SARAMAGO, *Die Reise des Elefanten*

1

UNBEWEGLICHKEIT

IN DEN NACHRICHTEN erfuhr ich vom Tod meines heimlichen Vaters. Ich war gerade aufgewacht, als das Abendjournal begann. Ich hatte lange geschlafen. Ich drehte den Ton auf. Mein Vater war die erste Meldung dieses 17. Oktobers 1999. Vor meinen Augen begann es zu flimmern: Ich sah den Garten vor seinem Haus, einer halb zerfallenen zweistöckigen Ruine in der Ulica Kraljice Jelene 9, und in Nahaufnahme breitflächige Blutflecken auf dem betonierten Pfad, der zur Eingangstür führte. Im Fernsehen fing der Regen gerade an, das Blut vom Stein zu waschen; ich sah die Nachbarn, die nichts gehört und auch nichts beobachtet hatten. Polizisten in Regenpelerinen huschten über den Bildschirm, Leichenbeschauer, die gravitätischen Gesichter des Regierungschefs und des Innenministers. Ende des Beitrags.

Das Telefon klingelte. Ich wusste, wer da anrief, es konnte sich nur um eine Person handeln, aber ich nahm den Hörer nicht ab. Ich brauchte eine Zigarette. Als der Klingelton erstarb, ergriff ich den Hörer, der mir schwer wie eine Hantel zu sein schien, und tippte ihre Nummer.

»Du hast es gesehen …«, sagte meine Mutter Veronika. Seit ich vor zwei Jahren ausgezogen war, lebte sie alleine am anderen Ende der Stadt.

»Ja.«

»Weiß man Genaueres?«

»Nein, ich habe nur die Informationen aus dem Fernsehen. Ich habe es gerade gesehen, wie du auch.«

»Boško, ich wollte dir nur sagen, pass auf dich auf … Und halt dich raus. Du bist in keiner Weise verpflichtet … Hast du verstanden?«

Ich legte auf. Nur meine Mutter und ich wussten, dass Andrija Sučić mein Vater war. Niemand sonst. Ein Glück, dass es so war. Das Telefon würde sonst weiterklingeln, und ich müsste verlogene Beileidserklärungen entgegennehmen. Und dann erwidern, dass ich auch nichts wüsste, nicht mehr als sie im Fernsehen gesehen hätten. Doch das spielte jetzt keine Rolle. Wie ein Idiot starrte ich auf das Telefon und wünschte mir, dass es wenigstens einmal klingeln würde. Ich wollte jemandem sagen, dass sie meinen Vater getötet hatten. Irgendwem, der ersten Person, die anrief. Ich nahm den Hörer, und drückte auf die schon teilweise verwischten Nummern der Tasten. Mara antwortete nicht. Wer konnte schon sagen, wo sie jetzt war? Ich hätte ihr alles erzählt. Alles, was ich verschwiegen hatte.

Der Wind sang in den über die Straßen gespannten Stromleitungen. Mir fiel nichts anderes ein, als ins Büro zu gehen. Ich ging oft abends ins Büro zurück, um liegen gebliebene Berichte zu beenden, sodass der Türsteher nicht im Geringsten erstaunt war, als er mich sah. Er hob kaum den Blick von seiner Zeitung, als ich an ihm vorbeiging. Ich rief noch einmal bei Mara an, niemand antwortete. Ich hatte sie zwei, vielleicht sogar drei Tage nicht gesehen und auch nicht gehört. Seit einiger Zeit hatte sich eine gewisse Distanz zwischen uns gebildet. Man hatte Jadran Rimac ermordet, das war ihr Fall, und doch hätte sie kurz anrufen können. Rimac mochte tot sein, ich war es nicht, die Welt hatte nicht aufgehört sich zu drehen. Die Blätter an den Bäumen waren schon schrumpelig geworden, die Morgen waren feuchter, die Trams krachten lauter durch die Straßen.

Als ich sie im September 1998 kennengelernt hatte, war sie schon regelrecht von Jadran Rimac besessen, dem Kapitalverbrecher der Hauptstadt. Man hatte mich zu einer Sitzung mit Polizisten und Staatsanwälten geschickt, es ging um das organisierte Verbrechen. Man hatte mich nicht zufällig gewählt: Die erfahreneren Mitarbeiter vermieden Zusammenkünfte dieser Art, wo ohnehin keine Entscheidungen gefällt wurden und wo man Informationen eher für sich behielt als sie auszutauschen. Ich sah die drei zum ersten Mal. Die beiden aus der Polizei glichen sich wie Brüder: Sie waren klein und kräftig, mit dunklem Teint. Einen der Namen kannte ich irgendwoher. Die Staatsanwältin, das war sie: Mara Ištuk. Ihren Namen hatte ich noch nie gehört. Wir hatten ungefähr das gleiche Alter. Wir saßen uns gegenüber. Nur für Augenblicke, wenn ich daran dachte, dass es unanständig war, hörte ich auf, sie anzustarren. Sie schenkte mir keinerlei Aufmerksamkeit. Sie interessierte sich ausschließlich für Rimac, und ich wusste zu wenig von ihm, als dass ich ihre Neugierde hätte wecken können. Schon nach den ersten Sätzen, die sie sprach, begriff ich, dass sie alles über ihn wusste, wirklich alles, ich aber nichts, absolut nichts. Also schwieg ich.

»Herr Kollege Krstanović, haben Sie Ihrerseits beim SAO Informationen über den Verbleib des Rechtsanwalts Vladimir Magaš?«, fragte sie mich überraschenderweise.

»Magaš vertritt Rimac nicht mehr. Er hat sich zurückgezogen, er arbeitet nicht mehr. Ruhestand«, rezitierte ich alles, was mir einfiel.

»Wissen Sie, wo er lebt?«

»Ich verstehe nicht … Die Polizei müsste doch über seine Adresse verfügen …« Ich wandte mich den beiden Polizisten zu. Sie blickten mich leer an.

»Sie wissen also nicht, wo er sich aufhält?«, fuhr sie fort. Offensichtlich wollte sie nur mit mir sprechen.

»Was spielt das für eine Rolle, wo er ist? Warum interessieren Sie sich überhaupt für ihn? Er ist nicht einmal mehr Rechtsanwalt«, antwortete ich.

»Es wäre besser, wenn Sie zunächst in Erfahrung bringen könnten, wo er lebt, und warum er gerade dort lebt, wo er lebt, bevor sie die Frage nach seiner Bedeutung stellen. Melden Sie sich bei mir, wenn Sie weitere Informationen haben.«

Die Polizisten wussten auch nichts über den Rechtsanwalt Vladimir Magaš, den einstigen Staatsanwalt, und auch nichts über seinen augenblicklichen Aufenthaltsort. Ein klassisches K.o. Aber da war niemand, der das Handtuch hätte werfen können, sodass Mara Ištuk mitleidig aufstand, ihre Papiere einsammelte und ging. Ich kehrte ins Büro zurück und setzte mich wieder an die Arbeit, als die Wut über dieses peinliche Vorgeführtwerden aufgehört hatte, in meinen Schläfen zu hämmern. Vladimir Magaš, Jadran Rimac. Ich lernte fleißig.

Ich musste an diesem Abend einfach jemandem sagen, dass mein Vater getötet worden war. Ich rief Matko Radoš an. Er war mein Boss in der Abteilung für den Kampf gegen organisiertes Verbrechen, im Geheimdienst. Ich vertraute ihm, und das beruhte auf Gegenseitigkeit. Er war sieben oder acht Jahre älter als ich. Ich hatte mit seinem jüngeren Bruder, dem er sehr zugetan war, studiert, und so waren wir beinahe Freunde geworden, aber nur beinahe. Die Grenze zur Freundschaft würden wir wahrscheinlich nie überschreiten. Es ist wichtig, sagte ich ihm.

Ich wartete auf ihn im Café neben der Dienststelle. Ich saß an der Bar, ich rauchte, ich trank ein Bier. Die Tische waren alle leer, außer einem, an dem sechs oder sieben lautstarke Männer saßen, und mit ihnen die Kellnerin Jana. Sie war die einzige Frau im Lokal. Bei den Männern handelte es sich um Journalisten einer Tageszeitung, deren Redaktion gleich um die Ecke lag.

Die Ausgabe für den nächsten Tag war abgeschlossen. Sie hatten einiges getrunken. Sie lachten. Jana unterhielt sie. Sie sagte ihnen, sie habe mit vier von ihren Kollegen geschlafen. Jana ist in den besten Jahren, sie ist füllig, aber nicht dick. Es war klar, dass sie allen Bestürmungen, die Namen ihrer Journalisten-Liebhaber preiszugeben, widerstehen würde. Journalisten taugen nichts im Bett, sagte sie. Aber sie bleiben dir irgendwie im Gedächtnis, es fällt einem leicht, sie zu mögen, und dann schläfst du halt eine Zeit lang mit ihnen, sei es aus Mitleid oder aus wahrer Liebe. Egal. Doch alles hat ein Ende. Der Letzte war so lustig. Jung. Ich habe lange von ihm geträumt, sagte sie, so wie man sich einen Vorwurf macht, aber nur um des Vorwurfs wegen. Er war schnell und ungeschickt. Und verschwand dann ohne ein Wort, ohne einen Blick. Er käme nicht mehr ins Café.

Jana lachte laut. Alle lachten.

Die Eingangstür ging auf, aber es war nicht Radoš. Ein untersetzter Mann betrat das Café, warf ein Bündel Zeitungen von morgen vor die Journalisten und verschwand wieder. Die Journalisten schwiegen und verteilten die Zeitungen untereinander. Sie blätterten auf der Suche nach ihren Texten, irgendwo am Rande der Seite acht. Und begannen lautstark über die Dummheit der Vorgesetzten zu wettern, die ihre Texte kürzten oder mit absurden Überschriften versahen.

Radoš verspätete sich. Jana kehrte hinter die Bar zurück.

»Auf wen wartest du?«

»Auf den Boss.«

»Auf den wartet man immer …«

»Auch ich warte auf ihn«, lachte sie. »Aber ich verliere langsam die Geduld.«

»Und ich warte auf dich.« Ich wusste nicht, warum ich das gesagt hatte. Und erst recht nicht, warum in diesem Augenblick. Sie begann wieder aus vollem Halse zu lachen, sodass die Journalisten schiefe Blicke auf uns warfen, als hätte sie nicht vor ein paar Minuten ebenso mit ihnen gelacht.

»Wirklich«, fügte ich hinzu.

»Du hast doch schon eine Freundin«, sagte sie ernst.

»Der Boss hat doch auch eine Frau und drei Kinder, und du wartest trotzdem auf ihn.«

»Ist alles okay mit dir?«

»Mein Alter ist tot.«

»Oh, das tut mir leid ...«

Sie reichte mir die Hand über die Bar hinweg. Ihre Hand, die so kalt war wie Marmor. Sie blickte mir in die Augen und fragte mich, ob wir etwas zusammen trinken gehen sollen, wenn sie hier fertig sei. In einer Stunde, spätestens in eineinhalb. Ich sagte, ich käme sie abholen, ich müsse jetzt gehen. Sie solle Radoš sagen, etwas sei mir dazwischengekommen, ich würde mich wieder melden. An der Türe blickte ich noch einmal zum Tisch, an dem die Journalisten saßen. Mein Alter war auf den Titelblättern.

Ich ließ den warmen Wasserstrahl das Rückgrat hinabfließen. Vor mir die weiche Rundung von Janas Unterleib, ihre flaumigen Lenden. Nur einmal hatte mich dieser Schoß aufgenommen, das war vor mehr als einem Jahr. Aber ich gestattete es nicht, dass die Bilder ihrer Weiblichkeit in mir zerfielen wie im Kofferraum eines Autos liegen gelassene Äpfel. Und daran konnte auch Mara nichts ändern.

Die Einsamkeit der faulen Sonntagnachmittage und der verregneten Abende. Ich richtete mich bequem auf dem Sofa ein, streckte das rechte Bein über den hellen, würfelförmigen Tisch, auf dem die Spur desselben Beins nicht mehr wegzuwischen war. Aschenbecher und Zigaretten stellte ich zu meiner Rechten auf und genoss es, die Dinge hinauszuzögern. Nie hatte mir ein Geschlechtsakt die gleiche Befriedigung verschafft wie die

Masturbation bei den Gedanken an vergangenen Sex. Möglich, dass es einen Namen für diese Störung gab. Oder war das einfach nur Egoismus?

Der Wasserstrahl floß nach wie vor mein Rückgrat hinab, mein Schwanz war hart, und dann klingelte das Telefon. Ich hielt ihn weiter fest in der Hand und stand da wie eine Statue der Unentschlossenheit. Für einen Moment wollte ich ins Zimmer hinüberstürzen. Vielleicht war es wichtig. Es war sicher wichtig, in Augenblicken wie diesen gibt es nur wichtige Anrufe. Aber sobald ich eine Bewegung mit meinen Schultern oder den Beinen ausführen wollte, durchschoss mich der Gedanke, dass das Klingeln gewiss in dem Moment aufhören würde, wenn ich meine Hand auf den Hörer gelegt hätte. Gefangen, unbeweglich, das mittlerweile erschlaffte Glied in der Hand. Es war mir, als sollte ich mich nie mehr bewegen. Das Klingeln dauerte lange. Es kam mir nicht. Das machte mich wütend. Das Telefon machte mich wütend. Aber auch der, der da anrief. Zugleich war ich enttäuscht von mir selbst. Jana müsste mich nur mit den Lippen berühren, und es würde mir schon kommen. Morgen wird sie den schmutzigen Journalisten in der Kneipe von meinem Versagen berichten. Sie werden alle lachen. Jedesmal, wenn sie mich sehen. Ich würde zu Hause bleiben.

SONY UND LANKA

ICH HABE LETZE NACHT VON ELEFANTEN GETRÄUMT; es waren die beiden, die immer in meinen Traum kommen. Ruhig schreiten sie an mir vorbei. Manchmal hebt einer den Rüssel zum Gruß.

Jetzt bin ich tot. Ich wusste, dass etwas Großes geschehen würde. Die Elefanten besuchen mich nicht grundlos in meinen Träumen. Jedesmal, wenn sie kommen, geschieht etwas Schreckliches. Sony und Lanka. Ihre nächtlichen Besuche verunsicherten mich, hinderten mich daran, normal zu funktionieren. Reduzierten mich auf das Erwarten der imminenten Katastrophe.

Heute, am 17. Oktober 1999, haben sie mich auf der Schwelle meines Hauses erschossen. Snježana konnte mir nicht helfen. Sie rief und schrie, aber es war schon alles vorbei. Ich weiß nicht, wer geschossen hat, aber das spielt auch keine Rolle mehr. Nein, nicht, dass es keine Rolle *mehr* spielt, es spielt *überhaupt* keine Rolle. Ich weiß, wer mich getötet hat. Ich weiß auch, warum.

Sony und Lanka waren die ersten Elefanten meines Lebens gewesen. Sie lebten auf der Insel des Präsidenten, denn der Vorgänger des Präsidenten hatte sie einst vor langer Zeit als Geschenk von Indien gekriegt. In den ersten Tagen meines Aufenthaltes auf der Insel nutzte ich jede freie Minute, um sie zu sehen. Ich setzte mich auf die Bank, zündete mir eine Zigarette an, machte eine Dose Bier auf und verfolgte aufgeregt jede ihrer Bewegungen. Es war, als würde die Zeit stehen bleiben, als hielte die Erde mitten in ihrer Umdrehung an. Ich konnte da stundenlang sitzen bleiben. Die beiden Elefanten schienen mich nicht zu bemerken. Ihre Augen waren traurig und vollkommen teilnahmslos. Sie waren unglücklich. Ich schaute Sony und Lanka zu, bis der Kommandant Jozef zu mir kam und fragte, ob alles in Ordnung mit mir sei. Was soll die Scheiße, warum schläfst oder trinkst du nicht wie die Kameraden aus der Einheit? Ohne ein Wort zu sagen stand ich auf und ging in den Schlafsaal. Am nächsten Morgen kehrte ich wieder zu den Elefanten zurück. Der Kommandant Jozef kam auch. Er hatte mich ins Visier genommen, aber ich wusste nicht, warum.

Der Präsident hielt sich gerne in der Villa auf der Insel auf, aber niemals mehr als vier oder fünf Tage nacheinander. Außer im Juli, wenn er ganze vierzehn Tage hier verbrachte. Die Einheit, der ich angehörte, war zum persönlichen Schutz des Präsidenten abkommandiert sowie aller Objekte, in denen er arbeitete und schlief oder die er aus protokollarischen Verpflichtungen aufsuchte. Wir waren dreißig. Die Hälfte reiste mit ihm, die andere Hälfte war schon am Vortag vor Ort und bereitete alles vor. Der Präsident verließ nur selten die Hauptstadt. Eine Woche im Monat, normalerweise in zwei Reisen von drei bis vier Tagen, weilte er in der Residenz auf der Insel, ein oder zwei Tage widmete er den Besuchen der Städte in der Provinz, und den Rest der Zeit blieb er in der Hauptstadt. Tagsüber schloss er sich in sein Arbeitszimmer ein. Unsere Arbeit war nicht schwer. Wir langweilten uns. Wir drohten vor Faulenzerei zu sterben. Wir hatten Monate und Monate in den Gräben verbracht, wir hatten geschossen, und man hatte auf uns geschossen, wir hatten unser Land vor den Angreifern verteidigt, wir waren die Helden schwerer Gefechte, dann schickte man uns zu zusätzlichen Ausbildungen, wir mussten alle möglichen Vorbereitungen und Tests durchlaufen … Und wozu all das? Damit wir irgendwo rumliegen, saufen, Drogen nehmen und den Elefanten zusehen, in die wir uns zusehends verwandeln. Man erklärte uns, dass unsere Aufgabe zu den wichtigsten Aufgaben schlechthin gehörte, dass uns die größte militärische Ehre und Verantwortung zugefallen seien.

Es war der Kommandant Jozef, der damit begonnen hatte. Es war ein feuchter Sommerabend. Der Kommandant Jozef zog seinen langen Ledergurt aus der Hose und schlug, ohne Grund oder Vorankündigung, auf Lanka ein. Er war besoffen wie ein Oger. Ununterbrochen lachte er tief aus der Brust heraus, aber nicht aus den Augen. Die Nacht auf der Insel wurde von den pfeifenden Schlägen des Ledergurtes auf die Kruppe, die Beine und den Hals des Elefanten durchschnitten. Die Unterkunft der Elefanten befand sich ungefähr einen Kilometer von der Villa und den zwei Palästen entfernt, in denen sich der Präsident und sein Gefolge aufhielten. Niemand konnte die Schläge, das Lachen oder Lankas unterdrücktes Schreien hören. Die Elefanten waren mit dicken Eisenketten an Betonpfosten gebunden. Lankas Körper zuckte unter dem Ledergurt des Kommandanten Jozef, Sony winkte nur mit seinem Rüssel. Dem Kommandanten Jozef rann der Schweiß schon den Hals hinunter, aber er gab nicht auf. Wir drei schauten zu: Ivan, der Gelbe und ich. Ich war der Älteste, ich hätte der Vater des kleinen Ivan sein können, er war damals sechsundzwanzig, ich sechsundvierzig Jahre alt. In der ganzen Einheit war nur der Onkel älter als ich. Aber im Militär erhält man Bedeutung und Ansehen nicht mit den Jahren, sondern mit dem Dienstgrad. Ich hatte es bis zum Hauptmann gebracht. Der Onkel war Major. Der kleine Ivan Feldwebel, wie auch der Gelbe. Der Kommandant Jozef, neun Jahre jünger als ich, hatte es am weitesten gebracht: Er trug auf den Schultern und auf der Brust die Abzeichen eines Oberstleutnants. Meine Aufgabe bestand darin, die kritischen Stellen bei den Reisen und Aufenthalten des Präsidenten in Orten auszumachen, in denen er zuvor nicht gewesen war. Es oblag mir abzuschätzen, wo ihm Gefahr drohen könnte, und vorzuschlagen, wie man ihn am besten beschützen könnte. Dabei war ich auch der dritte Fahrer der Präsidentenlimousine. Falls der erste und der zweite Fahrer außer Gefecht wären, wäre es an mir gewesen, mich hinters Lenkrad zu setzen, aber dazu war es nie gekommen.

Sony schaute regungslos zu, wie der Kommandant Jozef Lanka schlug. Er versuchte nicht einmal, ihr zu helfen. Auch er war an die Kette gelegt, sodass ihm die Nutzlosigkeit jeglicher Anstrengung klar sein musste. Nichts. Der Rüssel hing herab wie der Leichnahm eines Erhängten, während Jozef mit dem Gürtel über Lankas Kruppe schlug. Sie schrie nach jedem dritten Treffer. Lachend äffte der Gelbe den Kommandanten Jozef nach; er hatte die gleichen geschwollenen Halsadern, und dann zog auch er seinen Gürtel aus der Hose, die sogleich seine Beine hinabglitt. Er schlug auf Sony ein, der Elefant schwieg und blickte zur Seite. Die Hose des Gelben war jetzt schon bis zu den Knien hinabgerutscht, aber er achtete nicht darauf. Vor meinen Augen und denen des kleinen Ivan schwoll sein Glied in der mausfarbenen Unterhose immer mehr an. Seine Bewegungen glichen denen bei der Kopulation. Lanka pisste kräftig auf die Erde.

Ich ging weg. Jozef und der Gelbe sagten nichts. Der kleine Ivan hing irgendwo zwischen ihnen und mir. Wie ich auf dem Schotterweg voranschritt, begannen die Geräusche der Schläge leiser zu werden und verloren sich allmählich. Ein Schritt, und noch einer, und alle Geräusche würden vom Schäumen des Meeres überdeckt sein.

DER KELLER

VLADIMIR MAGAŠ, wie jede Nacht, an der Bar des Kellerrestaurants im tauben Zentrum der Stadt. Er trinkt Rotwein, denn es gibt keinen Whisky mehr. Der Whisky wurde bis zum letzten Tropfen von denen geleert, die glauben, dass es sich nicht gehöre, ein solches Getränk in kleineren Dosen als einer Flasche zu bestellen. Eine Flasche, eine ganze Flasche, Kamerad, wir sind keine Fotzen. Aus dem Raum, in dem gegessen wurde, klang das Klirren von Gabeln und Messern gegen Porzellanteller zu ihm, und die dumpfen Töne knallender Champagnerkorken. Es ist noch nicht Mitternacht, noch ist nicht die Stunde da, in der das Geräusch knallender ziegelroter Gummibänder ankündigt, dass Banknotenbündel aus den Taschen gezogen und Rechnungen beglichen werden. Deshalb: noch mehr Champagner – welches ist der teuerste, den Sie haben? –, noch mehr blutige Beefsteaks, noch mehr Muscheln für die Damen, noch mehr Fisch, noch mehr Fleisch …

Magaš hatte das letzte Mal vor einigen Monaten im Keller zu Abend gegessen, genauer: am 8. April 1991. Er hatte gerade mal den dritten Bissen in den Mund gesteckt, war dann aufgestanden, um an der Bar zu zahlen, und war zur allgemeinen Verblüffung des Besitzers Dragan und aller Kellner irgendwo in die Oberwelt entschwunden. Bis dahin hatte sich dasselbe Ritual jahrelang wiederholt: Vladimir Magaš kam am Montag, am Mittwoch, am Freitag und am Samstag genau um einundzwanzig Uhr und dreißig Minuten ins Lokal. Zwei Whiskys, und zwei Zigaretten am Tresen, und dann zum kleinen Tisch in der Ecke des diskret ausgeleuchteten Saales, jedes Mal das gleiche aufmerksame Studieren der Speisekarte und die Wahl einer von vier immer gleichen aber ebenso regelmäßig sich abwechselnden Varianten: Austern, ein gekochtes Zahnbrassenfilet auf etwas Spinat, ein Kalbscarpaccio, ein Risotto mit Gemüse und frischen Scampi. Er trank Mineralwasser. Niemand erinnert sich, dass er jemals jemanden an seinen Tisch eingeladen hatte während des späten Dinners; er war nie in Gesellschaft, obwohl er oft mit der Serviette die Winkel der Lippen abwischen, aufstehen und jemandem die Hand reichen musste, den er kannte, und die Jahre hatten es so mit sich gebracht, dass kein Abend verging ohne die Begegnung mit einer Bekanntschaft, die Magaš grüßen musste, auch wenn es sich nur um ein diskretes Nicken handelte. Aktuelle Stars des Theaters, die abwechselnd mit ihren Gattinnen und Liebhaberinnen erschienen, um den Morgen betrunken in der Gesellschaft des letzten Kellners zu erwarten. Die lokalen Malergrößen, auf der ewigen Flucht vor ihren aggressiven und beschäftigungslosen Ehefrauen, die, auch mit Verspätung, nach Paris, nach Paris!, oder nach London, nach London!, wollten. Eilige Stadtadvokaten mit ihrer jeweiligen Klientel, so schüchtern wie ein Provinzdichter bei seinem ersten Liebesrendezvous. Regisseure, die die Welt gesehen hatten, im Gefolge ihrer neuesten Entdeckungen mit sinnlichen Lippen. Charmante und intelligente Hochstapler, die je nach Zahl der Gläubiger in der Stadt auftauchten und wieder aus ihr verschwanden, und die immer neue Geschichten, neue Erzählungen mitbrachten und den ewig gleichen Geruch von Kellerwohnungen und Gefängniszellen. Geniale Physikprofessoren, die Examina zu annehmbaren Preisen feilboten. Journalisten, die am Nachmittag ihre Kolumnen abgegeben hatten und jetzt so taten, als ob sie objektiv die Gültigkeit ihrer morgigen Thesen prüfen könnten. Selbstgefällige Fernsehgesichter auf der Suche nach einem materiellen Überbau zu ihrer schwindelerregenden Popularität. Händler von Waffen, Erdöl und Geld.

Aus der anderen Ecke des Saales drang der Klang eines Pianinos, auf dem abwesend der Maestro Mustapha klimperte, ein schweigsamer Kauz, von dem man erzählte, er sei homosexuell, aber das wurde jeweils, jedoch nur in seinem Fall, mit einer tiefen Anerkennung der sexuellen Orientierung ausgesprochen. Gerede, unterdrücktes Lachen, leidenschaftliche Liebeshändel und -streitereien. Die Geräuschkulisse der Welt, der Vladimir Magaš, trotz zeitweiliger Ekelanfälle und Distanznahmen, wahrhaft angehörte und in der er sich sicher und irgendwie geborgen, wie zu Hause, fühlte.

Kurz vor Mitternacht kehrte Magaš zum Tresen zurück, um noch einen Whisky zu trinken und um sich vom Besitzer Dragen mit einem Kopfnicken bestätigen zu lassen, dass es jetzt Zeit sei, in den kleinen Nebenraum zu wechseln. Aber, wie gesagt, einige Monate vorher kam er nur für diesen Whisky und für das diskrete Zeichen des Besitzers zum Tresen. Am achten April 1991, um zweiundzwanzig Uhr, schob Vladimir Magaš gerade seinen dritten Bissen in den Mund, als er deutlich sah, wie ein Mann mit welligem Haar eine Pistole, die hinten in seiner Hose steckte, ein wenig verschob, damit sie ihn nicht drückte. Es war nicht die Pistole, die ihn mit Schrecken erfüllte; seit einiger Zeit war das ganze Land von Pistolen und anderen Schusswaffen übersäht. Es beunruhigte ihn, dass auch dieser vornehme Keller aufgehört hatte, eine Oase zu sein. Bis zu diesem Augenblick wollte er nicht wahrhaben, dass das Schutzschild schon längst durchbrochen war. Es gab immer weniger Leute, für die er Gabel und Messer weglegte und sich erhob, um ihnen die Hand zu reichen. Doch hätte er auch dieses Verschwinden seiner Bekanntschaften nicht beklagt, wären da nicht ein paar begleitende Zeichen gewesen. Da war kein beruhigendes Wortrauschen mehr im Hintergrund, und auch nicht mehr Mustaphas Pianino. Jetzt gab es nur noch Flüche oder Lachen, das ängstigte, auf dem Boden zerklirrende Gläser, lange fragende Blicke, die von Nacht zu Nacht bedrohlicher wurden, unbekannte verschlossene Gesichter, denen sich später auch bekanntere, berüchtigtere anschlossen.

Da, am Nebentisch, auf einmal Jure Frančetić, ganz in Schwarz gekleidet und mager wie El Grecos Heilige in der Sage; er schweigt und schaut müde auf die betrunkenen Schauspieler des Nationaltheaters, die sich nach seinen Berührungen und der angenommenen Übermacht seines Gliedes sehnen. Revolutionäre so frisch wie Tau, träumen von seinem Wort, er aber schweigt unbeirrt, und sie werden immer nervöser. In der Ecke, mit dem Rücken zur Wand, Ljubomir Magaš. Wie oft hatte man Vladimir Magaš gefragt, ob dieser Ljubomir, genannt »Zemunac«, irgendwie mit ihm verwandt sei. Stammen Sie aus der gleichen Gegend? Sie kennen ihn gar nicht? Nun, Sie wissen zumindest, von wem wir reden …? Und alle waren enttäuscht, wenn er ihnen antwortete, in keinerlei Verwandtschaftsgrad zu Ljubomir Magaš zu stehen. Ljubomir Magaš, mit gebrochener Nase, ist sich wohl bewusst, dass er bei den Möchtegernstarlets ankommt, die lüstern das zarte Fleisch der Austern schlürfen, wie auch bei den erblühten Jungs aus den Vorstädten, die wie dieser Held der Frankfurter Straßen sein wollen, der drei Frankfurter Straßen, in denen kein Wort Deutsch gesprochen wurde. Da gab es nur einige griechische Bordelle, zwei oder drei improvisierte Spielhöllen und samstags die Boxkämpfe in den staubigen Sälen, in denen das Blut künftiger begnadeter Leichen auf den Boden tropfte. Vom Mitteltisch aus strömt das warme Licht der Aureole über dem Kopf des Kardinals Stepinac. Das

Licht erleuchtet die glatt rasierten Gesichter von Hauptstadtpriestern und Provinzpfaffen, deren Augen groß und hungrig aussehen, denn sie spüren, dass ihre Stunde geschlagen hat. Die unschuldigen Gesichter von denen, die Marien- und Herrgottserscheinungen haben. »Liebe Kinder, heute rufe ich euch auf, heute die Werke der Barmherzigkeit aus Liebe zu vollbringen, aus Liebe zu mir und zu euren und meinen Schwestern und Brüdern. Liebe Kinder, was auch immer ihr den anderen tut, tut es mit großer Freude und mit Demut vor dem Herrn. Danke, dass ihr alle gekommen seid!« Die Augen des Kardinals sind stumm und stumpf wie das Öhr einer Axt. Einen Tisch weiter trinkt Andrijica roten Wein. Andrijica und seine fünf Brüder trinken Wein – schütten ihn aus, von ihren Schnäuzern fallen rote Tropfen, auf die Hemden und die Tischtücher, die weißen. Beim Eingang: Adolf Andrić, Ivan Kraječić Stevo, Höllenmaschinen, Stimmen aus Argentinien, dumpfe Streitereien, Jasenovac, der Goli Otok, Deportationen und russische Verschwörungen, Krleža, Nacht und Nebel, Mord in der Garage, Blut das mit dem warmen Strahl eines entspannten Glieds abgewaschen wird, Flugzeugentführungen, Raduša, der Blues der kroatischen Terroristen, Amerika!, Amerika!, Spitzelgeflüster, Bleiburg, eben wie die Linie eines EKGs.

Vladimir Magaš, an der Bar, trinkt unwillig am Tresen Rotwein aus der Toskana; im Herbst 1991 herrscht in Zagreb Whiskymangel. Die Dichter sind das Staunen der Welt, sagt Magaš, ein Dichter, der nicht der nationalen Renaissance widerstehen kann und auch nicht der Musik des Würfelspiels; die Dichter sind wie betrogene Ehemänner, sie erfahren als Letzte vom Betrug. Er lacht. Dem Dichter, nun, hat man's erst heute gesagt. Den Dichter hat man, hm, erst heute mit dieser unangenehmen Seite ihres Wesens konfrontiert, Herr Magaš. Der Dichter ist sofort bereit zu handeln, zu helfen, zu urgieren, geheime Telefonnummern zu wählen, zu beeinflussen, zu intervenieren und wenn es sein muss – zu bitten und zu betteln. Der Dichter, sagt er, wird das einfach nicht zulassen. Er stinkt fürchterlich aus dem Mund, immer neue Schweißtropfen bilden sich auf seiner Stirn. Alles würde er tun, der Dichter. Es stimmt zwar, dass er ein wenig beleidigt ist, man hat ihn erst spät ins Vertrauen gezogen, und er selbst hätte sich ja nicht im Traum einfallen lassen, und es ist ihm ja auch ganz egal, dass Vladimir Magaš das sein könnte … Nun was, Dichter? Sagen Sie doch Vladimir Magaš, was sie entdeckt haben! Sagen Sie, wovor Sie ihn beschützen werden! Oder besser, vor wem. Welche Elemente seines Wesens, seiner Existenz, sind da als unwillkommen bezeichnet worden?

Magaš, Ihre Mutter ist Serbin. Magaš, in Ihnen fließt auch das Blut des Feindes. Die Serben haben unser schönes Land angegriffen, sie töten unsere Frauen und Kinder, zerstören unsere Häuser, sie vergewaltigen und brennen alles nieder, und Sie, Sie sind zur Hälfte Serbe. Ihr Vater, okay, Ihr Vater ist Kroate, aber heute genügt ein viel geringerer Anteil unreinen Blutes, um Verdacht zu wecken, um ihren Namen und Vornamen dauerhaft mit einem riesengroßen Fragezeichen zu versehen.

Vladimir Magaš hatte schon begriffen, dass man früher oder später bis zum Blut seiner Mutter gelangen würde, zu diesem Haufen Asche, der auf dem Mirogojer Friedhof in Zagreb lag, aber er hatte doch nicht damit gerechnet, dass es so billig, so feige geschehen würde: dass ein betrunkener Dichter sich an ihn wenden würde, während er am Tresen seines Kellers stand, um schließlich fünfzigtausend von irgendwas von ihm zu verlangen, damit man, eben, diese Flecken, diese Schande, die sich doch nicht tilgen lässt, tilge. Um seinen Kopf zu retten, den, erwähnte der Dichter so nebenbei, manche gerne von seinem Leibe abgetrennt und den Fischen in der Sava zum Fraß vorgeworfen sehen würden. Er, aber, gehörte nicht zu denen, er, der Dichter, ist ein Mann von Welt, obwohl reinrassiger Kroate, er hat sogar einen serbischen Freund, und zwar einen wahren, echten, großen Serben. Heute hat jeder einen Serben zum Freund oder einen Juden, oder einen Neger.

Der Dichter war klein, schmächtig und mager. Während er sprach, musste Magaš zu ihm hinunterschauen. Und nur das Zählen aller Flecken auf dessen haarloser Kopfhaut bewahrte ihn davor, ihm das Glas Wein, das er in der Hand hielt, ins Gesicht zu schütten. Dabei half ihm auch die Erkenntnis, dass die Worte des zwergenhaften Dichters nicht gegenstandslos waren. Er fühlte sich angewidert und beleidigt vom Angebot dieses Mannes, den er bis gestern nicht einmal an seinen Spieltisch herangelassen hätte; aber das war jetzt seine Wirklichkeit, diese Frage, wie man den eigenen, überflüssigen Kopf retten könne. Magaš brauchte um jeden Preis jemanden, der den Stempel der nationalen Rechtschaffenheit auf seine Stirn drücken würde. Der Dichter besaß einen solchen Stempel, und Magaš wusste, dass er bald vielleicht nicht umhinkommen würde, ein solches, ihn vor der Auslöschung schützendes Zeichen zu kaufen. Deshalb schwieg er, hörte zu und gab sich alle Mühe, den wässrigen, sumpffarbenen Augen des Dichters auszuweichen.

Erst vor Kurzem war sich Magaš über die Natur der im Gebiet seines Unterleibs angesiedelten Furcht klar geworden. Diese Furcht hatte wiedergängerische Angewohnheiten: Am stärksten war sie nachts, wenn sie alleine blieben, er und sie. Sie wandelte durch die hintersten Winkel seines Körpers und erlaubte es ihm nicht, sich in den Schlaf zu flüchten. Und der Vampir beruhigte sich erst, wenn das natürlich Licht es gestattete, einen schwarzen von einem weißen Faden zu unterscheiden. Dann konnte Vladimir endlich die Augen schließen, für eine Stunde oder zwei.

Die Angst war etwas Neues für Vladimir Magaš. Konkrete Angst. Angst vor dem Konkreten. Er verfügte über keinerlei Abwehrmechanismus; da war kein Serum gegen den Vampir. Er wurde unvorbereitet und unbewaffnet von ihr überrascht. Der Dichter konnte vielleicht die erzitternden Eingeweide beruhigen, wenigstens für eine kurze Zeit, bis sich der Organismus an den neuen Mitbewohner gewöhnt hatte.

Der Dichter sprach auch weiter, als sie sich im Nebenraum einfanden. Der Dichter, der Restaurantbesitzer Dragan Kraljević, Vladimir Magaš und noch drei Männer. Der Erste war klein und rund wie ein vollgestopfter Wäschesack. Mit beginnender Glatze und kissenartigen Wangen, die, je näher sie den Augen kamen, immer röter wurden. Dragan stellte ihn vor: Er heißt Marinović. Der Zweite war etwas größer, hatte dunkle Augen und schwarzes Haar, und einen gepflegten Schnurrbart. Dragan stellte auch ihn vor: Das ist Herr Jadran Rimac. Magaš hörte diesen Namen nicht zum ersten Mal, aber er war viel zu sehr mit dem vorangegangenen Angebot des Dichters beschäftigt, als dass er den Namen sofort mit dem früher Gehörten in Verbindung gebracht hätte. Die beiden Männer waren ernst und schweigsam. Sie waren geschäftlich hier. Der Dichter warf mit Worten und Lachen um sich, ohne die finsteren Mienen der beiden ungeduldigen Unbekannten zu bemerken. Sie sind zu ernst, meine Herren, sagte er, wenn man spielt, soll man fröhlich und entspannt sein, man muss das Glück herausfordern, man muss es auslachen; wenn Ihre Taschen leer sind, wird noch genug Zeit sein für die Dunkelheit auf Ihren Gesichtern. Ach, sagte er, aber Sie haben Angst, Sie haben die Hosen gestrichen voll! Mit Recht, fügte er hinzu und lachte theatralisch und lauthals. Aber, meine Herren, gab er nicht nach, das ist kein Amüsement für Hasenfüße und Schwächlinge, hier muss man schon Eier haben, so groß wie Kokosnüsse. Und er fragte sie, ob sie wüssten, worauf sie sich da einließen und was sie erwartete. Er fragte sie, ob sie überhaupt genug Geld hätten, denn er setze sich an keinen Spieltisch, wenn es nur um Peanuts ginge. Er konnte einfach nicht aufhören. Ein Dichter muss sein mühsam errungenes Renommee einfach verteidigen. Ob sie denn überhaupt wüssten, wer er sei, und mit wem sie heute Nacht die Ehre hätten, sollten ihre Taschen voller großer Geldnoten stecken …

Die Stirn des Dichters schlug rhythmisch gegen die leichte Einbuchtung der Toilettenschüssel. Man hörte nur den stumpfen Aufprall des Stirnknochens gegen die weiße Toilettenkeramik und das Röcheln aus dem zugekniffenen Hals, der sich immer wieder mit dem Wasser aus dem Behälter füllte. Jadran Rimac hielt den Dichter an den Beinen fest und tunkte seinen Kopf in regelmäßigen Bewegungen in die Toilettenschüssel, während Marinović in den gleichen Abständen am weißen Strick über der Schüssel zog und immer wieder dasselbe sagte: Jetzt nehmen wir eine Dusche. Nichts auf Rimac' Gesicht verriet, dass ihn die fünfzig Kilo des Dichterleins anstrengten. Stark wie ein Stier. Er hätte das die ganze Nacht machen können. Ein Furz, Kumpel, wandte er sich an seinen Freund, der den Wasserstand im Becken regelte, ein kleiner Furz, der viel rumschnorrt. Nur ein Furz, mein Kumpel, ein Furz … Bis dann Marinović schüchtern die Bemerkung wagte, es sei vielleicht doch genug, jetzt. Sie ließen ihn auf der Toilette liegen, nahmen ihre Mäntel und spazierten wortlos weg.

2

VATER UND MUTTER

ICH SCHLUG DIE AUGEN AUF, schaute durchs Fenster, es regnete. Ich stand auf und ging zum Telefon. Ich musste einfach Maras Stimme hören. Ich rief sie an, aber es klingelte nur in der Stille. Ich blickte auf die Uhr: Sieben Uhr zehn. Sie hatte also die Nacht nicht in ihrem Bett verbracht. Gut, vielleicht schläft sie noch, es ist noch früh, und sie ist sicher spät zu Bett gegangen. Oder vielleicht schon aufgestanden und weg? Ich rief meine Mutter an und fragte, ob alles in Ordnung sei. Sie antwortete nicht, sondern fragte mich, ob ich noch etwas über den Tod des Vaters erfahren hätte. Nein. Ich würde mich melden. Ich müsste jetzt zur Arbeit.

Als ich mich für die Stelle beim SNS bewarb, hatte ich noch gedacht, man würde meinen Wunsch, in die Abteilung für politische Delikte versetzt zu werden, respektieren. Nicht etwa, weil das eine egoistische fixe Idee, von persönlichen Interessen oder Vorteilen motiviert, gewesen wäre: Im Gegenteil, ich wünschte aufrichtig, der neuen Republik und ihrer Stabilität bestmöglich zu dienen. Ich hatte Politikwissenschaften studiert und fühlte mich befähigt, Einzelne oder Gruppierungen zu erkennen, die sich mit staatsfeindlichen Verschwörungen beschäftigten. Ich war keinesfalls von einer politischen Idee besessen. Ich glaubte nur an den Staat, den man um jeden Preis schützen musste, schützen vor dem Chaos und vor denen, die das Chaos verbreiten. Der Nachrichtendienst, dachte ich, bestand genau aus diesem Grunde: Um Feinde dort zu entdecken und zu entblößen, wo man sie am wenigsten erwarten würde. Zwei Jahre lang lernte ich die Grundlagen des Handwerks. Ich erfuhr, dass die Abteilung für politische Delikte nur eine von fünf Hauptabteilungen war. Ich wurde in die Abteilung für organisiertes Verbrechen berufen. Welche Enttäuschung! Ich schrieb Briefe. Denken Sie nur nicht, meine Herren, dass ich dem Amt gegenüber undankbar sei, aber ich muss Sie darauf hinweisen, dass das Amt und die Republik den größten Nutzen aus mir ziehen würden im Kampf gegen politische Verbrecher, die, meiner Meinung nach, eine ungemein größere Bedrohung darstellen als die Kokainschmuggler, die gedungenen Mörder, die Waffen- und Menschenhändler, die Entführer und Erpresser. Die politischen Feinde sind unsere größten Feinde, denn ihre Ambitionen sind immer grenzenlos. Sie wollen alles auf den Kopf stellen, sie wollen alles in den Dreck ziehen. Ich war davon überzeugt, meine Herren, dass Sie sich von meinen beruflichen Neigungen überzeugen konnten, schrieb ich mehrmals unmissverständlich. Das ist, meine Herren, mein letzter Hilferuf, damit ich, dank Ihnen, der Republik auf die bestmögliche Art und Weise dienen und meinen Lohn im wahrsten Sinne des Wortes verdienen kann.

Nichts.

Man ließ mich in der Abteilung für organisiertes Verbrechen, wie einen Hund, den man vor den Sommerferien ins Tierheim gibt und dann, nach der Rückkehr, nicht mehr abholt.

Im Büro las ich die Zeitungen. Alle berichteten von der Ermordung meines Vaters. Es wurde betont, dass es sich um ein professionell ausgeführtes Verbrechen handelte. Dass könne nur ein voll ausgebildeter Scharfschütze getan haben. Ich konnte mich nicht auf den Text konzentrieren. Ich überflog die Zeitungsspalten nur so, fürchtend, ich würde irgendwo meinen Namen und Vornamen erblicken oder zumindest ein Zeichen meiner Zugehörigkeit zu seinem Leben. Die Angst sickerte langsam in das löchrige Gewebe der Vernunft, welche ohne Unterlass wiederholte, dass keiner, aber wirklich keiner von meiner Herkunft aus dem verräterischen Samen wusste. Wäre es nicht so gewesen, hätten schon längst Gerüchte im Amt zu zirkulieren begonnen, und ich wäre aufgefordert worden, an offizieller Stelle alles über meinen Vater zu erzählen, was ich bisher verschwiegen hatte. Doch niemand lud mich vor, niemand ließ mich ahnen, dass er um mein Geheimnis wusste, dass ihm die geheime Kennnummer bekannt war, mit der er unbeschränkten Zugang zu meinem Leben erhalten würde. Doch die Angst dringt auch in die kleinsten Poren ein, erweitert sie und gräbt regelrechte Stollen, hält dann inne, als wolle sie ein wenig Atem holen, nur um dann unvermittelt weiterzumachen.

In allen Zeitungen waren die gleichen zwei Fotografien zu sehen. Eine kleinere, die den mit Betonplatten ausgelegten Weg vor dem Haus meines Vaters zeigte, und darauf die dunklen Flecken seines Blutes. Und eine größere, auf der man Andrija Sučić selbst erblickte, tief in den eigenen Bart verwachsen, eine Zigarette in der Hand, in inniger Umarmung mit der Elefantin Lanka. In einem blauen Adidas-Trainingsanzug. Als ob er betrunken wäre. Den Journalisten schien dieses Bild besonders zu gefallen, ich habe es tausend Mal gesehen.

»Was war los gestern Abend?«, fragte Radoš noch in der Tür.

»Ich musste noch kurz zu meiner Mutter … Ich habe Jana gebeten, es dir auszurichten.«

»Und was wolltest du?«

»Nichts, nichts Besonderes … Ich interessiere mich für diesen Sučić, den Mord. Ich habe das ein wenig verfolgt, in meiner Freizeit, einfach so. Und kenn mich gut aus, inzwischen.«

»Ja, und?«

»Du könntest mich in die Untersuchung einschließen, damit ich runtergehe …«

»Ach, das ist gar keine Untersuchung, das brauchst du nicht. Das ist völlig unwichtig. Wer spricht überhaupt von Untersuchung!?«

Er hatte natürlich recht, aber ich insistierte. Ich hatte keine Argumente. Von Zeit zu Zeit brachte ich meine innere Stimme ins Spiel, die mir dazu riet, diesen Sučić genauer unter die Lupe zu nehmen, denn da wäre etwas. Ich weiß wirklich viel über Andrija Sučić. Und dann würde es mir guttun, aus dieser Stadt zu verschwinden, für eine Weile; ich bin ganz mit Smog verklebt, wie ein Hemd auf einer Wäscheleine in einem Industriegebiet. Und auch mit Mara hätte ich Probleme. Radoš antwortete, er werde mir Bescheid geben, in ein oder zwei Tagen. Aber er verstünde immer noch nichts und sei nicht gerade optimistisch.

Mutter war weder verheult noch traurig, noch hysterisch. Sie war nur besorgt. Diese Sorge erschien nicht wirklich konkret, es handelte sich einfach um die Sorge, die in einem erwacht, wenn der Tod uns streift. Sie sagte, sie habe gewusst, dass es so enden würde. Alle hätten gewusst, dass es so enden würde. Ich fragte sie, ob sie um ihn trauere. Er hat das nicht verdient, murmelte sie vor sich hin. Er hat das nicht verdient, er hat immer nur die Wahrheit gesagt, fuhr sie fort, ohne dass ich ein Wort gesagt hatte, nur die Wahrheit, die sowieso, früher oder später, ans Tageslicht gekommen wäre. Warum musste er die Wahrheit sagen? Warum gerade er und nicht jemand anders? Er war auserwählt, sagte sie, er tat das nicht fürs Geld. Am Ende habe er ziemlich elend gelebt. Alle hatten sich von ihm abgewandt, als er damit begonnen hatte zu erzählen, was er im Krieg gesehen und gehört hatte. Genaugenommen schon vorher. Er war umzingelt von Hass und Verachtung. Das war die Hölle, kein Leben. Aber, zum Teufel, warum hatte er diese Hölle gewählt!? Er konnte nicht anders, erwiderte sie. Da war kein Mutwille dabei, keine irrige Sucht nach Ruhm. Heißt das, fragte ich sie, dass sie glaube, er sei ein guter Mensch gewesen? Sie hielt inne und sagte lange nichts, während ich sie unverwandt anstarrte. Die Einsamkeit hatte sich in ihre Wangen gefressen. Über zwanzig Jahre vollkommen allein zwischen diesen Mauern. Nach meinem Vater war sie mit einem Mann verheiratet, der Miroslav hieß. Das sollte nicht dauern. Ich erinnere mich noch an ihn: In meiner milchigen Kindheitserinnerung gleicht er Boris Dvornik, nur, im Gegensatz zu diesem, immer ernst und ruhig. Ich erinnere mich auch, wie er aus unserem Zuhause verschwand. Nie hatte ich auch nur den geringsten Streit zwischen ihnen gehört, nie eine erhobene Stimme, kein Zeichen von Wut. Er verschwand ohne ein für den Knaben, der ich war, erkennbares Anzeichen.

Sie schwieg, denn sie wusste, dass von ihrer Antwort abhing, ob ich noch weitere Fragen stellen würde. Sie sagte, dass das alles, weshalb man ihn getötet hatte, nichts damit zu tun habe, ob er ein guter Mensch gewesen sei oder nicht. Warum ist es so schwer, auf eine einfache Frage zu antworten? Ob er ein guter Mensch gewesen sei oder ein schlechter? Weil er jetzt tot ist, und er hat es nicht verdient, tot zu sein, und nur das zählt. Woher sie das denn wüsste? Ob sie ihn denn überhaupt gekannt habe? Sie habe ihn ja – wie lange? – gut dreißig oder noch mehr Jahre nicht gesehen. Sie sagte, sie wisse nur, dass er das nicht verdient habe. Und was wisse sie denn, um solche Schlüsse zu ziehen? So viel schon. Ich fragte sie, ob sie sicher sei, alles zu wissen? Sie schwieg wieder. Ich gab es auf, wütend. Ich ließ sie stehen, in ihrer dauerhaften Sorge.

Ich mag den Monat Oktober wegen des Lichtes am Nachmittag, um zwei Uhr, wenn es hell ist. Es ist ein Licht, das die Gesichter der Menschen sanfter macht, und alle Gram zerstreut. Ich kehrte zur Arbeit zurück, aber ich hatte in Wirklichkeit nichts zu tun. Man hatte Jadran Rimac getötet, eine dicke Akte wurde jetzt geschlossen. Die ganze Abteilung war mit einem Male beschäftigungslos und leer wie ein Kinosaal in den ersten Nachmittagsvorführungen. Sogar diejenigen, die nicht an der Akte Rimac mitgearbeitet hatten, waren jetzt müde, ausgepumpt, nahmen sich bedenkenlos ein paar Tage frei. In den letzten sechs Monaten, vom April bis zum Oktober 1999, hatten wir uns nur mit Rimac beschäftigt. Radoš hatte uns befohlen, alles andere beiseite zu legen und uns nur noch Rimac zu widmen. Ihm hatte das jemand über ihm befohlen. Und dem wieder jemand, der noch mächtiger war. Und so weiter. Und jetzt war alles vorbei. Rimac war tot.

Erst als ich aus dem Gebäude kam, in dem meine Mutter lebte, erinnerte ich mich daran, dass ich Radoš nicht gesagt hatte, was ich ihm gestern unbedingt sagen wollte. Erst in diesem Augenblick wurde mir klar, dass ich meine Meinung geändert hatte. Wann war das geschehen? Wie? War das ein Zeichen, dass ich, trotz allem, kein Vertrauen hatte zu Matko Radoš?

Ich brauchte immer noch jemanden, dem ich mein dunkles Geheimnis enthüllen konnte. Jemanden, der meine Angst teilen würde, damit sie nicht so schwer auf mir lastete.

DIE INSEL

ICH GING NACHTS ZU DEN ELEFANTEN. Ich schlich mich aus dem Schlafsaal und schwebte wortwörtlich über die Pfade, auf denen es keine Wachen gab. Lanka nahm mich nicht wahr, sie wollte mich nicht wahrnehmen, aber Sony zeigte Interesse an mir, beinahe etwas wie Zärtlichkeit. Er winkte mir mit dem Rüssel zu. Ich erzählte ihm meine Geschichte, und ich wünschte, dass auch Lanka sie hörte, dass sie innehielt, dass sie meinen Worten einen Moment Gehör schenkte. Dass sie mich nicht mehr ignorierte.

Wir haben Menschen getötet. Auch ich habe getötet. Man verlangte von mir, dass ich tötete, aber niemand hat mich dazu gezwungen. Ich schoss, weil ich glaubte, dass es so sein musste, dass es so richtig sei. Ich weiß nicht, wie man dazu kommt, einen Schuss in den Kopf einer mittelalten Frau als richtig zu betrachten, und dass einem nichts anderes möglich erscheint. Ich habe auch früher getötet, aber das waren Feinde, Männer. Das war im Kampf. Das hier war anders. Ich tötete nicht, um zu überleben, es handelte sich nicht um eine Situation ohne Wahl. Wir töteten, um uns einander näher zu fühlen, wir, die wir töteten. Alles ist immer einfach, wie in der Kindheit, nur dass mit den Jahren die Dinge beängstigende Dimensionen annehmen. Ich rauchte meine erste Zigarette mit dreizehn. Ich wollte gar nicht rauchen, sei es aus Angst, sei es aus Widerwillen, aber ich hatte es nicht gewagt, der Einzige von den sieben Knaben im

Schulhof zu sein, der nicht rauchte. Ich fürchtete mich, mehr als vor der Ohrfeige der Mutter, vor der Verachtung der anderen, vor der Verachtung derer, die für mich zählten. Ich hatte Angst, immer allein zu bleiben. Die nächsten paar Jahre verband uns dieses große Geheimnis, das größte Geheimnis unserer noch kleinen Leben. Und zugleich wünschten wir, dass so viele Leute wie nur möglich von diesem Geheimnis erfuhren. Alle außer unseren Eltern. In diesen Knabenjahren hielten wir uns so aneinander fest. Das gab uns ein Gefühl der Zugehörigkeit, der Geborgenheit. Irgendwo dazuzugehören ist das Glück, das wir in diesem Leben verfolgen. Deshalb haben wir getötet, meine liebe Lanka, mein lieber Sony. Ich dachte nicht an ihre »Nationalität«. Ich schoss, wie ich meine erste Zigarette rauchte, damals im Schulhof.

Sony und Lanka hörten mir zu, ohne sich zu bewegen. Ich beichtete, ich rechtfertigte mich, ich suchte nach Entschuldigungen. Sie widerten mich an. Als würden sie mit ihrem Schweigen sagen, dass ich es nicht einmal verdiente, von Sony auf seine großen, langen Stoßzähne aufgespießt und in die Luft gehievt zu werden, wie es ein Bauer mit einem Ballen Stroh tut. Ich konnte nicht anders. Der Kommandant Jozef hätte mich getötet, wenn ich nicht diese Holzlatte genommen und damit auf Sonys und Lankas Flanken eingeschlagen hätte. Auf ihre göttlichen Körper. Er hatte die Pistole gezogen und auf meine Stirn gerichtet. Ich mach dich kalt, hatte er gesagt, wenn du nicht mitmachst. Wenn wir alle die Elefanten prügeln, dann prügelst du mit. Das ist ein Befehl. Und wer Befehle nicht befolgt, verdient den Tod. Am Anfang schlug ich schüchtern, nur ängstlich zu, ich wollte, dass die Elefanten meine Schläge nicht einmal spüren, dass sie sie gleich wieder vergaß. Aber mit der Zeit fügte ich mich unbewusst in den Rhythmus, den die anderen vorgaben. Alles dröhnte von den Schlägen der Schlagstöcke und Bretter auf den Körpern der Elefanten. Man konnte kaum die Schreie, das Fluchen und den Gesang des Kommandanten Jozef vernehmen. Die anderen folgten ihm, zu Beginn nur zögerlich und immer wieder zu ihm schauend. Als sie aber sahen, dass er keinen Einwand machte, vermehrten sich die wilden Schreie, sodass man gar nicht mehr sagen konnte, wem welcher Schrei gehörte, oder wem dieses wilde Knurren, das nicht enden wollte. Sie sangen, wir sangen. Ich musste. Eine Zeit lang sangen wir unsere Lieder, dann gingen wir zu denen des Feindes über. Meine Lippen formten unwillkürlich ein Lächeln. Es lag etwas Aufregendes darin, die Lieder des Feindes zu brüllen. Der Kommandant Jozef war von einem solchen Lied so sehr besessen, dass er sogar vergaß, mit seinem Baseballschläger auf die Elefanten einzuschlagen. Wir sangen alle lauthals. Das Lied vom Heerführer Draža, das Lied von den Bomben werfenden Četnici. Und aus unserem Sieg erhebt sich die Sonne der Freiheit. Montenegro und der Sandschak, das ist das Ende des Roten Sterns. In Montenegro und in ganz Serbien, sangen wir allen Ernstes.

Niemand schlug mehr. Sony und Lanka erzitterten nicht mehr unter den wütenden Hieben, aus ihren Mäulern lösten sich keine weiteren Seufzer und Schreie, die mehr dem Ausdruck des Staunens als des Schmerzes glichen. Der Kommandant Jozef hatte sich als Erster beruhigt. Er richtete seine Uniform, strich mit der Rückseite der Hand über Stirn und Lippen, und lief langsam, wie abwesend, in Richtung Schlafsaal. Die anderen folgten ihm. Sie sahen aus wie Männer nach dem Geschlechtsverkehr.

Allein mit Sony und Lanka, allein mit ihrer Verachtung. Es brauchte Zeit, ihre Füße aus den Ketten zu befreien. Ich wünschte, dass sie die Flucht ergriffen, dass sie sich retteten, dass sie ertranken im salzigen Meerwasser, dass sie sich von den Menschen befreiten. Ich stellte mich hinter sie und schob sie mit beiden Händen von hinten. Ich gab nicht nach, ich schob eine ganze Stunde lang, die aschgrau-ockerfarbenen Haare stachen mir in die Handflächen. Los! Weg! Geht endlich! Dort ist das Meer! Dort die Freiheit! Schließlich begann Sony sich zu rühren. Aber nicht in Richtung Meer. Er drehte sich langsam zu mir. Alles geschah wie in Zeitlupe und zugleich mit unfassbarer Geschwindigkeit. Ich konnte nichts in seinen Augen erkennen. Das erste Mal strich er nur mit seinem Elfenbeinzahn über meine Rippen. Das zweite Mal stach er einfach hindurch, als handelte es sich um Styropor. Ich floh, gebückt, stolpernd. Aber der Elefant holte mich immer wieder ein. Er verfehlte meine Hüften, meine Schulterblätter, doch dann erwischte er mich am Hintern. Der Schmerz zerschnitt mir das Gehirn, das Blut strömte nur so meine Hüften hinab. Aber ich rannte, ich rannte, und hielt zugleich die durchbohrten Rippen fest. Es dauerte ewig. Ich rannte zur Residenz des Präsidenten, sie lag näher als unser Schlafsaal, noch ein wenig, nur noch ein wenig, die längsten hundert Meter, gleich hast du es geschafft, und ich hörte schon nicht mehr das trommelnde Geräusch von Sony hinter mir. Ich wagte es, hinter mich zu blicken und sah, dass Sony in der Dunkelheit dastand, er bewegte nicht einmal den Rüssel, nicht die Ohren, er stand nur traurig da und blickte vor sich hin, und irgendwo hinter ihm kam langsam und ohne großes Interesse Lanka auf ihn zu. Auch ich blieb stehen. Nur einen Augenblick, denn der Schmerz erinnerte mich sogleich an meinen fiebrigen Körper. Ich erreichte endlich die Wächter, die halb schlafend in dem Aluminiumcontainer vor dem Eingang zur Villa standen. Sie erschraken, als sie mich erblickten. Oder waren sie nur erstaunt? Blut und Schreie gehörten nicht auf die Insel.

FRANKFURT

RIMAC WAR WIEDER DA.

Er war nicht einmal zwanzig, als er zum ersten Mal nach Frankfurt kam. In der Tasche rissige Boxhandschuhe und das Abzeichen für hervorragende Führung aus der jugoslawischen Armee. Das ist alles, was ein junger Mann braucht, wenn er nach Frankfurt kommt. Der Rest kommt von selbst. Er kann einstecken, sagten sie, sein Hals ist wie armierter Beton, aber was die Technik betrifft, da hapert's noch, er muss die richtige Schlagabfolge lernen und auch, wie man den Kopf schützt. Nach ein, zwei Jahren ließen sie es sein, denn er wollte nicht hören. Er boxte genau gleich, wie das erste Mal, als er in den Ring gestiegen war. Er glaubte nur an seine Goliathkräfte und an den einen, einzigen, entscheidenden Schlag, der den Sieg bringt. Er vertraute dieser einen Sekunde, alle anderen waren bedeutungslos; man erwartete nichts anderes von ihnen, als dass sie möglichst schmerzlos vergingen. Samstagskämpfe in verlassenen, stickigen Lagerhallen, für fünfhundert oder tausend Mark. Albaner, Kroaten, Serben, Türken, Griechen, große Wetteinsätze, die ewige Angst vor der Razzia oder vor der Massenschlägerei vor Morgengrauen, dem Verbinden der Wunden fern von aller Sterilität und Kühle der Krankenhäuser.

Rimac war wieder da.

Da saßen sie, Rimac, Kizo und Rade, es war ein schwüler Sommerabend. Ihr einziger Besitz: ihre Schwänze und Rades

Pistole. Und sie wollten alles. Den Braten, die Kartoffeln, das warme Brot, das Bier, die feinen Schuhe und die neue Lederjacke. Hundert Mark, saubere weiße Laken und die warmen samtenen Hüften, über die sie die Spuren ihrer üppigen, aber kurzlebigen Lust verteilen würden. Sie wollten eine Schachtel Marlboro und den Kuss des Kartenspielerglücks.

Die Augen des grauhaarigen Besitzers des Juweliergeschäfts weiteten sich ungeheuerlich, als Rade ihm den gut gefetteten Lauf seiner Pistole in den Mund schob. Oh, wie er mit den angewinkelten Armen gegen seinen Körper schlug und durch die Nase pfiff wie ein Huhn! Kizo konnte das Lachen nicht unterdrücken. Es war, als sähe er gerade einem Film zu, in dem er selbst mitspielte. Der alte Mann pfiff zunächst vor Wut durch die Nase, sein Gesicht war immer röter und röter geworden, aber was konnte er schon tun? Und so begann er sich langsam zu beruhigen, Hauptsache man rettet seinen Kopf. Jadran raffte den Schmuck aus den Vitrinen zusammen und warf ihn in eine Sporttasche. Durch das adrenalingetrübte Gehör schlugen Rades Befehle zu ihnen, nur das Gelbe, das Dicke und Gelbe zu nehmen. Alles war so leicht.

Sie waren nach nur acht Monaten wieder draußen. Rades Vater, ein Armeeoffizier mit gutem Ruf und einer nicht ganz unbedeutenden Stellung, wählte zum letzten Mal die geheimnisvolle Telefonnummer. Von jetzt an musst du dir selbst aus der Patsche helfen, sagte er.

Rimac war wieder da.

Aus seinem Namen sprudelte ein eiskalter Strom hervor und ergoss sich mit zunehmender Beschleunigung durch die Straßen Zagrebs, benetzte alle Keller und gut vergrabenen Spelunken. Der Strom drang durch die Schuhe, umfloss die Zehen, strich um die Knie, um die Hoden und prickelte am Hintern. Seine Vergangenheit schlug nach der Bearbeitung durch die Kneipenpoeten in mythische Höhen empor, in denen es nur Wölfe, Vampire und die tuberkulösen Söhne gab, die ihr Leben auf den kalten Kissen verlotterter Armenhäuser aushauchten.

Die Arme hinterm Rücken verschränkt stand Jadran Rimac vor dem Eingang zur Diskothek »Mars«. Das war vor langer Zeit, er war gerade von seiner ersten Haft zurück, was bedeutete, dass er nun zum Kreis der fies und düster dreinblickenden Riesen vor den Eingängen zu den Frankfurter Spelunken gehörte, wo man mit Frauen und mit Drogen handelte, in denen es nur Flüche und das flüchtige Messerblitzen müder Emigranten gab. Tagsüber war diese Welt unsichtbar für die Bürger der Stadt, die zur Arbeit gingen und in saubere Wohnungen zurückkehrten, sich in strahlend weißen Badewannen ausstreckten und unter milchigen Laken träumten. Tagsüber waren sie Gespenster in den Bussen und Zügen, auf den weiten hellen Plätzen und in den Kaufhäusern strengen Designs. Sie kamen nicht zurecht in den Restaurants und unter den Menschen, die sie nicht kannten. Sie erlangten erst in den Mietwohnungen noch unfertiger Gebäude wieder Wirklichkeit, oder in den rauchigen Kellern am Rande der Städte, die Frankfurt, Mailand, Mainz, Köln, Basel, Stockholm, Paris, Göteborg oder Berlin hießen. Die namenlose Stadt ist nur die leere Karte, die auf Teilung wartet, die Straßen sind nur dazu da, ebenso unsichtbare wie zähe Grenzwälle mit bewaffneten Wachtürmen und eingegrabenen Stellungen zu errichten, die Grenzen des eigenen Territoriums zu ziehen, denn das eigene Territorium ist die Grundlage der Existenz. Die Stadt braucht es nur, um der Festung das Gefühl eines Umfelds zu geben, und in diesem Umfeld, diesem Brachland, sind die Beziehungen so gespannt wie die Sehne eines Bogens. Dauernde Gespanntheit der Sinne, Wachsamkeit, Dressur, Loyalität, das Zusammenrücken in den eigenen Reihen, die von allem bedroht sind, was sich außerhalb der Schutzmauern befindet, egoistische Solidarität, die Bestrafung jeder falschen Bewegung oder jedes schiefen Blicks, vor allem derjenigen, die zum Verrat neigen könnten, der einzigen Todsünde in der Festung. Der Sinn dieses konstruierten Belagerungszustands liegt eigentlich nicht in der Errichtung physischer Barrieren, sondern im Erlangen innerer Kontrolle. Wenn wir die Reihen enger machen, werden wir nur noch die stumpfen Hinterköpfe unserer Mitstreiter sehen, und sie werden unserer einziger Kompass sein.

Jadran hatte endlich regelmäßig Geld. Er hatte auch Macht, und die erschien ihm so unendlich groß: Er konnte von einem Augenblick zum anderen entscheiden, einen pomadiserten Türken und sein Mädchen, deren schwindelerregend hohe Absätze schon ein späteres Knieleiden ankündigten, ohne Begründung vor der Tür zur Diskothek stehen zu lassen. Er konnte das tun, ohne dass ihn jemand, außer der erniedrigte Türke, nach dem Grund für sein Tun fragte. Das war der Bereich seiner Macht, hier war er Herr. Mit dem bisschen Geld und dem bisschen Macht kam auch der Sex, und zwar in immer größeren Mengen und ohne besondere Anstrengung. Ohne Mühe, aber auch ohne Selektion. Auf der Toilette, im Auto, im Haustor, im Durchgang, irgendwo und irgendwann, die Gleichen oder Verschiedene, wer könnte das schon sagen, wen kümmert's, auch, distanziert und unbarmherzig, ohne Wort und ohne Kuss, nichts Persönliches, nichts Verbindliches. Atemlose und hingebungsvolle Griechinnen, Jugoslawinnen, Polinnen und Deutsche fügten sich in Jadrans unbewussten Wunsch, angebetet, vergöttert, verehrt zu werden. Ihm nur noch ein wenig mehr zu geben, nur ein Körnchen oder zwei, an ihn zu glauben, ihm eine echte Chance zu geben. Er konnte mehr, als nur vor der Türe zu stehen und routinemäßig betrunkene Gäste durchzuprügeln, die ihn abwechselnd in verschiedensten Sprachen beschimpften und um Gnade anflehten, wie der Papst, wenn er – Urbi et

Orbi – frohe Ostern wünschte. Gebt ihm eine Chance! Seht ihr denn nicht seine sehnsuchtsvollen Augen? Seht ihr denn nicht, dass er wie ein Hund ist, den das Ziehen an der Leine nie ermüden wird, und der, wenn er die Leine dann eines Tages doch zerreißt, dem Ersten, der ihm über den Weg läuft, das Gehirn aus dem Kopf beißen wird? Gebt ihm noch ein Stück, vielleicht wird er dann nicht mehr nach dem Ganzen greifen, vielleicht wird er so schneller begreifen, wo die Grenze ist, es kann sogar sein, dass ihr ihm so das Leben rettet …

Rade brachte ihm die Pistole in einer beigen Papiertüte. Rimac' erste Pistole: eine Crvena Zastava, aus Kragujevac, wenig benutzt und in sehr gutem Zustand. Er könnte sie anstelle eines Passes gebrauchen. Rade hatte ihm gesagt, er solle in dieser Nacht keine Kugel verschwenden. Er solle nur schießen, wenn es um seinen eigenen Kopf ginge. Rimac hatte jedes Wort gehört, aber alles erschien ihm irgendwie zerstreut und ungreifbar.

Rade Petrović war sieben Jahre älter als Rimac. Zwei Jahre Zuchthaus, zwei Jahre im Zentralgefängnis. Vergewaltigung, bewaffneter Raub. Dann Wien, und Frankfurt.

Bumbar war Rades Freund. Bumbar war der Allerstärkste, in der Festung hatten alle Angst vor ihm. Er verteilte die Jobs und Aufgaben, die Belohnungen und die Strafen. Er war gerecht und grausam. Das einzige Vorbild, der Leuchtturm für die verzweifelten Seefahrer von den südlichen Gestaden, die ungünstige Winde in dieses kalte, boreale Klima verschlagen hatten. Bumbar hatte auch dienstlich getötet. Bei einer Schlägerei griff er zur Knarre und schoss irgend so einem unglücklichen Albaner vom Kosovo, dem Besitzer einer unansehnlichen Kneipe und einer illegalen Spielstube in Stuttgart, das Herz aus dem Leib. Er stellte sich der Polizei. Es war Selbstverteidigung, sagte er, und zählte dann ruhig die Namen der Zeugen auf. Nach dreieinhalb Jahren Knast wurde er in seine Heimat, nach Nikšić in

Montenegro, ausgewiesen. Im Gefängnis war es besser gewesen als in Nikšić. Im Gefängnis fand sich immer jemand, mit dem man sich vergleichen und messen konnte, in Nikšić konnte er nicht einmal ein Bier trinken gehen. Belgrad. Autodiebstahl und die versuchte Vergewaltigung eines Mädchens aus besserem Hause. Bumbar, zum Teufel, sagte ihm der Inspektor Kisić, du bist doch nicht so hässlich, dass du nicht auch ganz legal ficken könntest. »In der Not fickt der Teufel auch Bürgerstöchter«, zitierte er, als ihm der Richter das Urteil verkündete. Er hatte ein in die Breite gezogenes, dunkles Gesicht mit kleinen, schiefen Augen, immer säuberlich gekämmtes rabenschwarzes Haar. Als man ihn entließ, gab ihm die Polizei einen falschen Pass und eine Adresse in Frankfurt.

Rimac war wieder da.

Nichts ging schief. Jadran Rimac befolgte Rades Anweisungen Punkt für Punkt. Hatte gewartet, bis der Grieche vor Morgengrauen in die sich wie eine Sanduhr leerende Diskothek kam und sich dem üblichen Zählen der Einnahmen widmete. Er verfolgte aufmerksam jede seiner Bewegungen, jedes Zucken auf seinem Gesicht, denn das heute Abend war die Gelegenheit, auf die er so lange gewartet hatte, er durfte sie nicht verpassen. Sein Chef gab ihm mit den Augen das Zeichen, ihm bis zum Wagen zu folgen, und er setzte sich, wie jeden Abend, in Bewegung. Der Grieche öffnete die Tür, und Rimac schlug ihm in diesem Augenblick mit dem Griff seiner Pistole auf den Hinterkopf. Ein stumpfer Aufschrei brach sich durch die schwindende Nacht. Der Körper schlug auf den mit Schotter bestreuten Asphalt, und während er ihn aufhob und auf den Fahrersitz hievte, sah Jadran eine dicke Linie Blut den Hals und das Rückgrat hinabgleiten, ein dürrer Fluss in einem breiten, trockenen Becken. Er ergriff den schwarzen, mit Banknoten vollgestopften Plastiksack und verschwand.

Der Staub tanzte in den ersten Strahlen des Tageslichts. Er lag auf dem Bett, einen Aschenbecher an der Stelle des Bauchnabels. Zwei Mal schon hatte er das Geld gezählt. Mehr, als er jemals besessen hatte, als er jemals gesehen hatte. Er müsste nur … Nach Djakovo gehen, dem Vater zwei Stangen der besten Zigaretten bringen, eine Seidenbluse für die Mutter, und ein paar Hunderterscheine, die sie im Kissen verstecken könnte. Und bunte T-Shirts und Bonbons für die Schwestern. Um zum ersten Mal in seinem Leben sich wie ein richtiger Mensch an den Familientisch zu setzen, seinem Vater in die Augen zu schauen und ihn zu fragen, ob er sonst noch etwas brauche. Um dann fiebrig auf die Dunkelheit zu warten und sich dann an den Tresen in Čedos alter Kneipe zu stellen, so wie sie ihm in Erinnerung geblieben war, als er halb betrunken an jenem Abend in den Bus gesprungen war, und dem Kellner zu befehlen, eine Runde für alle auszugeben. Damit sich die Hälse, wie Sonnenblumen, nach ihm drehten, während er gleichgültig in die Gegenrichtung schaute und der Stolz in ihm nur so anschwoll. Dass alle seine Freunde kommen, dass alle auf seine Rechnung tranken, dass man singen und Gläser und Flaschen zerschlagen, dass er sie blendete mit seiner plötzlich gezogenen Knarre, und erst wenn er ihnen von den daunenweichen Hüften erzählte, von dem leidenschaftlichen Jaulen und Betteln, von den weit offenen Schößen, vom Knistern der Geldscheine, von den großen K.o., von Rade, vom Knast und der Freundschaft zwischen den Landsleuten, die dort, in diesem fremden Land, eine gerechtere Welt errichtet hätten, in der jeder die Chance habe, etwas zu werden … Damit er den Respekt sah. Damit er die schüchternen Bitten der Mutigsten vernahm, sie mitzunehmen. Dass er, wie ein Herr, mit dem Taxi nach Hause fuhr. Und dann …

Rade schien glücklich, als er in die beiden Supermarkttüten guckte, in die Jadran das Geld umgepackt hatte. Er stellte sie vor Rimac hin und sagte ihm, er solle so viel nehmen, wie er wolle. Er hatte es geschafft. Er musste schnell denken. Genau die Mitte treffen, zwischen Gier und Bescheidenheit, zwischen Aufwieglerei und Gehorsam. Wenn es ihm jetzt gelänge, würde er nie mehr falsch liegen. Jetzt ging es ums Talent: Hätte nicht irgendwer diesem kleinen, unvorsichtigen Griechen den Schädel einschlagen und das Geld abnehmen können? Es wäre für Rade doch ein Leichtes gewesen, am Bahnhof gleich zehn Jungs aufzutreiben, die es genauso gemacht hätten wie er. Das war der Augenblick, in dem sich alles entschied.

Rade lächelte kaum, als Jadran die schwere Aufgabe gelöst hatte. Er sagte ihm, er habe von der Polizei nichts zu befürchten, der Grieche werde es nicht wagen, ihn anzuzeigen. Der Grieche hatte gesehen, wie es denen erging, die die schnüffelnden Hunde in die Festung lockten. Wie plötzlich alle Tore zugingen. Unerbittlich und schnell, wie man im Traum ins Bodenlose fällt. Die Spur des Verrats lässt sich nicht verbergen. Plötzlich sind alle Kater auf den Straßen, mit erhobenen Schwänzen und glutroten Augen. Der Maus bleibt kaum Zeit zu spüren, dass da etwas hinter ihr ist.

Am Abend wartete Rade in einem Auto am Bahnhof auf ihn. Er schob ihm eine Tüte auf die Knie, in der eine neue Lederjacke steckte. Jadran zog sie sofort an und fühlte sich geborgen. Er blickte zum Fenster hinaus, damit Rade nicht die Sanftheit sehen konnte, die vom Grund seiner Augen Besitz ergriffen hatte. Der Wind spielte mit den Gesichtern der Passanten. Er würde Bumbar kennenlernen. Heute war sein Geburtstag. In der Kneipe konnte man die vielen Menschen vor Rauch beinahe nicht sehen. Die Anstrengung, durch die alles übertönende Barriere von Musik zu kommunizieren, war an ihren hervorspringenden Halsadern sichtbar. Rade kannte sie alle. Mit einigen tauschte er Bruderküsse. Anderen schlug er nur freundschaftlich auf die Schulter. Jadran versuchte sich die Gesichter zu merken, denen sich Rades Lippen genähert hatten. Alle diese Gesichter, die einander glichen.

Bumbar saß auf einem Sofa, jenseits der Musikbarriere. Er war zwei oder drei Jahre jünger als Rade. Rund um ihn herum groß gewachsene Männer, die fanatisch rauchten und lauthals lachten, und grell geschminkte, abwesend dreinblickende Mädchen. Rimac sah nur Bumbar. Seine weißen Zähne, die sich bei jedem Lachen entblößten, das große gelbe Feuerzeug, wie er noch nie eins gesehen hatte, die blitzende Uhr, die ein Vermögen gekostet haben musste, den dicken goldenen Ring am rechten Mittelfinger. Bumbar stand auf und kam auf sie zu. Er küsste Rade und dann auch Rimac, ein Mal. Er sagte, er habe ein paar seiner Kämpfe gesehen. Jadran winkte nur mit der Hand ab. Gut, Boxer, das hast du gut gemacht mit jener kleinen griechischen Scheiße. Und warf ihm noch zu, er solle sich an Rade halten, dann werde alles gut. Er küsste noch einmal Jadrans Mentor und kehrte dann zu seiner Gesellschaft zurück. Ein langhaariges blondes Mädchen setzte sich auf seinen Schoß. Sie fuhr mit den Lippen seinen Hals hinab, während er gleichförmig und wie gelangweilt mit seiner Hand über ihr volles, angespanntes, kieselsteinglattes Knie fuhr. Jadran erhaschte das Blitzen ihrer Augen. Er wandte den Kopf in die andere Richtung, als hätte er eine unerwartete Ohrfeige gekriegt. Es brauchte einige Zeit, bis er genug Mut zusammengebracht hatte, um sie wieder anzusehen, sie aber hatte ihn inzwischen vergessen.

Alle schrien in der ihm bekannten Sprache durcheinander. Und sangen die bekannten Lieder. Verfielen in schwere Zustände in denen sich Euphorie, Trauer und Rausch mischten. Sie schwitzten kollektiv den Bodensatz Heimat aus, der noch in ihnen übrig geblieben war.

Jadran fürchtete sich vor dem Alkohol, und er fürchtete sich vor dem eigenen Organismus, der im Rhythmus der banalen Melodien und simplen Gefühle pulsierte. Keiner war Herr seiner Bewegungen und Taten. Man hätte über sie lachen, oder sie bemitleiden können. Jadran Rimac war es gleichgültig. Er wartete darauf, dass jemand käme, um ihn von hier fortzuführen, in etwas Abenteuerliches, Nützliches, Neues. Am besten sofort. Ohne Zeit zu verlieren. Um auf der Stelle zu beweisen, dass sie keinen Fehler begangen hatten, als sie ihn in die umzingelte Bruderschaft aufnahmen. Um gleich alles Geld, das sich durch die Straßen wälzte, an sich zu nehmen, um es von denen zu nehmen, die es schon anderen genommen hatten und die mehr besaßen, als sie brauchten, um der Zerstäuber der Gerechtigkeit zu werden, um darin unbarmherzig und gefühllos zu sein, um sich eine Wahnsinnskarre zu kaufen und damit nach Djakovo zu flitzen, die Hauptstraße hinab und eine Staubwolke hinter sich zurücklassend, einen Schleier, hinter dem die Schatten all der früheren Erniedrigungen kaum erkennbar waren.

Rimac war wieder da.

Die Festung errichten. Das Territorium markieren, die Schutzwälle sichern, mit den Türmen den moosdunklen Himmel über der Stadt berühren, die Vögel vertreiben, die Insekten ausrotten. Aber nie wieder in den Schlamm des Einwandererghettos und den Eiter der verfehlten Leben zurück, nicht zu denen, die bereits kapituliert haben und mit erhobenen Armen auf ihre Ende zukriechen, und auch nicht zu den Jungen, deren rohe Begierde Städte entflammen könnte, die bei Weitem größer sind als Zagreb. Er wollte nicht zurück zu denen, die ihn daran erinnerten, dass er vor Kurzem noch hungriger gewesen war als sie, und die man zunächst zähmen muss, wenn man sicher sein will, dass sie einem nicht im Schlaf die Gurgel durchschneiden. Rimac nahm ein nicht allzu großes, aber vornehm eingerichtetes Zimmer in einem Jugendstilhotel in der Nähe des

Bahnhofs. Das massive Bett strahlte Wärme und Geborgenheit aus. Er öffnete das Fenster. Vom vierten Stock aus sah die Stadt noch lebloser aus, als wäre sie eingefroren. Abblätternde Fassaden, ruhige Parkanlagen, die man zwischen den Häusern ahnte, und die spitz aufeinander zulaufenden und in der Ferne nach links und rechts verschwindenden Tramgleise.

Ein elegant gekleideter Mann – mit sorgsam gepflegtem Schnauzer und penibel gekämmtem, schütterem und schon leicht ergrautem Haar – verließ genau um fünf Uhr nachmittags sein Zimmer. Die Hotelangestellten hatten sich nach ein paar Tagen an den Rhythmus des seltsamen Gastes gewöhnt, sodass an seinem Tisch in der Ecke eine üppige Mahlzeit auf ihn wartetet, die einem Frühstück glich: Er aß langsam und in vollkommener Stille, denn zu dieser Stunde war das Hotelrestaurant leer. Die ersten Gäste kamen erst zwei, drei Stunden später. Direktoren, die über das System hinausgewachsen waren, in Gesellschaft frecher Sekretärinnen, Universitätsprofessoren, gedankenverlorene Einzelgänger, die sich strikt an ihre Rituale hielten, um nicht vollends ins Kauzige zu versinken, unsichere und noch vollkommen unbekannte Männer, deren Hände bald mit dem Gewicht der Macht beladen sein würden, ausländische Journalisten mit müden Augen, die trotz aller anderen Destinationen gerade in diese Stadt am toten Fluss gekommen waren. Rimac war inzwischen in die kunstvoll ausgeleuchtete Bar hinübergegangen, die an die russischen, in amerikanischen Filmen gezeigten Bars von New York erinnerte. Er trank indischen Tee, rauchte mit einer Zigarettenspitze, deren Öffnung goldumrandet war, und machte sich die Hände dreckig mit den ersten Ausgaben der morgigen Zeitungen. Marinović kam jeweils vor zehn und fing einfach zu reden an: vom Regen, der gerade zu fallen begann, von einem Tramunfall am anderen, ausufernden Ende der Stadt, von Fußballresultaten, von Neuigkeiten aus Politik und Krieg, die er nicht im Fernsehen gehört, sondern aus erster Hand hatte, von den Malheurs, die regelmäßig sein Auto heimsuchten. Rimac machte ihm deutlich, dass er nur halb zuhörte.

Er hatte ihn gewählt, weil er treu und weil dies seine Stadt war. Marinović war etwas jünger als Jadran. Sie hatten sich vor langer Zeit in einer baufälligen Boxhalle in Frankfurt getroffen, die ein gewisser Sami aus Prizren führte und in der Jungs von der Straße und aus den illegalen Boxzirkeln trainierten. Viele tippten damals auf Marinović, auf Marin, kamen und rieten ihm, sich von der Straße zu trennen, eine Karriere zu machen. Und dann brach er sich die Hand, und es galt fortan, ohne Handschuhe auf der Straße zu überleben. Rimac und er wurden unzertrennlich. Eine Zeit lang lebten sie in derselben Wohnung. Marinović war gerade intelligent genug, um seine Stellung in dieser Beziehung zu erkennen. Er war etwas mehr als ein folgsamer Hund, genau so viel mehr, wie es brauchte, um die Vulgarität der Beziehung zu vermeiden, oder sie zumindest für die Außenstehenden unsichtbar zu machen. Sie konnten aufeinander zählen – das wäre die präziseste Beschreibung ihres Zusammenlebens gewesen. Der gegenseitige Besitz und der Ruf davon waren ihr kostbarstes Eigentum, der große Einsatz in der gerade über die Bühne gehenden Neuverteilung der Karten, an der sie mit der Selbstsicherheit abgebrühter Bluffer teilnahmen.

Marinović sagte Jadran, Dragan ließe ihm ausrichten, er sei mit seinem Vorschlag einverstanden. Er war einverstanden, dass Rimac sein Geschäftspartner wurde. Mit dem Gewinn würden sie halbe-halbe machen. Es sei genug für beide da. Und noch mehr: Sie würden im Kellerrestaurant Spielautomaten aufstellen, die nur bedingt dem menschlichen Bedürfnis nach vollen Portemonnaies entsprechen, sie würden jenes kleine Nebenzimmer, den Raum der Hoffnung, erweitern und modern dekorieren. Essen gäbe es erst nach elf Uhr abends, alle, die zocken und etwas essen wollten, würden zu ihnen kommen, alle, die sich mehr wünschten als nur das nackte Überleben, denen es nicht genügte, dass die Dinge nicht schlechter standen. Die Festung. Die Festung, deren Sinn es nicht mehr war, die Beziehungen zwischen ihren Insaßen zu bestimmen, sondern die dazu diente, aus der Mitte der Stadt die Furcht in die gesamte umgebende Finsternis zu verteilen, auf dass sie jede Pore durchdrang, auf dass sie überall herrschte. Wälle mussten diesmal nicht errichtet werden, denn da war niemand, vor dem man sich beschützen musste, niemand, den man mit undurchdringlichen Mauern abzuschrecken brauchte. Niemand.

3

DER SOHN

ICH RIEF MARA FÜNF TAGE nach unserer ersten Begegnung an. Ich rief kurz vor Büroschluss an, im Geheimen hoffend, dass sich eine unbekannte Stimme melden und sagen würde, Frau Ištuk sei gerade vor einem Augenblick gegangen, oder dass das Telefon lange zwischen leeren Wänden läuten würde. Aber sie war es, die den Hörer abnahm. Ich stellte mich vor: Boško Krstanović, vom SNS. Ich sagte gleich, dass ich nun wüsste, wo sich Vladimir Magaš aufhalte. Ich hätte alles in Erfahrung gebracht, vielleicht interessiere sie das. Ich ließ sie nicht zu Wort kommen. Wir könnten uns in einem Café treffen!? Sie willigte ein, mit einem kurzen Lachen. Wir verabredeten uns schnell. Als ich den Hörer auflegte, glitt mir ein Schweißtropfen den Rücken hinab.

Das Erste, was ich an ihr bemerkte, als sie auf meinen Tisch zukam, waren ihre stark rot geschminkten Lippen. Ich hatte absichtlich das Kellerrestaurant gewählt und mich am Tisch installiert, an dem Vladimir Magaš zu Abend zu essen pflegte, um dann zum verborgenen Zockertisch rüberzugehen. Ich hatte mich nie für Glücksspiele interessiert, ich kenne kein einziges Kartenspiel. Ich glaube nicht an solches Geld, und auch nicht an dieses Glück. Ich kannte niemanden, der zockte. In sechs Tagen war es mir gelungen zu erfahren, welches Magaš' Tisch in diesem Restaurant gewesen war. Ihre Lippen verliehen dem Licht sofort eine andere Färbung, und plötzlich wurde alles wärmer, samtener. Wir waren allein. Das Restaurant war inzwischen heruntergekommen, so als ob man es durch ein Faxgerät gezogen hätte. Dragan Kraljević war schon seit Jahren krank, sodass sein Bruder Mirko den Laden übernommen hatte. Der Keller war langsam und qualvoll am Erlöschen, ganz wie sein ehemaliger Wirt Dragan. Unter den Gästen war niemand mehr, der sich für etwas Bedeutenderes hielt.

»Vladimir Magaš lebt im Altersheim«, sagte ich, als sie mir gegenübersaß.

»Und dafür hast du sechs Tage gebraucht?«, lachte sie. Auch ich lachte.

Ich erstattete Bericht. Magaš war ohne Wohnung geblieben. Jadran Rimac hatte sie ihm abgenommen. Er hatte sich wahrscheinlich an alle Schulden Magaš' erinnert, an all das am Spieltisch geliehene und nie zurückgegebene Geld, er hatte die Zinsen berechnet, vielleicht sogar die Summe großzügig halbiert, aber das war nach wie vor eine für den unglücklichen Anwalt Magaš astronomisch hohe, unerreichbare Menge Geld. So hatte er ihm die Wohnung abgenommen, im Stadtzentrum, in der Masarykstraße. Eine geräumige und gepflegte Wohnung im ersten Stock eines alten, aber gut erhaltenen Gebäudes. Jemand hatte eines Morgens bei Magaš angerufen und ihm gesagt, er müsse umziehen. Er hatte nicht einmal protestiert, er war nicht einmal erstaunt, er bettelte nicht einmal um einen Monat oder zwei, oder um ein paar Tage. Am nächsten Tag bereits nutzte er eine alte Bekanntschaft und wurde Bewohner eines Heims für die Alten und Siechen, nur fünfzehn Minuten Fußmarsch von seiner alten Wohnung entfernt.

»Warum wollte er ihm die Wohnung nehmen?«, fragte sie.

»Um ihn zu erniedrigen. Rimac brauchte weder die Wohnung noch das Geld. Er hat viel zu viel, als dass er noch irgendjemandem etwas wegnehmen müsste. Es geht hier um mehr.«

»Das ist ein klarer Gedankengang«, die Anerkennung tönte

eher wie eine Beleidigung, »aber die Frage bleibt, warum? Warum hat er das getan?«

»Vielleicht, weil er Magaš nicht mehr brauchte, ich weiß es nicht. Oder es gab Streit. Wer weiß, es kann alles Mögliche sein, vielleicht auch etwas, woran wir nie denken würden.«

Sie sagte, wir müssten genau das in Erfahrung bringen. Vermutungen allein helfen da nicht weiter. Wenn uns das gelingt, könnte das der Anfang vom Ende Rimac' sein. Sie fragte mich, ob ich Angst hätte. Angst? Wovor sollte ich Angst haben, da ich nichts mit alldem zu tun habe, abgesehen von der eher langweiligen Lektüre einiger Akten und den paar Fragen, die ich links und rechts gestellt habe. Ich hatte nichts getan, um mich fürchten zu müssen. Sie blickte mich an als wollte sie sagen: Warum rede ich überhaupt mit diesem Mann?!

»Ich werde verlangen, dass du in das offizielle Sonderkommando einbezogen wirst, das sich um den Fall Rimac kümmert.«

Ich wollte antworten: Nein. Instinktiv. Aber ich sagte nichts.

»Wenn du keine Angst hast ...«, fügte sie hinzu.

Auch wenn ich Angst gehabt hätte, und es handelte sich allenfalls um eine Art skizzierter Angst, kaum sichtbar wie hinter einem grauen Schleier, konnte ich das nicht zugeben. Ich wollte Mara Ištuk näher kennenlernen. Es war schon lange her, dass ich jemanden in meinem Leben hatte, über zwei Jahre. Monate, ohne dass mich eine Frauenhand berührt hätte. Wie sollte ich aber jemals ihre angeschwollenen Brustwarzen unter meiner Zunge spüren, wenn ich jetzt zugab, Angst zu haben? Würde sie denn ihre geschwollenen Lippen und ihre weißen Schenkel vor einem Angsthasen öffnen, der sich vor einem Mann fürchtete, den er noch nicht einmal gesehen hatte, von dem er, wie er es selbst gerade gesagt hatte, nur in irgendwelchen vergessenen Aktennotizen gelesen und von dem er nur den üblichen

Stadttratsch kannte? Ich war entschlossen, alles mögliche zu tun, um mich Mara Ištuk zu nähern, aber Leute wie Rimac interessierten mich wirklich nicht. Ich wollte nicht in diese Welt der Grausamkeit und der Psychopathie eintauchen.

»Wer leitet die Untersuchungen?«, fragte ich.

»Der Generalstaatsanwalt Cabraja in Person. Bist du damit einverstanden, dass ich dich vorschlage?«

»Ich habe keine Angst, das kannst du mir glauben. Aber du musst wissen, dass mich diese Art von Kriminalität nicht interessiert; Männer wie Rimac berühren mich überhaupt nicht. Da bin ich ganz indifferent. Ich bin nur aus Zufall in dieser Abteilung. Das heißt, vorübergehend. Ich warte auf eine Versetzung in die politische Abteilung. Das interessiert mich. Ich möchte mich mit den echten Kriminellen beschäftigen und nicht mit diesen Idioten, die nur eine Gefahr für andere Idioten darstellen. Wozu dient die Polizei, wenn man sich nur mit Gangstern zu befassen hat? Früher oder später werden sie begreifen, dass ich nützlicher sein werde, wenn ich mache, was mich begeistert, was mein Interesse weckt, wofür ich mich aufopfern würde. Deshalb wäre es besser, wenn du mich nicht vorschlägst. Ich werde dir keine Hilfe sein, es gibt genug andere in der Abteilung, die da besser geeignet wären …«

»Ich möchte aber dich …«

Ich hielt inne, in der Hoffnung, ihre Worte seien zweideutig gemeint, auch wenn sie das nicht erahnen ließ. Versuchte sie etwa, mich zu verführen? Wollte sie das Gleiche wie ich? Ruhig bleiben.

»Warum mich?«

»Weil du keine Angst hast«, lachte sie breit.

Am folgenden Tag teilte mir der Chef mit, dass ich der Arbeitsgruppe Rimac beigestellt sei. Er hatte keine Zeit, sich mit mir zu unterhalten, und ich wollte ihm sagen, dass ich natürlich die Aufgabe akzeptieren würde, aber dass man umso eher die Argumente noch einmal prüfen sollte, die ich zugunsten einer Versetzung in die politische Abteilung vorgebracht hatte.

Sie gaben mir Vladimir Magaš. Ich sollte alles in Erfahrung bringen, mich ihm nähern. Magaš wusste mehr über Rimac als irgendjemand sonst. Er war in alle – oder beinahe in alle – krummen Geschäfte verwickelt, und jetzt habe er ein Motiv, alles auszuspucken, Jadran Rimac auf dem Silberteller zu präsentieren, seine eigenen Taten zu bereuen und alle auszuliefern. Rimac hatte ihm seine Wohnung weggenommen. Und, was noch wichtiger, bedeutender als die Wohnung war: seine Einsamkeit, die Möglichkeit, tagelang keinen lebendigen Menschen zu sehen. Seit er 1994 von seiner Ehefrau verlassen worden war, hatte sich Magaš hinter einer Mauer aus Einsamkeit verschanzt. Jeden Tag kam Frau Matija, brachte ihm die Zeitungen, Bücher aus der Bibliothek, Brot und Wein, kochte für ihn und ging dann wieder. Manchmal behielt Magaš sie zum Mittagessen da und trank mit ihr ein halbes Glas Rotwein. Donnerstags wusch sie die Wäsche, freitags wischte sie Staub. In der letzten Zeit fiel es ihm schwer, Frau Matija zu bezahlen, obwohl es sich nur um eine bescheidene Summe handelte. Die Rente war miserabel, und das ohnehin nur spärliche Ersparte verschwand wie Wasser, das man mit einem Sieb aufzufangen versuchte. Es gab keinen Geldregen mehr von Rimac und keine Vorschüsse, die ohnehin noch vor dem nächsten schlaflosen Morgengrauen aufgebraucht waren. Seine Rente würde nicht einmal reichen, um das Altersheim zu bezahlen.

Ich musste mir etwas einfallen lassen, um an Magaš ranzukommen, um sein Vertrauen zu gewinnen. Zehn Tage lang wälzte ich alle möglichen Ideen, die ich aber meistens verwarf, sobald ich sie gefunden hatte. Es haperte immer an einem Detail, sie waren nicht überzeugend genug oder unlogisch. Mara übte Druck aus. Sie rief mich zwei Mal pro Tag an und wollte wissen, wo ich war. Am Abend trafen wir uns im Café in der Nähe ihres Büros. Wir tranken Wein und Pelinkovac bis spät in die Nacht. Und küssten uns im Separee mit den roten Ledersesseln, den Augenblick des Aufbruchs mit noch einem Getränk oder mit noch einer Zigarette aufschiebend. Sie fuhr mich in ihre Wohnung. Ich strich mit meiner Zunge über ihren Hals und ihren Bauch, die feuchte unregelmäßige Linie auf ihrem Rücken ließ sie seufzen. Sie schloss die Augen, bis zur Unkenntlichkeit entspannt. Später fragte sie mich, ob mir jetzt etwas eingefallen sei, bei der Berührung ihrer Haut. Wir lachten.

Eines Morgens las ich in der Zeitung einen Artikel über den Tod Dragan Kraljevićs. Der Artikel sagte, der bekannte ehemalige Gastwirt und persönliche Freund vieler Künstler und öffentlicher Persönlichkeiten sei nach einer langen und unheilbaren Krankheit verstorben. Die Beerdigung werde übermorgen auf dem Zentralfriedhof der Stadt stattfinden. Es war dies ein Mann, schrieb der inspirierte Journalist, der in unsere Provinzmetropole den Atem der westlichen Großstädte zu bringen gewusst hat, noch zur Zeit des trüben Kommunismus. Er ließ uns andere Nahrung, teure Weine, Muscheln und Kaviar entdecken. Er verstand es, den Luxus zu verkaufen, er war charmant, die ganze Stadt buhlte um seine Aufmerksamkeit. Er war mächtiger als die Hälfte der Mitglieder des Zentralbüros. Er konnte mit Menschen umgehen. Aber der Krieg hatte ihn vernichtet, er hatte es nicht geschafft, sich in die neue Zeit einzugliedern, andere nahmen seine Stelle ein. Am Anfang versuchte er mitzuhalten, aber es war einfach zu viel für ihn. Er zog sich zurück, und wurde dann krank. Er starb vergessen, schloss der Artikel.

Die Fotografie Dragan Kraljevićs stand auf der Seite mit den Todesanzeigen. Die trauernde Ehefrau Marija, die Töchter Dunja und Nataša, mit Familie und allen anderen Verwandten.

Es gab mehrere Todesanzeigen mit demselben Namen und derselben Fotografie. Eine davon war von einer »Dubravka« unterzeichnet. Sie war kurz: »Meinem geliebten Dragan als letzter Gruß, Dubravka«. Wer war sie? Wer konnte diese Frau sein?

Mein Vater, lieber Herr Vladimir, hatte oft ihren Namen erwähnt, sagte ich ihm, ich glaubte zu verstehen, dass sie sich gut kannten. Ich kannte ihn nur wenig, eigentlich fast gar nicht. Erzählen Sie mir etwas von Dragan Kraljević, von meinem Vater.

Die Täuschung war vielleicht zu grob, aber ich war ohnehin davon überzeugt, dass einem Mann, der reden will, jeder Köder recht ist. Im gegenteiligen Fall wären alle Versuche zwecklos.

DER NACHBAR

ICH ERWACHTE im Militärkrankenhaus in der Stadt an der Küste. Es standen noch fünf weitere Betten im Zimmer, aber nur in einem lag ein Mann. Draußen regnete und donnerte es. Am schlimmsten sind die Morgengewitter, wenn dich Blitze und Donner wecken und die ratternden Dachrinnen. Schwerter und Blitze fuhren auch durch meine Schläfen. Als wäre mein Kopf ein Blatt Papier, das von einer kräftigen Hand in kleine Fetzen zerrissen wird.

»Entschuldigen Sie, haben Sie eine Zigarette?«, fragte ich den Mann, der zu meiner Linken lag.

»Nein ... Aber ich würde auch gerne eine rauchen ...«

Wir schwiegen und bewegten uns nicht. Ich begriff, dass ich mich in Wahrheit gar nicht hätte bewegen können. Nur der Schmerz garantierte mir noch die Einheit meines Körpers.

Der Arzt erschien nach einer halben Stunde. Mein Zimmernachbar fragte ihn sofort nach einer Zigarette. Der Arzt tat, als hätte er ihn nicht gehört. Er war verhältnismäßig jung, sicherlich um einiges jünger als ich, und trug unter dem weißen Mantel einen dunklen Anzug, ein weißes Hemd und eine blaue Krawatte. Er stellte sich neben mein Bett und wartete, dass ich ihm erzählte, wie ich mich fühlte. Er wirkte in Eile. Mein zerknitterter und heiserer Zimmernachbar, das sah ich aus den Augenwinkeln, fragte noch einmal nach einer Zigarette. Der Arzt wandte sich an mich: Wir haben zwei Operationen durchgeführt, eine in der Bauchhöhle, die andere im Bereich des Beckens. In der Tat komplizierte Eingriffe, aber wir hoffen, dass alles in Ordnung sein wird, wir werden Sie die nächsten paar Tagen sorgsam überwachen, das ist die kritische Zeitspanne. Ruhen Sie sich aus. Und er ging zur Tür. Mein Zimmernachbar fragte ihn noch einmal nach einer Zigarette. Als der junge Mann wieder nicht antwortete, tauchte in der Hand meines Zimmernachbarn plötzlich eine Pistole auf. Mit zwei Schritten hatte er den Arzt eingeholt, der in seiner Rechten bereits die Türklinke hielt. Er fasste ihn am Kragen und schon sah ich, wie er ihm den Lauf der Pistole in den Mund schob. Ich hob mühsam den Kopf, um genauer zu sehen, was geschah: Jeder Millimeter war wie das Einschlagen eines Nagels in meinen Schädel, wie ein glühender Säbel im Rückgrat, wie ein rostiges Messer zwischen den Rippen.

Der Arzt lag auf einem der freien Betten, mein Zimmernachbar stand über ihm, die Pistole immer noch drohend in der Hand.

»Lass das, Mann, was zum Teufel …«, sagte ich ruhig.

»Du halt dich mal raus!«, antwortete er, ohne den Kopf zu mir zu wenden. »Ich habe den Doktor gefragt. Herr Doktor, gib mir eine Zigarette, du weißt doch, dass ich rauche. Na los, gib …«

Der erstarrte Arzt begann in seinen Taschen herumzuwühlen. Nervös, ein Roboter, dem man eine die Bewegungen beschleunigende Droge verabreicht hatte, wie im Zeitraffer. Auch ich fühlte mich erleichtert, als er schließlich irgendwo die Zigarettenschachtel fand.

»Und Feuer …«

Der Zimmernachbar zog an der Zigarette und stieß ein angewidertes *Hau ab!* aus. Der Arzt rannte aus unserem Zimmer. Er blickte sich nicht einmal um. Mein Zimmernachbar legte sich auf das Bett, auf dem vorher der junge Arzt gelegen hatte.

Er blies Rauchschwaden an die rissige Decke. Die Pistole lag auf seinem weichen Bauch.

»Das haben dir die Elefanten getan?«, fragte er, weiterhin auf die beulenartigen Ausbuchtungen der rissigen Decke starrend. Ich bestätigte. Dann schwiegen wir.

»Ich habe noch nie einen Elefanten live gesehen«, sagte er schließlich. Seine Zigarette brannte schnell runter. Plötzlich sprang er auf, die Pistole knallte auf den Plastikboden, er öffnete das Fenster und warf die Kippe hinaus. Und kehrte dann zu seinem Bett zurück.

»Ach, und ich habe ganz vergessen, eine Zigarette für dich zu nehmen!«, erinnerte er sich auf einmal. Ich sagte, es sei schon gut, und es spiele keine Rolle.

Ich fragte ihn nach seinem Namen. Er hieß Ljubo Begić. Auch er war um einiges jünger als ich. Stark wie ein Stier. Er schien keinerlei Verletzungen zu haben. Der Grund für seinen Krankenhausaufenthalt war zumindest nicht sichtbar.

»Was ist dir geschehen?«

»Sie untersuchen es noch … Habe das Bewusstsein verloren. Nichts, einfach so. Ich habe zu Mittag gegessen und bin dann zusammengebrochen. Sie dachten, das Herz, sie schütteten Wasser über mich, und ich war wieder da. Nicht einmal eine halbe Stunde später, das Gleiche noch einmal. Und dann haben sie mich ins Lazarett geschickt, von wegen Untersuchungen. Aber die fanden nichts, und dann bin hier gelandet. An der frischen Meeresluft. Ich bin schon sechs Tage hier.«

»Hast du hier auch das Bewusstsein verloren?«

»Natürlich, sechs oder sieben Mal, mindestens. Sie wecken mich, und dann ist alles wieder normal. Ich warte nur auf das nächste Mal. Das ist das einzig Schlechte. Ich weiß nie, wo und wann es kommen wird. Und am meisten fürchte ich mich, wenn ich zur Toilette muss.«

Er lachte kurz. Ich lachte noch kürzer. Es war, als regnete es irgendwo in meinen Kopf hinein, und als ob das so hereintropfende Wasser Funken und Kurzschlüsse verursachte, die für Sekunden meine Augen und meine Gedanken ausschalteten. Es muss etwas sein. Vielleicht etwas aus dem Krieg. Seit drei Jahren schon sei er im Krieg. Er habe allerlei gesehen. Aber noch nie einen Elefanten.

»Wenn ich wieder auf den Beinen bin, nehme ich dich mit, dann kannst du Sony und Lanka sehen. Wenn du noch hier bist …«

»Ich werde hier sein, solange ich will, oder solange es nötig ist. Erzähl mir von den Elefanten.«

»Du musst sie sehen, du wirst dir keine Vorstellung machen können, wenn ich dir nur von ihnen erzähle … Elefanten sind Elefanten, wie im Fernsehen. Aber wenn du dich ihnen erst näherst …«

»Stinken sie?«

»Sie stinken, aber wenn du dich ihnen näherst, dann hörst du nichts mehr, und deine Nase riecht auch nichts mehr. Nichts. Da ist nichts außer ihnen und dir.«

Er fragte, ob ich Drogen nahm. Ich habe alles Mögliche probiert, aber man kann nicht sagen, dass ich regelmäßig Drogen nehme. Ich lehne nicht ab, wenn man mir einen Joint oder eine Prise Koks anbietet, aber ich kann auch ohne. Ich bin zu alt für so was. Er holte eine kleine Plastiktüte hervor und schüttete daraus ein wenig Puder auf eine Spiegelscherbe, die auf seinem Nachttischchen lag. Er teilte das Koks in zwei Reihen, rollte einen Hundertmarkschein zusammen und hielt ihn an meine Nase. Ich zog. Für einen Moment kitzelte es mich in der Nase, als ob ich nießen müsste. Auch er sniffte. Und stieß ein zufriedenes *Ohhh!* aus.

Ich hatte wieder ein Herz. Im Galopp raste es zum zusammengekniffenen Hals. Reflexartig zuckte ich mit dem Kopf zur Seite, und alles tat mir weh. Das ist gut, hörte ich ihn durch meine mehligen Gehörgänge sagen, gut, gut, hundeteuer, fuck, brauchen noch ein wenig Geld, und dann ein Kilo davon kaufen, das ist das Ding, wir hätten genug für uns und für die anderen. Ich wollte aufstehen und mir das Gesicht waschen. Ich konnte nicht. Mein Herz klopfte an Ort und Stelle, irgendwo gleich unterm Hals

»Das mit den Elefanten, das hast du mir aber versprochen. Leg mich nicht rein.«

»Werde ich nicht, Ehrenwort.«

»Das wirst du sicher nicht.«

DIE STADT UND DIE HUNDE

VLADIMIR MAGAŠ öffnete die Türe seiner Wohnung und stieß sogleich auf den selbstbewussten Blick eines Mannes, den er nur mit Nachnamen kannte, den aber alle bei seinem Vornamen riefen. Marinović. Sie schwiegen. Das Schweigen von Männern, die sich schon oft genug begegnet waren, um sich in Erinnerung zu bleiben, ohne aber jemals allein geblieben zu sein, unter vier Augen. Es entsteht etwas wie Unwohlsein, wenn du zum ersten Mal mit einem anderen Menschen allein bist. Marinović fragte, ob er reinkommen könne. Sie setzten sich in die Fauteuils im Wohnzimmer, und der Gast zündete sich sofort eine Zigarette an. Er ließ kurz seinen Blick über die Wände schweifen. Magaš hatte nicht ein einziges der Gemälde erstanden, es waren alles Erbstücke von seinem Vater. Božidar Magaš war ein angesehener Chirurg gewesen, Professor an der Medizinischen Fakultät. Er starb, als man gerade begonnen hatte zu munkeln, er würde in die Akademie aufgenommen werden. Er liebte vor allem die Bilder von Gabrijel Jurkić, üppige bosnische Landschaften, die in Trauer erstickten. Zwei Ölgemälde von Jurkić, die Magaš' Mutter Jelena unaufhörlich von Staub und Schatten zu befreien versuchte, hingen im Wohnzimmer, und Marinović betrachtete sie eine Weile, lässig den Rauch von sich blasend. Dann drückte er seine Zigarette aus.

Kommen wir zum Geschäftlichen, sagte der Gast. Ich komme im Auftrag von Jadran Rimac. Er hat ein Angebot für den

Herrn Vladimir, und der Herr Vladimir soll ernsthaft darüber nachdenken. Jadran Rimac weiß alles, ganz genau, ich schlage Ihnen vor, sein Angebot nicht abzulehnen, Sie sollten ihn nicht unterschätzen, Jadran Rimac achtet den Herrn Vladimir und will in dieser unangenehmen Situation helfen. Der Herr Gastwirt Dragan habe Rimac alles erzählt. Sie können gar nicht ablehnen, sagte der Gast, Sie haben keine Wahl. Rimac mag es überdies nicht, wenn man seine Angebote ablehnt, vor allem mag er es nicht, wenn man seine zur Hilfe gereichte Hand ausschlägt. In solchen Augenblicken kann er schon mal die Kontrolle über sich verlieren, vielleicht haben Sie schon davon gehört. Magaš fragte, was man von ihm erwartete. Marinovic sagte ihm, er solle an einem der folgenden Abende in Dragans Restaurant kommen. Jadran werde da sein, im kleinen Nebenraum, Jadran werde ihm alles erklären. Das ist alles. Magaš sagte nur noch *Auf Wiedersehen* und schloss die Tür hinter dem Besucher.

Zwei Tage vor Marinovićs unangekündigtem Besuch, am 14. Oktober 1991, hatten Sie Magaš aus dem Büro angerufen und ihm gesagt, er solle eine Zeit lang nicht mehr zur Arbeit kommen. Seine Sekretärin war am Telefon. Sie wusste nicht mehr, sie sagte ihm, was man ihr zu sagen aufgetragen hatte. Er versuchte sich zu erinnern, ob er etwas getan hatte, was die Zweifel an seiner kompromisslosen Unterstützung der Revolution hatte schüren können. Da war nichts. Er hatte sorgsam darauf geachtet, nicht in Gespräche zu geraten, in denen er sich über die gegenwärtige Lage und die Wirklichkeit des Landes hätte äußern müssen. Er wechselte nur höfliche Worte und mied öffentliche Ansammlungen. Seit man ihm nahegelegt hatte, nicht mehr zur Arbeit zu gehen, hatte er die Tür seiner Wohnung nicht mehr aufgemacht, bis zu dem Tag, an dem Marinović ihn besuchte. Und wohin hätte er auch gehen sollen? Seine Stadt, die Stadt, in der er geboren war, stellte ihm unaufhörlich Gitter und Mauern, Wälle und verbotene Zonen, Minenfelder, Hinterhalte und Fußfallen in den Weg. Überall war nur Gefahr, keine Ecke war sicher, und gestern waren noch alle so anders, so rund wie ein angenehmes Kissen.

Die Sekretärin rief genau eine Stunde nach Marinovićs Weggang wieder an. Wieder eine Nachricht von oben: Er solle am nächsten Morgen wieder zur Arbeit kommen. War die Gefahr vorüber? Oder sollte er kommen, damit sie mit ihm Schluss machten? Er schlief, wie gewöhnlich, erst vor Morgengrauen ein, und nur für ein oder zwei Stunden.

Am nächsten Morgen erschien er im Büro. Er benahm sich, als hätte er einfach einen weiteren von tausend immer gleichen Bürotagen vor sich. Die Sekretärin brachte ihm einen starken türkischen Kaffee, er rauchte die erste Zigarette und las die Zeitung. Das heißt, in Wirklichkeit trank er keinen Kaffee, rauchte keine Zigarette, las keine Zeitung. Er wartete nur darauf, dass das Telefon klingelte, dass der Chef ihn zu sich zitierte. Er kannte ihn nur schlecht, seinen Chef. Magaš war schon über fünfundzwanzig Jahre im Haus, der Chef hat dessen Schwelle vor kaum einem Jahr zum ersten Mal übertreten, seine Ernennung war eine der ersten Aktionen der neuen demokratischen Macht. Zuerst platzierten sie ihre Leute in der Staatsanwaltschaft, in der Armee, im Geheimdienst, in der Polizei, im Radio und im Fernsehen, in den Zeitungen. Die Macht liebt es, sich sicher zu fühlen. Vladimir Magaš kannte Branimir Majstorović noch bevor dieser sein Chef wurde, aber offiziell wurden sie sich erst vor einem Jahr vorgestellt. Majstorović war Anwalt in einer Stadt im Osten des Landes; er vertrat vorwiegend kleinere Delinquenten, aber er war nicht besonders erfolgreich, oder, um genauer zu sein, Majstorović kümmerte sich nicht besonders um seine Klienten oder um eine gute Beziehung zu den Richtern. Er war faul, aber erfindungsreich und luzid, eine nicht so seltene Kombination von Eigenschaften. Er ging jeden Sonntag in die Kirche, und das war der äußerste Punkt seines Widerstands gegen die Kommunisten. Er gehörte nicht zu ihnen, da er keinerlei Ambitionen hatte, er war aber auch nicht gegen sie, weil das eine beständige mentale und vielleicht auch physische Aktivität vorausgesetzt hätte. Seine Kirchgänge waren überdies eher eine Art Schuldbegleichung: Er hatte das Seminar besucht und war dann kurz vor der Priesterweihe ausgestiegen. Nicht, dass er ein Mädchen kennengelernt und sich verliebt hätte, sondern er wachte einfach eines Morgens mit der klaren Erkenntnis auf, dass ein solches Leben nichts für ihn war. So war das eben. Was nicht sein sollte, würde auch nicht sein.

Und dann erwachten endlich seine Ambitionen. Auf einmal wünschte sich Branimir Majstorović ein anderes Leben. Er war ein neuer Mensch, kleiner als der gestrige. Er war nicht einmal mehr faul, denn konstruktiver Geist lässt sich mit Faulheit nicht vereinbaren. Er zog in die Hauptstadt um. Er nahm seine Rolle nicht auf die leichte Schulter. Er hielt sich steif, wie Menschen, die an die eigene Bedeutung glauben. Trotzdem war ihm etwas von seiner Intelligenz geblieben. Er dachte nach wie vor schnell.

Vladimir Magaš saß im Stoffsessel vor dem Tisch, hinter dem sich Majstorović niedergelassen hatte. Hinter Majstorovićs Rücken war ein Fenster, sodass Magaš die krapfenartigen Wolken vor dem Hintergrund eines vollkommenen Himmels betrachten konnte. Wir haben nicht viel Zeit, Herr Magaš, Sie müssen etwas tun, ich werde Ihnen erklären, worum es geht. Einige unserer Jungs haben Mist gebaut, sie haben getötet, das konnte man nicht verheimlichen, die Polizei musste sie einfach verhaften. Sie haben alles gestanden, bis ins letzte Detail, aber sie hatten in diesem Augenblick keinerlei Rechtsbeistand. Ihre Geständnisse sind somit wertlos. Als man ihnen Anwälte zuwies, begannen sie, sich mit Schweigen zu verteidigen. Doch die Polizei hat trotzdem Anzeige erstattet. Was sie uns gegeben haben, ist so dünn wie Zigarettenpapier. Fast gar nichts.

Magaš bemerkte sogleich, dass es nicht gerade nichts sei. Man weiß, mein Gott, dass es sich um Mörder handelt, sie haben gestanden. Wie sollte man nicht Anzeige erstatten gegen Bürger, von denen man weiß, dass sie Morde begangen haben? Wenn man ganz sicher ist, die Schuldigen schon in der Hand zu haben, ist es auch viel leichter, nach den Beweisen ihrer Schuld zu suchen. Wir werden sie ein paar Monate im Gefängnis behalten, denken sich wohl die Polizisten, und in der Zwischenzeit werden wir Dinge finden, oder jemand wird in Anwesenheit der Anwälte zusammenbrechen und noch einmal alles gestehen.

Majstorović hörte Magaš' Erklärungen zu, die er sich auch selbst zurechtgelegt hatte. Magaš erzählte ihm nichts Neues. Majstorović versuchte ihm mit dem Blick zu bedeuten, dass er ihn, Magaš, seinen Untergebenen, nicht einbestellt hatte, um über die Natur des ABCs belehrt zu werden. Das wissen wir alles, Kollege Magaš, das ist uns alles klar. Aber wir wissen auch, das Krieg ist, nicht wahr? Das sind unsere Jungs. Die Serben haben sie angegriffen, nicht umgekehrt, das weiß die ganze Welt. Was für eine Botschaft würden wir unserer Landesverteidigern übermitteln, wenn wir die Besten und Mutigsten verhaften, und dann auch noch vor Gericht stellen; das ist Krieg, man darf nicht auf einzelne Steinchen achtgeben, sondern man muss das ganze Bild betrachten, wir haben nicht das Recht, kurzsichtig und egoistisch zu sein. Und was ist es, wenn nicht Egoismus, wenn man im Krieg an die eigene Würde denkt? Wo kämen wir hin, wenn alle so denken würden?!

Magaš wusste nicht, was er sagen sollte. Diese Leute meinen es ernst, diese Leute meinen es wahnsinnig ernst. Man musste sich so schnell wie möglich von ihnen entfernen und so weit, wie es nur ging.

Majstorović wartete höflich, dass Magaš' zehnsekündiges Schweigen vorüber war, und sagte dann, dass die Liste mit den Namen der Männer schon bei seiner Sekretärin sei, und dass die Sache morgen erledigt sein müsse. Unsere Jungs sind, vergessen wir das nicht, trotzdem im Gefängnis, fügte er hinzu.

Am Abend begab sich Magaš in Dragans Kellerrestaurant. Es war halb leer. Donnerstag. Die Anwesenden sprachen nur leise miteinander. An der Bar fragte er nach Rimac. Ohne zu zögern wies ihn der Kellner in den Nebenraum. Darin befanden sich Rimac, Marinović und der Restaurantbesitzer Dragan. Magaš blickte jeden von ihnen fragend an. Er blieb in der Türe stehen, bis Rimac ihm ein Zeichen gab hereinzukommen. Er setzte sich auf einen der freien Holzstühle um den massiven, runden, mit einem grünen Wachstuch bedeckten Tisch. Rimac bedankte sich für sein schnelles Kommen. Das ist Ihr Platz, Herr Magaš, sagte er, hier sind Sie Sie selbst. Sie brauchen Sie, Vladimir, Sie brauchen gerade Sie! Jadran Rimac darf keine kleinen und blöden Fehler machen, was die größeren betrifft, um die werden sich wichtigere Leute kümmern. Er braucht aber jemanden, der die Grenzen zieht, die Minenfelder kennzeichnet, der die Gefahren erkennt, der ihn auf die Eigenschaften seiner Freunde und Feinde aufmerksam macht, der verhandelt, handelt, Türen öffnet, Einfluss hat. Jemand mit Erfahrung und mit einem Namen. Auch Sie brauchen jemanden, Herr Magaš, jemanden, der einen Schirm über ihrem Kopf aufspannt, die ersten dicken Tropfen netzen schon ihre Stirn, bald wird es zum Wolkenbruch kommen, ihr Kopf könnte schmelzen wie ein Würfel Zucker. Rimac weiß genau, wie es um Magaš in dessen Beruf steht. Es gibt keinen Staat mehr, der Staat ist jetzt ein anderer, niemand beschützt Sie mehr, Herr Magaš. Rimac ist jetzt da, anstelle des Staates und des Systems, aber alles ist wie vorher: Sie werden etwas kriegen, dafür müssen Sie etwas geben.

Rimac' Angebot sei das großzügigste. Sie werden kein Kreuz auf Ihre Ausflüge nach Baden-Baden machen müssen, auf Ihre herrschaftlichen Gewohnheiten, auf Ihre großen Auftritte. Wir können aber auch anders miteinander sprechen. Rimac könnte Magaš einfach den Schindern überlassen. Er biete ihm hier eine Gelegenheit, wie sie nicht mehr wiederkommt. Sie lügen, Vladimir, die, die Ihnen versprechen, auf Sie achtzugeben aus Liebe, oder weil Sie ein guter Mensch sind, oder weil Sie ihnen einst vor langer Zeit einmal halfen. Es kommt der Krieg, alle sind nun Händler geworden, und man handelt mit dem, was man hat.

Magaš bat Rimac, ein wenig konkreter zu sein, ihm mehr zu sagen. Was erwartete man von ihm, was genau sollte er tun?

Rimac antwortete, das seien keine Zeiten für konkrete Beispiele. Er könne ihm nur sagen, dass er einen anständigen Lohn haben und in Sicherheit sein werde, soweit wie ein Mann wie Magaš in Sicherheit sein könne. Er werde weiterhin seine Arbeit versehen, nur werde er sich fortan in der gegenteiligen Richtung bewegen: Er werde nicht anklagen, sondern verteidigen. Zu Beginn werde dies wahrscheinlich ein wenig ungewohnt sein, aber er werde sich schon daran gewöhnen. Sie sind ein intelligenter Mann, Vladimir, und intelligente Leute sollten Verteidiger, nicht Ankläger sein. Eine solche Verteilung der Kräfte könne nur im Interesse der Justiz liegen.

Magaš werde darüber nachdenken, auf jeden Fall danke er für den Vorschlag. Denken Sie, und kommen Sie dann morgen zur gleichen Zeit wieder. Wir müssen schnell handeln. Die Stadt ist voll hungriger Hunde, die jede Unachtsamkeit, jeden Moment der Entspannung und Nachlässigkeit, jede Unentschlossenheit nützen werden. Er fügte noch hinzu, dass er ihn gerne duzen würde. Kein Problem.

Dragan sprach dann zum ersten Mal. Er fragte Magaš, was er

trinken wolle. Er wolle nichts, er sagte, er müsse jetzt gehen, er sei müde. Gute Nacht, meine Herren.

Nur fünf Minuten Fußmarsch trennen das Kellerrestaurant von Magaš' Wohnung. Die Stadt war leer und still. Die Tram Nummer zwölf ratterte am Gebäude des Nationaltheaters vorbei. Im zweiten Wagon war kein Licht. Die vier Fahrgäste verwandelten sich in schwarze Papiersilhouetten, die niemals zur Endstation gelangen würden. Vladimir Magaš hielt in seiner Linken einen kleinen, kaputten Regenschirm, den man idealerweise irgendwo verlieren konnte, und in seiner Rechten eine Zigarette. Sollte er jemanden anrufen und um Rat fragen? Infrage kamen allenfalls zwei Personen. Seine Ehefrau Jasmina: Sie war schon seit einem Monat bei ihren Eltern, die seit langer Zeit in der Schweiz lebten, in einem Ort bei Zug, sie würde in ein paar Tagen zurückkommen. Und sein bester Freund, sein Trauzeuge, Krešimir Malenica. Dieser gehörte zu den bekanntesten Anwälten der Stadt. Er hatte dicke Fische aus der Unterwelt verteidigt und auch sonst jeden, der genug Geld hatte, um über die Schwelle seiner Kanzlei zu treten. Es war dies ein theatralischer und lauter Mensch, oft im Extrem, aber er hatte stets eine Antwort auf alle Fragen. Es war nicht leicht, ihn aufs Glatteis zu führen. Magaš und Malenica hatten sich während des Studiums kennengelernt. Freunde wurden sie aber erst fünfzehn Jahre später, als sie sich vor Gericht als Gegner gegenüberstanden. Eineinhalb Jahre später war Malenica zum Trauzeugen bestellt, für eine geschmackvolle und durch und durch dezente Hochzeit, mit gut zwanzig geladenen Gästen.

Magaš würde an diesem Abend niemanden anrufen. Das hier musste er selbst erledigen. Und diese Erkenntnis, in einem Moment der Schwäche, schmeichelte seinem eingeschlafenen Ego.

4

MARA

RADOŠ RIEF kurz vor Büroschluss an und sagte mir, sie hätten eingewilligt. Ich sei nun in die Untersuchungen zum Mordfall Andrija Sučić einbezogen. Ich könne ein paar Tage verreisen. Unten sollte ich mich bei einem gewissen Marić melden. Ich solle die Hypothesen zum Mordfall auf einem Blatt Papier notieren, sollte ich denn überhaupt irgendwelche Hypothesen haben. Wichtig sei, dass ich nichts auf eigene Faust unternahm, und dass ich der Hauptlinie der Untersuchung folgte. Der Fall verdiene keine Eigeninitiative, sagte er, hier gäbe es nichts zu holen und auch keine Orden zu verdienen. Ich sagte nicht, dass ich auch schon von selbst darauf gekommen war.

Ich rief wieder Mara an. Sie antwortete. Endlich.

»Hey …«, ich wusste zunächst nicht, was ich sagen sollte, »wo bist du denn geblieben? Wo bist du? Ich versuche schon seit Tagen … Wirklich seit Tagen …«

»Ich habe geschlafen«, antwortete sie verwirrt und misslaunig, »ich habe geschlafen … Wahrscheinlich lange …«

»Fast drei Tage, unglaublich … Wirklich?«

»Ach, Scheiße …«

»Ich bin in einer Viertelstunde bei dir …«

»Nein, nicht! Besser in einer Stunde … Damit ich ein wenig zu mir komme …«

»Okay, ich komme dann in einer Stunde. Geht es dir gut?«

»Ja, natürlich.«

»Sicher?«

»Sicher …«

Eine Stunde später stand ich vor der Tür von Maras Wohnung und drückte auf die Klingel. Sie öffnete lange nicht. Sie erschien erst nach gut zehn Minuten, gerade als ich mich endgültig entschlossen hatte, wieder zu gehen. Und dass ich aufgab. Sie habe geduscht und mich nicht gehört. Wir küssten uns auf die Wangen, als ich in die Wohnung trat. Sie roch immer noch nach Schlaf. Sie hatte sogar die Beerdigung von Jadran Rimac verschlafen. Sie sah aus wie ein leckgeschlagener Luftballon.

Sie fragte mich, ob ich Tee wollte. Sie hätte keinen Kaffee mehr. Tee ohne Zucker, denn Zucker habe sie auch keinen. Nein, danke, nichts … Sie sagte, sie werde sich einen Joint rollen, sie brauche jetzt einen. Um wach zu werden. In letzter Zeit gefalle es ihr, wenn der Tag mit einem Joint beginnt; alles ist milder, runder, pastellartiger, langsamer. Die Wirklichkeit erscheint akzeptabel.

»Bist du ausgeschlafen?«, fragte ich sie, damit wir irgendwie ins Gespräch kamen. Sie zerkrümelte das Hasch am Tisch, hob nur den Kopf und nickte. Ich setzte mich ihr gegenüber hin.

»Du hast nicht gehört, dass Andrija Sučić ermordet wurde … Gestern. Ein Scharfschütze, mitten in den Kopf, vor seinem Haus.«

»Es wird nicht so schwer sein rauszufinden, wer geschossen hat. Das musste geschehen, er redete zu viel. Das wusste man …«

»Ja, sicher, aber es gibt etwas anderes … Er war mein Vater. Andrija Sučić. Ich habe es dir nicht früher gesagt, ich weiß nicht, warum. Ich selbst habe es erst vor Kurzem erfahren«, stieß ich in einem Atemzug hervor.

»Wann?«

»Vor zweieinhalb Jahren, ungefähr. Als man ihn in irgendeiner Kneipe angegriffen hatte. Meine Alte hat es mir damals gesagt.«

Sie blickte mich an und schwieg. Sie hörte auf, mit ihren Nägeln über die Oberfläche des Haschklumpens zu kratzen. Ich sagte ihr, ich sei wütend gewesen auf meine Mutter, als sie es mir sagte, aber ich hätte begriffen, dass Wut da nichts bringe. Sie fragte mich, ob ich wütend gewesen sei, weil meine Mutter mir vorher nichts gesagt habe, oder weil ich nun wusste, dass Andrija Sučić mein Vater war. Ich hatte keine Lust mehr, weiter zu lügen: Ich flippte völlig aus, dass dieser Typ mein Vater sein sollte, versteht sich. Ich wollte, dass das niemand erfuhr. Ich hätte mich umgebracht, wenn man damit an die Öffentlichkeit gegangen wäre. So war es besser zu schweigen, denn jedes Bekenntnis hätte nur die Tür geöffnet für mehr und mehr Fragen, Zweifel und Quälereien. Ich hätte gedacht, dass man von mir etwas erwartet. Der Druck fremder Erwartung kann ebenso unerträglich sein wie die Erwartung einer Person oder eines ganzen Volkes. Es erschien mir damals am besten, wenn es niemand wusste, sodass auch ich es vielleicht, irgendwie, vergessen konnte.

»Und was jetzt?«, fragte sie und krümelte weiter am harten Klumpen.

»Ich habe darum ersucht, nach unten versetzt, in die Untersuchungen einbezogen zu werden. Ich habe heute positiven Bescheid bekommen. Ich verreise morgen oder übermorgen.«

Als sie mich fragte, warum ich denn gehen wolle, wusste ich nicht, was antworten. Wollte ich denn wirklich den Mörder meines Vaters finden?

Er war getötet worden, weil sie ihn, endlich, ernst zu nehmen begannen. Solange er über unsere Verbrechen nur in irgendwelchen marginalen Lokalblättern schwatzte, verfluchten sie ihn und seine Mutter leise für sich oder laut in den Kneipen, wenn er gerade nicht da war. Sie behielten ihn im Auge, aber das war noch weit entfernt von der Idee, ihn umzubringen. Dann aber brachte jemand jemanden dazu, Andrija Sučić von der Staatsanwaltschaft vorladen und vernehmen zu lassen. Damit er das erzählte, was er schon den Zeitungen erzählt hatte. Der Präsident war ernsthaft erkrankt, und das Eis begann zu schmelzen. Und niemand konnte das aus allen Rillen und Rissen hervorschießende Wasser wieder einfrieren, das Wasser, das aus den Rissen und Rillen zuerst kleine, untiefe Kanäle und dann regelrechte Canyons und breite Flussbette machte. Niemand dachte mehr an die Macht, an den sterbenden Präsidenten, an die Geschichte, an Ideen. Alle dachten nur an sich selbst. Wenn ich durch die Korridore des Geheimdienstes ging, begegnete ich Menschen, in deren Augen man nur eine Frage lesen konnte: Was wird mit mir sein? Ich beschäftigte mich in diesem Augenblick, wie Mara wusste, mit Vladimir Magaš, mit Jadran Rimac. Ich wusste nicht, dass sie auf meinen Alten schießen würden, aber man musste nicht besonders hellsichtig sein, um das schlechte Ende zu ahnen. Ich hatte nicht den Mut, etwas zu tun, um ihn zu beschützen. Ich fürchtete, dass ich selbst verdächtig werden würde und dass ich damit nicht leben könnte. Man hätte sich ja Fragen stellen können über meine Motive. In diesem Land gibt es immer ein geheimes, schmutziges und unnennbares Motiv, dass jede gute Tat begründet. Warum macht er denn das? Niemand tat etwas aus edlen oder aufrichtigen Beweggründen. Es war doch immer so, dass man miteinander verwandt, oder verschwägert war, es ging doch immer darum, jemandem eins auszuwischen, vor den Augen aller oder heimlich, und ohne dass es jemand merkte. Man war zusammen zur Schule gegangen, oder die Eltern hatten gemeinsam die gleichen Tanzkurse besucht, es ging um Gefallen und Gegengefallen, alte Schulden, Geld, Eitelkeit, Rache und Neid. Es gibt keine reinen Motive, keine reinen Beweggründe, die gibt es nicht! Das lernt man schnell, wenn man hier zu arbeiten beginnt. Und wenn sich jemand für meine Motive interessieren würde, käme ich schlecht weg. Alle würden sich von mir abwenden. Das Maximum, das ich wagte, war, dass ich einen Nachmittag, kurz nachdem mir meine Mutter die Identität meines Vaters offenbart hatte, vor dem Haus verbrachte, in dem Andrijas Tochter Dinka lebte, meine Halbschwester. Ich besaß eine Fotografie von ihr. Ich wartete auf sie, ich saß auf der Bank vor dem Haus. Ich wollte sie ansprechen und ihr sagen, wer ich war. Mit langen Schritten bewältigte sie die Distanz zwischen dem Parkplatz und dem Eingang ins Gebäude. Sie war hochgewachsen. Mein Herz schlug einige Augenblicke schneller, aber ich rührte mich nicht von der Stelle.

Ich hätte auch nichts erreicht, wenn ich gesagt hätte, dass Andrija Sučić wahrscheinlich etwas passieren würde. Ich hätte nur die Aufmerksamkeit auf mich gelenkt, ohne aber etwas zu bewirken. Sie würden sich an mich erinnern, und alles wäre gleich weitergegangen. Und mein Leben wäre in unkenntliche Scherben zerbrochen. Wegen eines Vaters, den ich nie hatte, wäre alles, was ich besaß oder besitzen könnte, verschwunden. War er denn dieses Risiko wert? Ich schaute zu, wie er in den Tod ging. Ich ließ ihn gehen. Er hatte mir nichts gegeben, ich würde ihm auch nichts geben. Und schließlich – war er nicht ein Verräter?

»Und du meinst, dass er es verdient hat?«, fragte sie und schleckte den Rand des transparenten Zigarettenpapiers in ihrer Hand. Ich wusste nicht, was ich antworten sollte. Ich wollte nichts sagen, was ich später bereuen würde. Er hatte die Wahrheit gesagt, Menschen waren getötet worden, aber was hatte ich von seiner Wahrheit. Überdies wusste niemand, warum er sich plötzlich darauf versteifte, all das zu erzählen, was er erzählte.

»Sind denn die Gründe wichtig? Wenn es um die Wahrheit geht, sind Gründe dann wichtig?«, sagte sie.

»Nein, aber … Man muss sich doch fragen, warum. Warum hat er das getan?«

»Das ist dumm. Wir müssen alles, jedes Problem, jede Sache, immer auf persönliche Motive zurückführen. Das ist primitiv. Wir haben schon mehrmals darüber gesprochen. So lässt sich alles relativieren, es kommt nur darauf an, den richtigen Ausgangspunkt für unsere Relativierungen zu finden. Damit lässt sich jedes Heldentum niedermachen und jede Feigheit verherrlichen. Es genügt, einfach den einzelnen Menschen und seine persönlichen Motive ins Spiel zu bringen.«

»Gut, aber das kann man nicht nur so betrachten, das lässt sich nicht einfach scheiden wie Wasser und Öl. Das Motiv ist immer ein integraler Bestandteil der Wahrheit. Erst das Motiv ergibt das vollständige Bild, erst das Motiv erlaubt uns, die richtige Haltung einzunehmen. Oder etwa nicht?«

Sie sagte, sie sei nicht einverstanden. Sie sagte, das habe man uns im Geheimdienst falsch beigebracht. Etwas sei wahr oder nicht, und das habe nichts zu tun mit den guten oder schlechten Motiven im Hintergrund oder sogar in der Mitte der Sache. Jetzt war ich nicht einverstanden. Vielleicht wollte ich ihr nur die Stirn bieten, und ich fühlte mich eher sicher. Wenn wir die Motive nicht in die Rechnung aufnehmen, wird man uns manipulieren. Unser Glauben an die Wahrheit wird uns zu Dienern des Teufels machen. Zu größeren Sündern, als wenn wir einfach die Augen schließen und die Wahrheit an uns vorbeiziehen lassen würden.

Mara zündete sich den Joint an. Sie kaufte ein wenig Zeit für das nächste Argument. Sie war an der Reihe. Sie fragte mich nach meinem Motiv. Warum ich da runtergehe? Warum ich unbedingt an dieser Untersuchung teilnehmen wolle? Ich sagte, dass ich es genaugenommen nicht wüsste. Wegen einer Unruhe, die, wer weiß, vielleicht von allein wieder verschwunden wäre. Hätte ich noch ein paar Tage gewartet, wäre vielleicht nichts daraus geworden. Mit geschlossenen Augen zog sie an ihrem Joint und begann zu schweben. Das Zimmer war nach wie vor in ein Halbdunkel getaucht.

»Genaugenommen verteidigst du einfach deine Handlungen«, ich spielte meine letzte Karte aus. »Wegen Rimac. Er hat dir von all den anderen erzählt, aber nur, um den eigenen Arsch zu retten. Du willst dir nicht eingestehen, dass er dich missbraucht, manipuliert hat. Nur deshalb sagst du, das Motiv sei nicht wichtig, während du doch weißt, dass es nicht so ist. Er hat dich ganz egoistisch ausgenutzt, und du dachtest, du könntest die Welt ändern, du könntest der Gerechtigkeit zum Sieg verhelfen. Da sitzt du nun, ausgenutzt, und mit der Gerechtigkeit ist gar nichts. Wärst du weniger wahrheitsgierig gewesen, säße Rimac jetzt im Gefängnis. Und du bist wütend, denn du weißt, dass er dich manipuliert hat. Deine ganze Konstruktion ist in sich zusammengebrochen. Du wolltest alles, und jetzt hast du nichts mehr. Ich weiß, dass das wehtut, aber ich kann nichts dafür.«

Sie drückte den Joint in der Untertasse aus und ging ins Schlafzimmer rüber. Ich blickte ihr nach. Ihr Hintern im breiten Pyjama erschien mir irgendwie fremd. Für einen Augenblick blitzte die zärtliche Fülle ihrer Schenkel vor mir auf, und darüber die Blüte ihres vollkommenen Hinterns. Dieser Anblick machte mich sentimental.

»Sei jetzt nicht eingeschnappt, bitte …«

Sie schloss die Türe. Ich blieb sitzen und blickte starr auf die geschlossene Türe zu ihrem Zimmer. Ich kannte diese Reaktion: Sie war wütend, weil sie nichts antworten konnte. Sie mochte es nicht, wenn ich ihr in diesen Augenblicken ins Gesicht sah. Sie versteckte sich.

Der Tag war nach wie vor durchsichtig und rein. Ich wusste nicht, wohin ich gehen sollte. Ich konnte noch einmal zur Mutter, aber das wäre für uns beide peinigend gewesen. Ich hatte keine Freunde, die ich anrufen konnte, mit denen ich hätte sprechen können. Im Büro hatte ich nichts mehr zu tun. Und ich war zu unruhig, um einfach in der Stadt spazieren zu gehen. Ich ging zu Jana in die Kneipe, auch wenn ich gestern nicht mehr zurückgekommen war. Ich zählte auf ihr Wohlwollen. Es waren drei Gäste im Lokal. Sie empfing mich mit einem unterdrückten Lachen.

»Und gestern, was war gestern? Kalte Füsse gekriegt?«, neckte sie mich mit einem triumphierenden Blick.

»Ja, ich gebe es zu …«, ging ich darauf ein. »Mein Alter ist gestorben, ich habe es dir gesagt, das war einfach zu viel.«

»Du bist auch so am Arsch, das wissen wir alle. Ihr alle seid am Arsch … Außer mir ist hier keine normale Person, wenn du mich fragst.«

Ich lachte. Ich wagte es zu fragen, ob sie Pläne für den Abend habe. Jetzt flog ein Lachen über ihr Gesicht.

»Du führst mich aus, zum Essen, so richtig vornehm? Es ist schon lange her, dass ich nichts Vornehmes gegessen habe.«

»Einverstanden. Wann machst du Schluss?«

»Komm um Viertel nach zehn. Und lass dir was einfallen.«

Als ich meine Einzimmerwohnung betrat, vier Tramhaltestellen östlich vom Stadtzentrum, war die Sonne ans Ende ihrer Parabel angelangt. Ich zog die Schuhe aus, zündete eine Zigarette an und legte mich aufs Sofa. Ich wollte Mara anrufen, ein wenig mein Gewissen vor dem Abendessen mit Jana beruhigen, aber ich erstickte diesen Wunsch wie eine Zigarette in einem Glas Wasser. Schschschttt!

Ich wachte rechtzeitig auf, um Viertel nach neun. In der Stadt gab es nicht viele Orte, an denen man noch nach zehn Uhr zu Abend essen konnte. Vor allem gab es kaum Orte, an denen man etwas Anspruchsvolleres als Cevapcici oder Pizza essen konnte. Wir gingen in den Klub, ein sympathisches Lokal beim Fußballstadion, in der grünen Zone der Stadt. Wir hatten praktisch keine Wahl. In den letzten Jahren war ich drei Mal hierhergekommen, als wir mit Jadran Rimac' Beschattung beschäftigt waren. Der Klub war Rimac' Lieblingslokal, seit er den Keller von Dragan Kraljević im Zentrum der Stadt aufgegeben hatte. In einem bestimmten Augenblick war ihm der kleine Nebenraum in Kraljevićs Lokal verleidet, und er hatte sich nach etwas anderem umgeschaut. Die Leute hatten überdies begonnen, den Keller zu meiden. Die Nachricht verbreitete sich langsam, aber unaufhaltsam. Rimac ging aus dem Zentrum in Richtung Peripherie, wo die Luft dünner war, und wo man denen begegnete, die sich auf dem Weg ins Zentrum irgendwie verheddert hatten. Genau dort befand sich der Klub, mitten im Niemandsland.

An diesem Abend war eine bunte Klientel da. Ein bekannter Fernsehsprecher und Journalist, klein und ganz in sich zusammengesunken, mit einer verblühten Promenadenschönheit mit tiefem Dekolleté und ihrer jüngeren, bleicheren und schöneren Freundin, die nicht viel sagte. Vier Kredithaie aus dem Westen der Stadt, einst Autodiebe, die neue Pläne schmiedeten. Man musste ja das überschüssige Geld irgendwo investieren. Kaufen wir Land! Das ist am sichersten. Bald werden wir kilometerweise Straßen brauchen, Tausende von Wohnungen müssen gebaut werden, Millionen Quadratmeter von Shoppingtempeln. Ein gestriegelter Anwalt, berauscht vom Wein und den eigenen prahlerischen Gesten, mit seiner lärmigen Gesellschaft: zwei schlanken Mädchen und drei Männern. Zwei, drei Journalisten, die ihr erstes anständiges Geld verdient hatten und sich jetzt selbst ihre Bedeutung beweisen mussten, indem sie alles auf den Kopf hauten. Der Bruder unseres größten inoffiziellen Kriegshelden, des Generals, in Gesellschaft seiner aufgeregten Verlobten aus der Provinz. Die Söhne von Militärs, deren Väter vor zehn Jahren in ihre Geburtsprovinzen und -wälder und -berge zurückgekehrt waren, ihre republiksloyalen Söhne in der Hauptstadt lassend, die jetzt einigen Mädchen aus besserem Hause dicke Bären aufbanden. Und noch viele andere ohne Namen. Das Restaurant war voll.

Wir aßen lange. Und langsam. Wir tranken Weißwein. Jana genoss es. Sie fragte mich nicht nach meinem Vater. Und auch nicht nach Radoš.

GRÜSS DIE ELEFANTEN

MEINEN ZIMMERGEFÄHRTEN Ljuba Begić haben sie zwei Tage nach dem Zwischenfall mit dem Arzt und der Zigarette entlassen. Als er ging, sagte er nur, er müsse für ernstere Untersuchungen in die Hauptstadt. Er war ruhig, still und wirkte gelassen. Sie hatten ihm sicher etwas zur Beruhigung gegeben.

»Und die Elefanten?«, warf ich ihm zu. Er hob die Hand.

»Grüß sie von mir, ich komme ein andermal. Bestimmt.«

Ich blieb neunundzwanzig Tage im Krankenhaus. Dann wurde ich zur Erholung nach Hause abkommandiert, aber zuvor wollte ich noch einmal auf die Insel, um Sony und Lanka zu sehen. Um in Erfahrung zu bringen, ob unsere Rechnung jetzt beglichen sei. Ich kam zur Mittagszeit an. Der Präsident war nicht auf der Insel, sodass sich in den Gebäuden nur wenig Personal befand. Ich wollte sie so gut es ging vermeiden; sie würden mich mit ihren höflichen Fragen belagern, denn ich hätte zu oft wiederholen müssen, wie das war, als mich Sony mit seinem Stoßzahn durchbohrte. Ich wollte lediglich die Elefanten sehen, und dann ab nach Hause. Von der Anlegestelle bis zu Sony und Lankas Stall waren es ungefähr eineinhalb Kilometer. Auf diesem Weg konnte ich nicht unbemerkt an zwei Wachposten vorbei. Es verlief schmerzlos. Nur ein Gruß, das Vorweisen meines Ausweises, Händeschütteln und Fragen nach meiner Gesundheit. Ich schützte Eile vor, und sie fragten mich nicht, wohin ich ging.

Der Stall war, wie üblich, geöffnet. Lanka war allein. Es war, als ob ein Zucken ihren Körper bei meinem Anblick durchliefe, aber das dauerte nicht lange. Ich trat zu ihr und legte eine Hand auf sie. Dann stützte ich meine Stirn auf die dicke und staubige Elefantenhaut. Sie bemerkte mich nicht einmal. Ich fragte, wo Sony sei. Sie ignorierte mich. Wo hatte er bloß hingehen können? Er blieb doch immer bei Lanka. Er war nicht gerne allein. Ich musste in Erfahrung bringen, wo er sich befand, und Lanka konnte oder wollte mir dabei nicht helfen.

Von der vorigen Eile befreit, kehrte ich zum ersten Wachposten zurück. Was ist mit dem zweiten Elefanten geschehen, fragte ich den jungen Soldaten, der die geschniegelte Uniform der Präsidentengarde trug. Ich kannte ihn nicht. Er war sich nicht sicher, ob er mit mir sprechen dürfe. Warum interessiert sie das, fragte er. Ich hatte gedacht, dass ich das niemandem erklären müsste, denn ich glaubte, alle seien auf dem Laufenden über die Gründe meiner Verletzungen. Er wusste nichts davon. Er war neu, gerade mal vier Tage auf der Insel. Ich hatte keine Lust, ihm die ganze Geschichte zu erzählen. Ich habe so meine Gründe, antwortete ich. Er antwortete, er wüsste nicht, was mit den Elefanten sei. Er sei noch nicht lange genug auf der Insel. Er verwies mich an seinen Vorgesetzten, dessen Büro sich in dem Gebäude befand, das uns auch als Schlafraum gedient hatte, wenn wir auf der Insel waren. Ich kannte den Oberst Parlov. Ein verständiger Mann und hervorragender Soldat. Als ich in seiner Tür erschien, stand er auf und umarmte mich. Er freute sich, mich zu sehen.

»Wann kommst du zurück?«, fragte er.

»Die Ärzte haben gesagt, in drei Monaten … Wir werden sehen. Weißt du, was mit dem anderen Elefanten ist?«

»Mit dem Elefanten?«

»…«

»Ach, ja, der Elefant. Der ist nicht mehr da. Sie haben ihn getötet. Als das mit dir geschehen ist, haben sie ihn getötet.«

»Wie, getötet?«. Ich war vernichtet.

»Mit Kugeln getötet, und mit Schrot. Sie haben auf ihn geschossen. Es gab auch Vorschläge, eine Panzerfaust einzusetzen.«

Er sagte, sie hätten ihn wegen mir getötet. Jozef habe es befohlen. Es seien viele gewesen, die geschossen haben. Um mich zu rächen. Dann haben sie Sony auf ein Panzerfahrzeug aufgebunden und ihn zur Küste gefahren, und dann auf ein Kriegsschiff verladen, das den zerstückelten, zerschossenen Elefanten irgendwo auf offener See versenkt habe. Wer weiß, wo. Er sei jetzt ein Meerelefant. Das Salz habe seine Haut zerfressen, die Fische kauten sein Fleisch.

Ich fühlte plötzlich eine große Müdigkeit und beschloss, auf der Insel zu übernachten. Seltsamerweise schlief ich gut. Ich reiste am nächsten Morgen ab. Ich hatte nicht genug Kraft, um mich von Lanka zu verabschieden. Ich machte mich heimlich aus dem Staub wie ein Mörder, ich hinterließ keine Spur.

Am Nachmittag kam ich zu Hause an. Snježana war allein im Wohnzimmer. Sie sah fern. Sie freute sich, als sie mich sah. Seit auch Ana vor einigen Monaten zum Studium nach Zagreb gegangen war, war Snježana ganz allein im Haus. Dinka war noch früher weggegangen, sie arbeitete bereits in einer Bank. Meine Eltern, mit denen wir zusammengelebt hatten, waren vor dem Krieg gestorben. Sie starben beide in einem Jahr. Snježana litt an der Einsamkeit. Ich glaube, sie trinkt zu viel in letzter Zeit. Ihr Gesicht ist alt und trocken geworden.

Sieben Tage ging ich nicht aus dem Haus. Ich badete auch nicht. Leute kamen, um mich zu sehen, aber ich wollte sie nicht sehen. Snježana log und entschuldigte mich damit, dass sie sagte, ich schliefe, ich sei erkältet oder gerade nicht zu Hause, oder unter der Dusche. Durch die Wände und die fest geschlossenen

Fenster drang das Gerede aus den Straßen zu mir. Andrija ist verrückt geworden, erzählte man, seit ihm das mit dem Elefanten geschehen ist. Er ist nicht mehr der Alte, hat sich ganz in sich selbst zurückgezogen, er denkt nur noch an diesen Elefanten, zum Teufel damit, ja, zum Teufel. Wie gelangen diese Informationen, die im Grunde immer wahr sind, an die Ohren der Stadt? Das ist und bleibt für mich das größte Mysterium.

Snježana kam mehrmals täglich in mein Zimmer. Meistens steckte sie nur den Kopf durch die Türe und fragte, ob ich etwas essen wollte, und zwei Mal in jener Woche setzte sie sich auf das Bett und versuchte mit mir zu reden. Sie fragte, was mit mir los sei, warum ich mich so verändert habe, was geschehen sei? Ich konnte ihr nicht gut antworten. Ich erzählte ihr, was sie Sony angetan hatten, Sony, der dafür nichts konnte. Sie schaute mich an wie man jemanden anschaut, der auf einmal, über Nacht, den Verstand verloren hatte. Ich konnte sie verstehen.

Am achten Tag nahm ich ein Bad und rasierte mich, und ging dann auf ein Bier in die Stadt, ins Grand Café, in dem ich früher Stammgast gewesen war. Die Menschen hatten sich verändert. Sie grüßten mich zögernd, schüchtern. Niemand sprach mit mir, nicht einmal die Kellnerin Mara, die sonst immer ein Gespräch mit mir begann, wenn ich morgens einen doppelten Espresso mit ein wenig kalter Milch trank und die Zeitung las. Früher dachte ich, ich sei ihr sympathisch. Jetzt aber glaube ich, dass ich mir das nur eingebildet habe. Ich trank mein Bier und kehrte nach Hause zurück. Hatten sie Angst vor mir? Oder war es Mitleid? Oder Hass? Warum sollten sie mich aber hassen?

Am Abend rief unsere ältere Tochter Dinka aus Zagreb an. Sie wollte mit mir sprechen. Sie fragte mich, wie es mir ginge, ob alles in Ordnung sei. Ja, alles in Ordnung. Warum?

»Was ist das für eine Geschichte mit den Elefanten?«

»Nichts … Sie fehlen mir ein wenig, das ist alles.«

»Die Elefanten fehlen dir?«

»Sie fehlen mir … Aber das werde ich bald lösen, mach dir keine Sorgen.«

»Was meinst du damit, das lösen?«

»Mach dir keine Sorgen, ich werde es lösen. Mach du dir mal keine Sorgen um mich.«

»Pass auf dich auf, bitte. Und auch auf Mama.«

»Mach ich.«

Auch in den nächsten Tagen mieden mich die Leute. Egal, was ich machte, es war erniedrigend. Wieder blieb ich zu Hause. Snježana wurde nervös, denn sie fürchtete, ich würde sie bei ihrem heimlichen Alkoholkonsum erwischen. Sie hatte sich gerade an ihre Einsamkeit gewöhnt.

DVOR AN DER UNA

MAGAŠ schlug die blassblaue Akte auf, in der sich mindestens hundert Blätter befanden. Er blickte kurz zum Fenster hinaus, als müsste er überlegen, ob er die Liste, die ihm Majstorović hatte zukommen lassen, überhaupt lesen sollte. Es regnete immer noch, und von den Straßen stiegen der Dampf und die Gerüche der letzten Tage dieses wüsten Sommers 1991 auf.

Auf die Frage, ob er etwas über die Wegführung der Personen aus der Stadt Zagreb und Umgebung wüsste, antwortete er verneinend und gab zu Protokoll, dass alle Befehle im Zusammenhang mit der Durchsuchung der Wohnungen, der Beschlagnahme von Waffen und der Wegführung von Personen aus Wohnungen im Gebiet Zagreb von Trusić ausgegeben wurden, der die Zettel mit den genauen Angaben im Büro des Pavillons zweiundzwanzig auf dem Zagreber Messegelände hinterließ; und dann nahm der Erste von ihnen, der ins Büro kam, einen dieser Zettel und musste die verlangten Untersuchungen ausführen. Er betonte, dass er nie auf eigene Faust Hausdurchsuchungen oder Nachprüfungen angestellt habe, sondern dass dies alles immer unter dem Befehl von Trusić geschehen sei, von Merčep oder Mandjeral.

Die Gefangenen wurden nicht sofort getötet, sondern sie mussten mehrere Tage putzen, waschen, Munition ausladen, usw.

Den toten Mann auf dem Acker fanden am Morgen einige

Bauern aus dem nahe gelegenen kroatischen Dorf. Er glaubt, sie haben das jemandem gemeldet, und man habe ihnen gesagt, sie sollen ihn wegschaffen. Er ist sich sicher, sie haben ihn irgendwo begraben, wo genau, wisse er aber nicht. Sonst habe er nur selten den Verhören beigewohnt. Wie er es sagte: »Wir hatten nur eins zu tun, sie wegzubringen und zu töten, nichts mehr.« Bevor er sie liquidierte, sprach er mit diesen Leuten, gab ihnen eine Zigarette, erfüllte ihre letzten Wünsche. Alle Liquidierungen wurden auf Befehl ausgeführt. Nichts konnte ohne »grünes Licht« geschehen. Die Liquidierungen fanden immer nachts statt. Normalerweise gruben die Gefangenen die Gräber für die, die in dieser Nacht getötet werden sollten. Diese Aufgabe erfüllten zwei oder drei Gefangene. Er ging manchmal im Gefängnis vorbei; bei einer dieser Gelegenheiten habe er darin viele Menschen gesehen, er weiß nicht genau, wie viele, aber er glaube, dass es elf Personen waren, die dann in einem Keller in Bujavica getötet wurden. Er war meistens nicht anwesend, wenn die anderen Liquidierungen vornahmen, sodass er keine Auskunft zu geben vermag über die Zahl der Menschen, die die anderen auf diese Weise getötet haben.

Mit Saša, sagt er, sei er dick befreundet gewesen. Saša habe ihm sogar eine Jacke geschenkt und ein Gewehr gegeben. Am Tag vor der Exekution seien sie in der Stadt spazieren gegangen und hätten sich amüsiert. Er denkt, dass Sašas Ermordung eine Art Test gewesen sei, um seine Loyalität zu prüfen und um zu sehen, inwiefern er in der Lage war, die Befehle auszuführen. Hätte er das nicht getan, sagt er, wäre er als Nächster an der Reihe gewesen.

Mit dieser Hand habe ich zweiundsiebzig Menschen getötet, darunter waren auch neun Frauen. Wir machten keine Unterschiede, wir stellten keine Fragen, für uns waren sie Tschetniks und Feinde. Am schwersten ist es, das erste Haus anzuzünden, und den ersten Menschen zu töten. Nachher geht alles wie von selbst. Ich erinnere mich an die Vor- und Nachnamen aller Personen, die ich getötet habe.

Die Devise war: »ethnische Säuberung«. Wir haben Direktoren von Schulen und Krankenhäusern getötet, Restaurantbesitzer, und was sonst noch an Serben da war. Die Liquidierungen wurden mit einem Schuss in die Stirn ausgeführt, wir hatten ja nicht viel Zeit.

Die Gefangenen hielten wir im Keller der Grundschule, und wenn es viele waren, steckten wir einige auch in die Klassenzimmer. Für sie waren die Nächte das Schlimmste, wenn wir sie »operativ bearbeiteten«, das heißt, wenn wir ihnen den größtmöglichen Schmerz zuzufügen versuchten, um ein Maximum an Informationen aus ihnen herauszuholen. Und wissen Sie, was die beste Methode war? Sie quälen den Gefangenen mit der Flamme aus einer Gasflasche und schütten dann Essig über die verbrannte Stelle. Am besten funktionierte das an den Genitalien und den Augen. Dann gab es so kleine Induktoren, Feldtelefone, da konnten wir die Serben dran anschließen. Es handelt sich um Gleichstrom, damit kannst du ihn nicht töten, aber es ruft sehr unangenehme Schmerzen hervor. Dann fragst du den so angeschlossenen Serben, wo er her ist, und er sagt dir, aus Dvor an der Una, und du drehst dann die Scheibe und wählst auf dem Feldtelefon Dvor an der Una. Den Gefangenen schob man auch schon Mal ein fünfadriges Kabel in den Anus, das ließ man dann mehrere Stunden drin, sodass sie sich nicht hinsetzen konnten. Man fügte ihnen Wunden zu, in die man Salz streute oder Essig schüttete. Kurz, es ging darum sie weiterbluten zu lassen.

Auch unsere Kroaten hatten Angst vor uns. Das Dorf hörte die ganze Nacht die Schreie und Hilferufe aus dem Gefängnis, die Menschen konnten nicht schlafen, aber sie wagten es nicht, uns etwas zu fragen. Alle wussten, dass auch sie, sollten sie eine Frage stellen, im Gefängnis landen konnten.

Zuerst brachte er sie ins Hotel Panorama, dann aufs Sljeme und liquidierte sie dort.

Sie war so unschuldig, sie konnte nicht einmal weinen, die Tränen liefen ihr einfach so aus den Augen. Ihre Liquidierung wurde nicht mit Vor- und Nachnamen angeordnet, der Befehl lautete einfach, das Gefängnis zu leeren, und das bedeutete, alle noch übriggebliebenen Gefangenen zu liquidieren.

Und was jetzt, Herr Magaš? Wer würde es dir übelnehmen, wenn du deine befreiende Unterschrift auf dieses Stück Papier setzt und damit unsere Befreier befreist? Wirklich, wer? Vielleicht wird ein Outsider in dreißig oder fünfzig Jahren in einem Buch, das ohnehin niemand lesen wird, deinen Namen erwähnen und bemerken, dass du Mörder, die ihre Mordtaten gestanden haben, wieder auf freien Fuß gesetzt hast. Aber das wird in dreißig oder fünfzig Jahren sein, und du bist dann schon längst tot und trocken wie Kreide. Es gilt, jetzt seinen Kopf zu retten, alle werden das verstehen, alle werden wissen, dass du nicht anders handeln konntest, du hattest keine Wahl in dieser delikaten Lage. Jedem wird klar sein, dass in Wirklichkeit nicht du diese Entscheidung gefällt hast und genaugenommen auch sonst keine konkrete Person. Das ist der Volkswille, und dir ist es, aus Glück oder Unglück, zugefallen, deine Unterschrift da auf dieses Stück Papier zu setzen und weiterzumachen, weiterzumachen.

Aber, dachte er, was, wenn er unterschrieb, und sie stellten ihn dann doch aufs Abstellgleis in ein oder zwei Monaten oder nach einem Jahr? Ja, darum ging es: Sie würden ihn benutzen, um ein paar schmutzige Geschäfte zu erledigen, und dann einen Grund finden, ihn mit einem Fußtritt hinauszubefördern, ihn in die Reihe der Überflüssigen zu stellen, die wie benommen durch die Stadt taumeln und immer hoffen, dass am nächsten Morgen, mit dem nächsten Erwachen, alles wieder so sein werde wie früher. Das wird es aber nicht, nie mehr. Sie werden ihn benutzen und dann wegwerfen, denn sie werden ihm nie vertrauen, und auch er wird nie Sympathien entwickeln für sie. Könnte aber eine Ablehnung seinerseits ein automatisches Todesurteil bedeuten? Wäre das denn nicht eine klare feindselige Handlung, die die allerstrengste Strafe verdiente?

Der Regen hörte auch am nächsten Morgen nicht auf. Vladimir Magaš betrat das Büro von Branimir Majstorović mit einem dicken Papierbund unterm Arm. Majstorović wies mit der Hand auf einen Sessel, aber Magaš sagte, das sei nicht nötig. Er legte die Papiere auf den Tisch.

»Ich kann das, trotzdem, nicht«, seufzte er. »Das ist zu fürchterlich, ich kann sie nicht laufen lassen. Sie haben Menschen getötet, die mit der Sache gar nichts zu tun hatten, die vollkommen unschuldig waren. Sie haben sie aus Amüsement getötet, aus Langeweile. Ich werde sie nicht laufen lassen. Ich kann das nicht … Nun, wie auch immer, ich bin gekommen, um meine Entlassung einzureichen. Ich gehe.«

»Und Sie meinen, Sie können einfach so gehen?« Majstorović konnte kaum seine Wut unterdrücken.

»Einfach so.«

Magaš war ruhig, und damit hatte Majstorović nicht gerechnet. So blieb ihm nichts übrig, als ihm stumpf in die Augen zu sehen.

»Wenn das so ist, dann okay. Kümmern Sie sich um den Papierkram, von morgen an will ich Sie hier nicht mehr sehen. Ich hoffe, Sie wissen, was Sie erwartet, wenn Sie sich ohne den geringsten Schutz auf der Straße wiederfinden.«

»Auf Wiedersehen.«

An der Türe fiel Magaš ein, dass er etwas vergessen hatte.

»Ich wollte noch einen Abschiedstrunk für die Kollegen organisieren … Könnte ich den großen Saal für eine Stunde haben?«

»Geht in Ordnung«, sagte der Generalstaatsanwalt.

»Sie sind natürlich auch eingeladen.«

Es kamen insgesamt sechs Leute. Zu essen und zu trinken gab es mindestens für vierzig sehr hungrige und sehr durstige Personen. Diese Fülle auf den Tischen wirkte traurig, von Stille und unterdrücktem Unbehagen umgeben. Wie ein Stillleben. Fünf Frauen und ein Mann kamen einzeln auf ihn zu und achteten vor allem darauf, nicht zu lange mit ihm zu sprechen. Warum so plötzlich? Wie geht es dir? Hast du es dir wirklich gut überlegt? Wovon willst du denn leben, hast du darüber nachgedacht? Viel Glück, melde dich mal wieder, wenn du etwas brauchst. Magaš sagte ihnen nichts von Rimac' Angebot.

Er füllte eine kleine Plastiktüte mit seinen Sachen aus dem Büro, verabschiedete sich von seiner Sekretärin, die nicht zum Abschiedscocktail erschienen war, und ging, um nie mehr wiederzukommen. Er überlegte, warum die vielen anderen, die er ausgezeichnet kannte, nicht gekommen waren, mit denen er noch vor kurzer Zeit scheinbar befreundet gewesen war, denen er Geld geliehen, für die er gelogen hatte, die ihn zu sich nach Hause eingeladen, und die auch er bei sich empfangen hatte? Genügt denn so wenig, dass alle eine feste und nicht hinterfragbare Haltung dem Feind gegenüber einnahmen? In solchen Zeiten ist die Fähigkeit, schnell und kompromisslos Feind von Freund zu trennen, entscheidend. Wer zögert, läuft Gefahr, überholt zu werden, oder, weil er zögerte, auf die Seite des Feindes zu geraten. Vladimir Magaš begriff, dass das nicht einfach eine vorübergehende Erschütterung des Grunds und Bodens war, auf dem er stand, eine Erschütterung, die vielleicht drei Teller und ein paar Kristallgläser umwerfen und zerbrechen würde. Es war vielmehr so, dass sich die Erde selbst aufgetan hatte, und der Abgrund wurde von Tag zu Tag größer; es fehlte nur wenig, und man konnte sich nicht einmal mehr eine Brücke zwischen den entzweiten Teilen vorstellen, denn auch tausend der besten Architekten wären nicht in der Lage, das Auseinanderdriften der zwei Erdteile zu überbrücken.

Er betrat seine Wohnung gegen drei Uhr nachmittags. Er rief Jasmina an. Im Haus ihrer Eltern in der Schweiz antwortete niemand. Dann wählte er die Nummer von Krešimir Malenica. Nichts. Er rief auch in seinem Büro an, wo man ihm sagte, der Herr sei zum Mittagessen aus dem Haus gegangen, und noch nicht zurückgekehrt. Man wisse nicht, ob er heute Nachmittag noch einmal ins Büro komme. Wahrscheinlich eher nicht. Die Anwälte gehören in der heutigen Zeit nicht in die Büros, hinter tapezierte Türen, heutzutage halten Anwälte Markttag in Kneipen und Restaurants, in Spielhöllen, in den Wartesälen der Krankenhäuser, auf Feuerwehrbällen, sie treffen ihre Klientel in den Garagen der verschlafenen Vorstädte. Jeder Klient ist wichtig, um jeden muss man kämpfen, das sind die Gesetze des Marktes, das ist der Kapitalismus, man muss seine Ware an den Mann bringen.

Würdest du das morgen auch tun, Vladimir? Auf die Straße, unter die wilden Tiere, die alles an sich reißen und nehmen, was sie können, in die Keller und Kanalisationsschächte? Man wird dich auffressen, Vladimir! Du kennst diese Leute nicht. Das sind Menschen, die können nicht verlieren, die können keine Niederlagen einstecken, für sie gibt es kein »es geht nicht«. Du kannst sie nicht belügen, sie nicht manipulieren. Rimac könnte dich vor dieser Wildnis schützen. Du brauchst Schutz – hast du denn eine Wahl?

Magaš wünschte sich vor allem, dass die Erde zu beben aufhörte, dass es zu Ende sei mit diesem Zusammenbruch, diesen zerplatzenden Steinen, diesem überall zerklirrenden Glas. Dass es endlich wieder still, dass alles wieder langsamer werde, und dann auch stehen bliebe, dass nicht einmal ein Flüstern hörbar wäre, denn nichts ist unheilverkündender als ein Flüstern.

Er schlief auf der Couch im Wohnzimmer ein, in einer Flut klaren Lichts, das plötzlich durch die Fenster hereinbrach.

5

MAGAŠ

JANA WECKTE MICH, als sie ging. Sie legte die Schlüssel auf den Nachttisch und sagte mir, ich solle sie ins Café bringen. Ich blieb in ihrem Bett liegen. Ich erwachte erst zwei Stunden später. Ich ging im Café vorbei, gab ihr die Schlüssel und legte kurz meinen Arm um ihre Hüften.

Ich ging zu Vladimir Magaš ins Altersheim. Auch ihm hätte ich am liebsten alles gebeichtet, bevor ich in den Süden reiste, um den Mord an meinem Vater zu untersuchen. Er besaß in einer bestimmten Weise das Recht zu wissen, dass mein Vater Andrija Sučić war, denn dieser Mann, mein Vater, hatte auch in seinem Leben eine Rolle gespielt. Er sollte wissen, wozu das ganze eigentlich über die Bühne gegangen war, das alles, die Besuche und Gespräche des letzten Jahres. Damit er aufhöre zu glauben, falls er das denn jemals geglaubt hatte, dass ich der verheimlichte Sohn Dragan Kraljevićs war, ein nach der Wahrheit lechzender Sohn, der eines Tages leise in sein Altersheimzimmer trat und fragte, ob er kurz stören dürfe.

Magaš hatte mich vor genau dreizehn Monaten, im September 1998, zum ersten Mal in sein Zimmer gelassen, und ich hatte ihm die Geschichte erzählt, die ich mir zurechtgelegt hatte. Ich bat ihn, sollte das seine Ruhe nicht zu sehr stören, dass er mir von meinem Vater erzählte, dem berühmten Besitzer des einst berühmtesten Lokals der Stadt, Dragan Kraljević. Mit einem Seufzer hatte er beschlossen, sich meiner auf anständige

Weise, aber schnell zu entledigen. Er deklamierte ein paar Sätze, die nichts zu sagen hatten. Sie glichen den gestaltlosen Sätzen aus den Zeitungen. Dragan sei ein guter Mensch gewesen. Alle mochten ihn. Großzügig. Ehrlich. Die Zeit war wirklich schwierig gewesen, doch er hatte alles ertragen. Ein fürchterlicher Druck. Das musste sich irgendwann einmal rächen. Mit ihm sei ein guter Mensch von uns gegangen.

»Das genügt mir nicht«, sagte ich. Er stutzte über die unerwartete Frechheit meines Tones. »Erzählen Sie mir mehr, ich bitte Sie. Etwas, was mir wirklich helfen kann, mir ein Bild von ihm zu machen.«

Er hielt inne. Er gab seiner ersten Regung nicht nach, mich sofort aus dem Zimmer zu werfen. Er seufzte wieder, und ließ sich dann bequem ins Bett zurücksinken. Er erinnerte sich. Nach zwei Stunden, sagte ich, ich müsse gehen, dass ich aber bald wiederkommen würde. Natürlich wenn er nichts dagegen habe. Er wollte antworten, dass er sehr wohl etwas dagegen habe. Das konnte ich genau sehen. Auf Wiedersehen, presste er zwischen seinen Lippen hervor.

Jetzt aber war ich gekommen, um von ihm Abschied zu nehmen und meinen Betrug einzugestehen. Als ich eintrat, saß er am Tisch und las Zeitung. Er schaute mich fragend an.

»Sučić ist ermordet worden, was?«, sagte er.

»Deshalb bin ich auch gekommen.«

Wieder ging ein Stoß durch seinen Körper, als ich ihm sagte, Andrija Sučić sei mein Vater gewesen und ich arbeitete für die Nationale Sicherheit, in der Abteilung für organisierte Kriminalität. Ich sagte ihm auch, dass ich mit dem Fall Jadran Rimac befasst war. Ihm wurde nun klar, warum ich überhaupt hergekommen war, und warum ich, als er in einem Gespräch, ungefähr in der Mitte unserer Bekanntschaft, anders geworden war, als er den Namen meines Vaters erwähnte. Seitdem kam ich ihm irgendwie seltsam vor, aber ich hatte stets achtgegeben, die Grenze nicht zu überschreiten, an der ich seine Zweifel geweckt hätte. Ich hatte mir wirklich Mühe gegeben, dass das Ausweichen auf Andrija Sučić nicht zu auffällig geschah. Was für ein Chaos! Ich war zu ihm gekommen als Sohn Dragan Kraljevićs, um etwas über Jadran Rimac zu erfahren, und in Wirklichkeit interessierte mich Andrija Sučić. Jetzt hatte er alles begriffen, oder er glaubte zumindest, alles begriffen zu haben.

Das erste Mal erwähnte er Andrija Sučić an einem Nachmittag, als er bereits Vertrauen zu mir gefasst hatte, oder als ihm alles gleichgültig geworden war. Er hatte sich entschlossen zu erzählen, weshalb er die Staatsanwaltschaft verlassen hatte, obwohl ich nicht besonders auf dieser Frage insistierte. Er musste es einfach jemandem erzählen, denn er hatte es noch nie getan. Es kann sein, dass es noch jemand wusste, abgesehen von ihm und von Branimir Majstorović; Magaš aber hatte niemandem die Wahrheit gesagt. Er konnte einfach nicht die Leute laufen lassen, von denen er wusste, dass sie Mörder waren. Ja, er hätte Tausende von Gründen dafür finden können und es dennoch tun, aber das hatte er nicht getan. Mario Matković, Nikola Zorić, Josip Hofman Jozef, Andrija Sučić, Dijana Delalić, Matej Bakula, Zoran Tadej. Acht Jahre waren vergangen, aber er erinnerte sich noch an jede Kleinigkeit. Die Geschichte dieser Dijana war erschreckend. Sie erzählte von den Gesichtern der Getöteten, von den Ausdrücken auf diesen Gesichtern während sie erloschen, von blutverschmierten Brüsten junger Mädchen, von den schwarzen Nägeln der Leichen. Ihre Erzählung klang wie der Bericht eines Leichenbeschauers, nicht wie der eines Mörders.

»Und dieser Sučić?«, unterbrach ich ihn. »Was hat er erzählt?«

»Nichts. Er war der Einzige, der nichts gesagt hat. Der nichts gestanden hat. Aber die anderen haben ihn erwähnt ... Er war dabei, ohne Zweifel.«

»Und was sagten die anderen über ihn?«

»Nichts Besonderes. Dass er dabei gewesen sei. Dass er geschossen habe. Er war der Älteste, aber er benahm sich nicht so. Er stand nicht abseits. Ich habe nicht verstanden, warum er damals beschlossen hatte zu schweigen. Vor allem später verstand ich es nicht, als Sučić als Einziger davon zu erzählen begann. Zu erzählen und zu lügen, alles zu vergrößern.«

Ich stellte noch einige Fragen, aber er wusste nichts mehr zu berichten. Ich habe es auch später versucht, auf Umwegen, plötzlich unterbrach ich das Gespräch mit einer Frage oder einer Bemerkung zu Sučić, doch er gab mir keine Antwort. Er sagte lediglich, dass er nichts wisse, oder überhörte einfach meine Worte. Sučić wurde für Vladimir Magaš erst interessant, als er in den Zeitungen zu beichten begann, aber nie so sehr, dass er nachgefragt oder Untersuchungen angestellt hätte. Die nachträglichen Geständnisse über die Verbrechen betrachtete er als eine Art verzweifelten Versuch, sich freizukaufen. Er ahnte, dass das vielleicht eine zu einfache Sicht auf die Dinge war, aber, sagte er sich, die Dinge waren manchmal gerade so: einfach. Besonders wenn es um Leute wie Sučić ging. Und damit hörte er auf, weiter darüber nachzudenken.

»Und was willst du jetzt tun?«, fragte er, doch korrigierte er sich gleich: »Das heißt, du hast hoffentlich nicht vor, jetzt etwas zu tun?«

»Ich fahre runter. Ich habe verlangt, dass ich an den Untersuchungen teilnehmen kann, und es wurde mir erlaubt. Ein weiterer Beweis, dass niemand auf dem Laufenden ist. Ich reise heute Nachmittag oder heute Abend ab.«

»Ich würde dir raten, eine Nacht darüber zu schlafen. Du weißt so gut wie ich, dass diese Untersuchung nichts ergeben wird. Wie auch die Untersuchung über Rimac nie etwas ergeben wird. Auch das weißt du ganz genau …«

»Nein. Ich habe das so beschlossen. Und jetzt fahre ich. Ich muss dort sein.«

»Du musst überhaupt nichts. Mehr noch, ich denke, dass das eine der dümmeren Sachen in deinem Leben wäre, so ungefähr auf dem Niveau deines Beitritts zur Nationalen Sicherheit. Wenn du denkst, dass man dich überhaupt erst etwas untersuchen lassen wird, täuschst du dich gewaltig. Schlaf mal drüber, hör auf mich. Schlaf drüber!«

Ich schwieg. Auch er schwieg kurz, und fuhr dann fort. Er sagte, dass alle privaten Untersuchungen in den Bereich der Idiotie gehörten, vor allem wenn du jeden Monat einen guten Lohn erhältst, damit du andere Untersuchungen machst. Es ist sinnlos, sich mit irgendeiner Untersuchung zu beschäftigen, die nicht im Interesse des Staates liegt. Das können sich allenfalls Journalisten leisten, und auch nur die Exhibitionisten unter ihnen. Er sagte dann noch, ich müsste jetzt vor allem ruhig und klug sein, nichts mehr.

»Dein Vater musste ein solches Ende finden. So ist das, und das ist jetzt vorbei.«

»Auch Sie reden nur aus eigenem Interesse so …«

»Was meinst du damit – auch Sie?«

»Das spielt jetzt keine Rolle, Sie reden nur aus eigenem Interesse so, um ihre eigenen Handlungen zu rechtfertigen. Sie haben die Untersuchung fallengelassen, obwohl Sie sogar im Besitz der Namen der Mörder waren. Sie haben einfach aufgegeben, Sie haben es vergessen, sich auf die Lohnliste eines Gangsters setzen lassen, gedacht, dass Sie intelligenter seien als alle. Auch jetzt noch glauben Sie, dass das die richtige Entscheidung war, oder die einzig mögliche Entscheidung. Was aber, wenn jemand nicht so denkt wie Sie? Was dann?«

»Ich zweifle keinen Augenblick daran, dass du genauso denkst wie ich, nur hast du noch nicht den Mut, es dir einzugestehen. Dein Vater hat das verdient, das weißt du selbst.«

»Sie meinen, wegen mir? Nein, ich weise ihm keinerlei Schuld zu. Er hat nie erfahren, dass es mich gab. Nie! Meine Mutter hat nie nach ihm gesucht. Das hat sie mir selbst erzählt. Sie haben sich nie wiedergesehen. Als hätte sich überhaupt nichts ereignet. Er wusste von nichts, wirklich von nichts. Hätte er es gewusst, wäre vielleicht alles anders gewesen …«

»Ich dachte nicht daran, sondern … Er hat unschuldige Menschen getötet. Serben, aber unschuldige Menschen.«

»Und Sie haben beschlossen, das alles zu vergessen … Sie haben es erlaubt, dass jemand anders an ihrer Stelle die Entlassungspapiere unterzeichnet, Sie wussten, dass jemand anders es tun würde. Und Sie haben die ganze Zeit geschwiegen. Als wüssten Sie von nichts.«

Er reagierte nicht auf meinen Kommentar. Ich war mir nicht sicher, ob ich ihm diese Vorwürfe aus Überzeugung oder aus Wut an den Kopf warf. Er erhob sich vom Tisch, rollte die Zeitung zusammen und ging zum Bett. Er streckte sich aus, legte seinen Kopf auf die Mitte des Kissens, richtete den Blick an die Decke und schloss dann die Augen. Leise verließ ich das Zimmer.

DER BRIEF

SEHR GEEHRTER HERR PRÄSIDENT, *sehr geehrter Herr Oberkommandierender der Truppen! Sie werden sicher denken, dass ich äußerst frech oder vollkommen verrückt bin, mich an Sie zu wenden, wenn Sie den Grund gelesen haben, der mich dazu führt, Ihnen zu schreiben und Ihre so kostbare Zeit in Anspruch zu nehmen. Doch in Anbetracht aller Dinge erachte ich es trotzdem als mein Recht, und bitte Sie, mir den Grund meines Schreibens nicht übel zu nehmen. Ich glaube, es ist mehr als nur Ihre moralische Pflicht, meinem Gesuch Beachtung und ein wenig Zeit zu schenken und ihm schließlich zuzustimmen.*

Meine Bitte, um sie kurz zu äußern, bezieht sich auf das Elefantenweibchen Lanka auf Ihrer Insel: Ich ersuche Sie darum, sie mir zu schenken, denn ich werde mich um sie kümmern wie niemand sonst. Ich weiß nicht, welche Art von Beweis für meine Worte ich Ihnen in diesem Augenblick geben könnte. Genau genommen können Sie mir nur glauben und vertrauen, wie Sie mir früher schon Ihr Vertrauen geschenkt haben, als ich noch Mitglied Ihrer Leibwache war. Ihr Leben war oft in meinen Händen. Sie haben es in meine Hände gegeben, weil Sie mir vertraut haben. Vertrauen Sie mir auch jetzt, wenn ich Ihnen sage, dass ich mich um Lanka kümmern werde wie niemand sonst; es wird ihr an nichts fehlen, sie wird sogar mehr haben als manches Kind! Und wenn ich nicht da bin, wenn ich aus beruflichen Gründen abwesend sein sollte, wird sich meine Frau Snježana um Lanka kümmern, ganz als ob ich selbst da wäre. Was die Haltungsbedingungen für das Elefantenweibchen betrifft, so bin ich bereit, in kürzester Zeit das dazu notwendige Gebäude zu errichten und zumindest für die erste Zeit das notwendige Futter herbeizuschaffen.

Ich werde Ihnen jetzt kurz meine Biografie darstellen, auch wenn ich sicher bin, dass Sie sich an meine Person erinnern. So kurz wie möglich werde ich auch den Lebenslauf meiner Ehefrau Snježana Sučić beifügen.

Ich lebe zusammen mit meiner Frau. Unsere zwei Töchter, Dinka und Ana, studieren in der Hauptstadt. Sie sind gute Studentinnen. Von Berufs wegen bin ich Elektroingenieur. Nachdem ich die Universität in Zagreb beendet hatte, kehrte ich in meine Geburtsstadt zurück und nahm eine Stelle in der lokalen Fabrik an. Als unser Staat selbstständig wurde, meldete ich mich freiwillig bei den Spezialeinheiten der Polizei. Ich fühlte mich dem Vaterland, aber auch dem Volke gegenüber verpflichtet. Ich habe auf verschiedenen Kriegsschauplätzen gekämpft, einmal wurde ich im Kampf verwundet. Ich wurde mit der Tapferkeitsmedaille ausgezeichnet, mit dem Goldenen Kreuz für Loyalität, mit der Auszeichnung für besondere Taten und mit dem Orden der Ritterschaft. Mit Ihrer Entscheidung wurde ich 1994 in die Präsidentengarde versetzt, mit der Aufgabe, nachrichtendienstliche Untersuchungen zu Ihrer persönlichen Sicherheit vorzunehmen. Heute noch bin ich Mitglied der Garde. Ich führe den Rang eines Hauptmanns unserer Streitkräfte. Im Augenblick befinde ich mich auf einem Erholungsurlaub zu Hause.

Ich zweifle nicht daran, dass Sie sich erkundigen und in Erfahrung bringen werden, warum ich mich auf einem Erholungsurlaub befinde. Ich bitte Sie nur, nicht voreilige beziehungsweise falsche Schlüsse zu ziehen! Meine Motive sind rein und ehrlich. Ich wünsche, dem Elefantenweibchen Lanka sein Leben zu verschönern so weit dies möglich ist. Ich wünsche, dass es ihr an nichts fehlt, dass sie all die Pflege und Liebe erhält, die sie verdient.

Was meine Ehefrau Snježana betrifft, so ist sie jünger als ich und arbeitet zu Hause als freischaffende Buchhalterin. Sie hat genug Arbeit und verdient gut, sodass ich sagen kann, dass wir eine wohlhabende Familie sind, was in diesem Fall nicht ohne Bedeutung ist, denn man muss das Elefantenweibchen ja schließlich füttern und ihr ein angenehmes Leben sichern.

Sehr geehrter Herr Präsident, ich hoffe, Sie werden meiner Bitte Gehör schenken und vom menschlichen Standpunkt aus meine Gründe für diese Bitte verstehen. Ich grüße Sie hochachtungsvoll und erwarte Ihre baldige Antwort,

Andrija Sučić, Hauptmann,
den 5. November 1995

DER BRITE

MARA IŠTUK saß an ihrem Küchentisch und war in die Zeitung vertieft. Der Raum lag im Halbdunkel. Sie sammelte nur die wichtigsten Informationen zum Tod Jadran Rimac'. Ein betrunkener Gast in einer heruntergekommenen Kneipe am Ostende der Stadt hatte nicht aufgehört, Rimac und dessen Gesellschaft zu provozieren. Auch Rimac war betrunken. Er konnte die Provokationen nicht mehr ignorieren und begann seinerseits, den betrunkenen Gast mit Beschimpfungen zu überhäufen. Er konnte nicht ahnen, dass er deshalb einige Augenblicke später sterben würde. Der Mörder, ein gewisser Ljuba Begić, ein Offizier im Ruhestand, schoss Rimac zwei Mal in den Kopf, und wurde dann selbst mit sechs genau gezielten Schüssen in Kopf und Brust getötet. Vier Männer aus Rimac' Entourage hatten geschossen. Ein Schuss hatte das Ziel verfehlt. Die vier hatten sich sofort ergeben: Dalibor Tolić, der Sohn des bekannten Erdölhändlers Nenad Tolić, Matej Bakula, ein Angehöriger der Spezialeinheiten der Polizei im Ruhestand, Toni Brigljević, ein Fußballmanager, Tomislav Marinović, Rimac' bester Freund. Alle vier befanden sich im legalen Besitz ihrer Schusswaffen. Die Polizeiuntersuchung, schrieb die Zeitung, werde sich auf die eventuellen, bisher verborgenen Motive des Ljuba Begić konzentrieren, aber man könne bereits jetzt mit großer Wahrscheinlichkeit behaupten, dass es sich um einen unglücklichen Zufall handelte, und dass Begić keinen Plan besessen habe. »Menschen ohne Plan sind gefährlich, man kann nichts gegen sie unternehmen«, sagte der Polizeiinspektor im Ruhestand, den die Journalisten in solchen Fällen immer interviewten. Seiner Meinung nach handelte es sich einfach um ein unglückliches Zusammenspiel der Umstände.

Mara Ištuk wollte nicht an diesen Zufall glauben. Das konnte kein Zufall sein. Wie denn Zufall!? Jadran Rimac hatte ihr in den letzten Wochen immer mehr und mehr erzählt, er war bereit, einen Handel abzuschließen, noch ein wenig, und er hätte alles gesagt, was er wusste, und gerade dann wurde er während einer dummen Kneipengeschichte getötet? Wer sollte das glauben?! Rimac konnte nicht so sterben, Rimac verdiente es nicht, einfach so zu sterben. Sein Tod musste spektakulär sein, wie in einem Film. Wenn er gewusst hätte, dass er sein Leben in einer dreckigen Kneipe am Stadtrand beenden würde, hätte er sich selbst in den Kopf geschossen, um wenigstens von der Hand eines ebenbürtigen Gegners zu sterben. Rimac war Bumbars rechte Hand. Sein bester Freund. Die beiden dachten für alle anderen: für Rada, Kiza, Marinović, für Ćenta, Jusa, Golub … Und für viele mehr, deren Namen sie nicht einmal kannten. Ohne Rimac und Bumbar wären alle diese anderen bis zum Ende ihres Lebens, oder bis zur letzten Haft, Türsteher vor den Clubs der ausländischen Hauptstädte gewesen, in denen freitags und samstags die kleinen und großen Stars aus der Provinz gastieren. Blutiges Geld. Oder sie hätten bis ans Ende ihrer Tage albanische, türkische und jüdische Juweliergeschäfte überfallen, quer durch Mutter Europa. Nur Bumbar und Rimac hatten eine Vision. Schritt für Schritt bauten sie ein System von Erpressungs- und Schutzgeldern für die gesamten Bars und Restaurants auf, deren Besitzer aus dem ehemaligen Jugoslawien nach Frankfurt gezogen waren. Zuerst trieben sie das Geld in einem Restaurant ein, dann bald in fünf und dann in fünfzehn und schließlich in fünfundzwanzig. Die Zahl stieg ständig an, das Business wurde besser und besser. Sie ließen sich, genau genommen, die eigene Passivität bezahlen: Wir werden nicht in eure Kneipen und Lokale kommen, das heißt, es wird keine Schlägereien geben und auch keine Polizeirazzias, und keine Waffen, und ihr werdet uns das anständig vergüten. Sie taten nichts, und das Geld floss. Und sie gaben es aus, ach, wie sie es ausgaben: für Autos, Alkohol, Frauen, Gold, Uhren und beim Zocken. Wenn man leicht zu Geld kommt, gibt man es auch mit Leichtigkeit aus, aber egal, ob du es dir in immer größeren Mengen wünschst, du brauchst es in immer größeren Dosen. So stiegen die Summen, die die zu Tode erschrockenen Gastwirte jeden Ersten des Monats zahlen mussten. Man durfte aber nicht zu weit gehen, darauf achteten Rimac und Bumbar, man darf den Gastwirt nicht an den Rand des Ruins bringen, denn ein verzweifelter Mann ist ein gefährlicher Mann. Wie auch der ohne Plan. Es war auch nicht zweckdienlich, dass ein ruinierter Gastwirt seinen Betrieb und damit den Zufluss dieses leichten Geldes für Bumbar und Rimac einstellte. Es galt, so viele dieser Legehennen wie möglich einzufangen und sie mit Grausamkeit, aber auch mit Verstand auszubeuten. Nebenbei beschäftigten sie sich auch mit anderen Dingen, mit Wucher, mit dem Eintreiben fremder Schulden, und versammelten dabei geduldig und hingebungsvoll immer mehr krumme Gestalten um sich …

Das konnte kein Zufall sein. Ein solcher Tod war Jadran Rimac' nicht würdig. Mara beschäftigte jedoch nicht nur der Gedanke, dass jemand den Auftrag für den Mord an Jadran Rimac gegeben hatte, der wusste, dass dieser nun bereit war, viel Mächtigere, als er selbst es war, auszuliefern, und von diesen Mächtigeren gab es nicht viele. Es beunruhigte sie vielmehr, dass von Rimac' Absicht auszupacken außer ihr nur der Generalstaatsanwalt Čabraja und – Boško wussten. Was hast du dir dabei gedacht, als du es Boško erzählt hast, Mara? Hast du denn vergessen, dass er für die Nationale Sicherheit arbeitet, und dass für ihn die Loyalität dem Geheimdienst gegenüber über allen anderen Dingen stand, auch über Wahrheit und Gerechtigkeit, dass sie wichtiger war als das Aufdecken von kriminellen Geschäften? Wie konntest du nur so unvorsichtig sein mit einem Mann, bei dem höchste Vorsicht geboten gewesen wäre?

Das war aber noch nicht das Schlimmste. Am schlimmsten war der hauchdünne, aber glasklare Gedanke, dass es vielleicht doch nur Zufall gewesen war. Der betrunkene Veteran hatte einfach schneller seine Waffe gezogen. Das bestätigten auch die Angaben, die sie sofort über Ljuba Begić einholen konnte. Er war im Krieg psychisch erkrankt. Wo er auch auftauchte, verursachte er nur Unglück. Keilereien, Waffengebrauch, wilde Fahrten in betrunkenem Zustand, Drogen. Die Polizei ließ ihn wieder laufen, weil immer wieder jemand anrief und sagte, man solle ihn laufen lassen. Aber sie hatte herausbekommen, dass nie jemand aus der Nationalen Sicherheit eingegriffen hatte, niemand aus dem Verteidigungsministerium oder aus dem Büro des Präsidenten. Die Anrufe wurden von zwei Generälen im Ruhestand getätigt, die wahrscheinlich eine lebenslange Schuld gegenüber Ljuba Begić hatten. Von den Generälen Tonko Mišković und Marijan Runje. Aus dem Krieg gegen die Serben waren sie mit der Aureole von Helden hervorgegangen: Ihr Wort hatte mehr Gewicht als die Traktate der meisten Regierungsmitglieder. Sie hatten nach dem Krieg selbst verlangt, in den Ruhestand versetzt zu werden, denn sie fühlten sich in der Armee immer mehr beengt. Sie hatten intelligentere Dinge zu tun, als sich in Büros und auf Sitzungen zu langweilen oder weit entfernte Kasernen zu besichtigen, in denen die Ausbilder den neuen Rekruten in den Hintern traten.

Mišković war der Ältere und Skrupellosere. Runje der Fähigere und beim gewöhnlichen Volk Beliebtere. Mara Ištuk gelang es nicht, eine Verbindung zwischen den beiden Generälen und der Nationalen Sicherheit ans Tageslicht zu bringen. In den Archiven fand sie nur zwei kurze Notizen über die Kontakte des Generals Mišković zu einem gewissen Žarko Zanki, dem Chef einer Verbrecherbande, die aus dem Osten der Stadt Richtung Zentrum strebte. Der junge Zanki konnte sich noch nicht mit Rimac messen, aber er hatte es eilig. Sie blieben auf Distanz: Zanki zeigte immer offener und frecher, dass ihm Rimac nicht sympathisch war, und Rimac spielte nicht besonders überzeugend den vollkommen Gleichgültigen, sobald es um Zanki ging, den bereits eine immer dichtere Wolke von Gerüchten, Geflüster und Gemunkel, Geheimnissen und Übertreibungen zu umgeben begann. Hätte er sich denn so schnell entschlossen, Rimac aus dem Weg zu räumen? Er war jung, aber nicht verrückt ungeduldig. Er wusste, dass die Umstände und die Zeit für ihn arbeiteten. Jedoch, wenn er trotzdem Rimac umbringen ließ, und zwar gerade so, beinahe auf perfekte Weise, dann konnte das nicht mit einem etwaigen Verrat von Boško zusammenhängen, überlegte Mara Ištuk. Oder vielleicht doch? Immer neue Fragen gingen in ihr auf, immer neue Möglichkeiten ergaben sich. Und das Hasch ließ sie im Stich: Es half ihr nicht wie früher, sich zu konzentrieren und schärfer nachzudenken, es nahm ihr nur alle Kraft aus den Muskeln und trieb sie ins Bett.

Mara atmete tief ein. Die Dämmerung war angenehm. Der Geruch der herbstlichen Stadt Zagreb, die gerösteten Kastanien auf dem Britischen Platz, die Taxifahrer spielen Schach auf den Marktständen, die noch heute Morgen unter dem Gewicht der Kartoffeln, Tomaten, Millchprodukte, Kohlsorten, des Haushonigs und von allerlei anderem Hausgemachten stöhnten.

Diese Manie des Hausgemachten war zum Kotzen. Sie zwang sich, bei ihren Eltern vorbeizugehen. Sie nahm an, dass sie unzählige Male versucht hatten, sie anzurufen.

Ihre Mutter fiel gleich in der Tür noch über sie her. Sie hatte Tränen in den Augen, zwang sich aber, keine Miene zu verziehen. Von Zeit zu Zeit flogen jedoch kleine Zuckungen darüber, wie Schatten, die sich nicht verheimlichen ließen.

»Ich verstehe nicht, warum du das tust, Mara? Warum tust du uns das an? Was haben wir verbrochen, dass du uns so in den Wahnsinn treibst? Du kannst nicht einfach so verschwinden! Du kannst das nicht dauernd tun …«, ihre Mutter beruhigte sich langsam.

»Ich habe ganz einfach geschlafen, hör mir zu, ich habe nur geschlafen. Ich war müde, und ich habe geschlafen. Zwei, drei Tage, oder wie viel auch immer … Ich habe nur geschlafen. Wie ein Stein.«

»Du hättest anrufen können, bevor du ins Bett gingst, ankündigen, dass du eine Zeit lang nicht erreichbar seist. Natürlich hättest du das tun können, aber …«

»Aber ich habe nicht gedacht, dass das so wichtig ist …«

»Das denkst du nie. Wirklich nie.«

Der Vater sah im Wohnzimmer fern. Er ließ sich von ihrer Ankunft nicht stören. Ein älterer Nachrichtensprecher, sich alle Mühe gebend, nicht pathetisch zu wirken, las eine Bekanntmachung des Kabinetts des Präsidenten, und dass es das Kabinett des Präsidenten war, das die Bekanntmachung veranlasst hatte, deutete darauf hin, dass die Situation nicht gerade trivial war. Sonst hätte das Büro des Präsidenten sie in Umlauf setzen können, oder der Oberste Rat der Nation. Die Mittlere Initiative für Volksbegehren, oder sonst eines der unzähligen Organe, die der Präsident in fanatischem Eifer links und rechts gründete, damit seine Meinung aus immer mehr Organen mit pompösen Namen unters Volk gebracht wurde, wobei die Eingeweihten sehr schnell verstanden, welches reale Gewicht sich jeweils hinter der tintentriefenden Namensgebung verbarg. Das Kabinett war die höchste Stufe, nur einen Schritt vom Präsidenten selbst entfernt. Der Nachrichtensprecher sagte, dass das Kabinett die verantwortungslosen Nachrichten und übel meinenden Gerüchte, die die politischen Gegner des Präsidenten in den letzten Wochen unaufhörlich verbreiteten, förmlich dementierte: Nein, der Präsident war nicht schwer erkrankt, und bei Weitem nicht hospitalisiert, er befindet sich in einem guten Gesundheitszustand und erfüllt regelmäßig alle seine Staatspflichten.

»Glaubst du das?«, fragte ihr Vater sie, ohne den Blick vom Fernseher zu wenden.

»Was?« Die Frage hatte sie überrascht.

»Na, dass er gesund ist … Glaubst du das?«

»Ich weiß nicht, ich habe keine Ahnung. Darüber habe ich nicht nachgedacht …«

»Ich glaube es nicht«, er blickte sie endlich an. »Ich glaube es nicht. Denkst du, dass dieser Sučić gerade jetzt zufällig ermordet wurde? Oder der andere, Rimac? Warum gerade jetzt, im Abstand von nur wenigen Tagen? Darüber hast du dir hoffentlich Gedanken gemacht.«

»Gut, was ist deine Theorie?« Sie wollte nicht offen zeigen, dass sie wissen wollte, was er dachte.

»Die Mafia weiß, dass er krank ist, sie weiß, dass die Macht Panik hat; im Augenblick denkt jeder nur an sich, was mit ihm geschehen wird, und so nutzen sie die Gelegenheit, um ein paar Rechnungen zu begleichen. Jetzt ist der beste Augenblick dafür. Niemand wird sich wegen ein paar Leichen aufregen, vor allem nicht, wenn es um Personen geht, die sowieso allen im Wege standen. Jetzt ist der Augenblick, das Haus aufzuräumen, um ruhig die neue Zeit zu erwarten. Damit sich für sie nichts ändert, auch wenn alles anders sein wird. Darum geht es ...«

»Du meinst, es war kein Zufall, dass Rimac getötet wurde? Dass es sich nicht einfach um eine Kneipenstreiterei handelte, die außer Kontrolle geraten ist?«

»Das kann kein Zufall sein, nicht jetzt.«

»Und was, wenn es doch Zufall ist? Alles, was ich bisher weiß, deutet auf Zufall hin.«

»Ich an deiner Stelle würde ein wenig genauer hinsehen ... Oder, besser gesagt, ich würde nur ein wenig genauer nachdenken.«

Davor Ištuk war Bauingenieur, der Besitzer einer Hoch- und Tiefbaufirma mit gut zwanzig Angestellten und solidem Umsatz. Er war der Repräsentant der authentischen oberen Zagreber Mittelschicht, der aber nicht vor der Tatsache fliehen konnte, dass sein Vater, sein Großvater und sein Urgroßvater in einer südlicheren Provinz geboren worden waren, weit weg vom Asphalt der Hauptstadt. Er verfügte über einen verhältnismäßig klaren Verstand und war ein anständiger Mensch, aber er hatte die Neigung, alles übertrumpfende Schlüsse zu ziehen, aufgrund von zwei oder drei beiläufig aufgeschnappten Informationen; er klammerte sich krampfhaft an vollkommen unbedeutende Details, solange sie nur in seine Theorie passten, und war überdies ein latenter Nationalist, dessen letztes Argument immer war, dass die Serben uns angegriffen hatten, und nicht wir sie. Mara stritt sich nicht gerne mit ihm. Ihre Mutter Ružica war von Zeit zu Zeit depressiv; sie weinte oft, wer weiß, warum sie weinte, aber sie sah die Welt und das Leben viel klarer als ihr Mann, viel tiefer und in viel subtileren Nuancen. Sie wurde früh in den Ruhestand versetzt wegen Rückenproblemen. Sie war Bibliothekarin gewesen. Die Eltern ihrer Mutter stammten aus der Ukraine. Eines Sommers sind sie alle dahin gefahren, um das Dorf ihrer Vorfahren in diesem großen Land zu sehen, und sie langweilten sich ganze sieben Tage lang und verdarben sich den Magen mit schlechtem Essen. Aber die Verwandten hatten sich über den Besuch gefreut.

»Wo ist Mario?«, fragte Mara. Mario war ihr jüngerer Bruder, der mit den Eltern lebte. Ein diplomierter Maler.

»In Prag, bei Freunden«, antwortete Ružica, »er hat gestern Abend angerufen. Er kommt in einigen Tagen zurück.«

»Hat er angefangen, etwas zu malen?«

»Er macht nichts anderes als fotografieren. Er trennt sich nicht mehr von seiner Kamera. Es wäre besser, wenn er etwas malen würde.«

»Ich habe Hunger.«

Eine halbe Stunde später überquerte Mara wieder den Britischen Platz. Die Taxifahrer spielten immer noch im Halbdunkel Schach und hielten große Bierflaschen in den Händen. Sie wollte nicht nach Hause, sie wollte Bier trinken. Sie fühlte sich schlecht, weil sie Boško des Verrats verdächtigt hatte, obwohl sie gar keinen, nicht einmal den geringsten Hinweis auf seine eventuelle Schuld hatte. Außerdem hatte man seinen Vater getötet. Das war ihr irgendwie gar nicht zu Bewusstsein gekommen. Er hatte ihr gesagt, dass sein Vater getötet worden war, und sie war nicht in der Lage gewesen, auch nur ein wenig über sich selbst hinauszusehen. Was erzählte sie da? Sie wusste nur, dass sie die ganze Zeit in sich selbst zurückgezogen verbracht hatte, nicht einen Moment lang war sie er geworden, ihre Augen hatten sich nicht einmal für einen Wimpernschlag in seine Augen verwandelt. Der arme Boško. Sie trank zwei Schlucke Bier und fragte dann den Kellner, ob sie kurz telefonieren könnte. Sie wählte seine Nummer. Es läutete lange.

Boško überlegte, ob er den Hörer abnehmen sollte, denn er nahm an, dass ihn wieder seine Mutter anrief. Er hatte nicht die

Kraft für noch ein Gespräch mit ihr. Am Ende antwortete er trotzdem.

»Wo bist du?«, fragte Mara automatisch, als er den Hörer endlich abgenommen hatte.

»Zu Hause … Du hast ja bei mir zu Hause angerufen …«, er war angenehm verwirrt.

»Du bist nicht runtergefahren?«, sie fragte das ohne Hintergedanken.

»Nein. Vielleicht werde ich noch heute Nacht oder morgen fahren, je nachdem. Warum fragst du?«

»Willst du, dass ich komme?«

»Wann?«

»Jetzt, so lange wie ich vom Britischen Platz bis zu dir brauche … Mit der Tram.«

»Okay, komm. Ich bin da.«

»Soll ich etwas mitbringen?«

»Ich weiß nicht, Schokolade … Ja, kauf Schokolade.«

6

NOTIZEN

VLADIMIR MAGAŠ wollte mir lange nichts über Rimac erzählen. Ich war mir nicht sicher, ob er einfach Angst hatte oder nur versuchte, alles zu vergessen, was er über ihn wusste. Er sprach über sich selbst. Wenn ich sein Zimmer im Altersheim verließ, setzte ich mich irgendwo hin, um in aller Ruhe Notizen zum vorherigen Gespräch zu machen. Am Anfang schrieb ich mehr auf und war konzentrierter. Ich notierte auch, was sich später als vollkommen bedeutungslos und unbrauchbar herausstellen sollte. Mit der Zeit wurde ich sparsamer mit den Wörtern. Und am Ende waren die Bemerkungen, die ich in mein Notizbuch eintrug, so hingesudelt, dass es mir kaum gelang, sie zu entziffern. Ich dechiffrierte sie dann plötzlich und ganz zufällig nach zehn Tagen. Ganz am Ende bestanden die Notizen nur noch aus einer Reihe von Namen oder Spitznamen, fein säuberlich untereinandergereiht, oder aus Sätzen mit nur einem Wort. Eine Art Geheimformel, die Zugang zu verborgenen Gebieten eröffnen sollte, in das Leben eines Menschen, oder in eine Geschichte, die viele Rätsel löste. Je länger ich dort war, desto weniger Geduld hatte ich, alles aufzuschreiben; ich schaffte es auch nicht mehr, mich zu konzentrieren, aber der wahre Grund lag darin, dass ich auch immer mehr wusste. Was ich am Anfang mit Sicherheit in mein Notizbuch eingetragen und als wichtige Information unterstrichen hätte, verstand sich am Ende von selbst.

Magaš erzählt von den Glücksspielen. Hat an der Universität begonnen. Man spielte um kleinere Summen. Stammte aus einer wohlhabenden Familie. Der Vater Arzt. Kam leicht an Geld heran und konnte es verspielen. Es wurde dann immer ernster, mit immer größeren Einsätzen. Manchmal verlor er alles. Seine Frau hat ihn wegen seiner Spielsucht verlassen. Das hat er erzählt, indem er sich mit Dragan Kraljević verglich, den Grund meiner Besuche bei ihm. Kraljević hörte mit dem Glücksspiel erst auf, als auch er von seiner Frau verlassen wurde. Nach sechs Monaten kehrte sie zu ihm zurück. Über Kraljevic sagte er, er sei ein guter Mensch gewesen, aber zu schwach für Rimac. Ich fragte ihn, was das bedeutete. Er sagte nur, dass Dragan nicht auf der Höhe gewesen sei, und das habe ihm das Genick gebrochen. Mehr wollte er nicht sagen.

M. sagt, dass er sich zu Beginn des Krieges nicht im Geringsten als Serbe gefühlt habe, auch wenn seine Mutter eine Serbin war. Bei ihnen zu Hause war das kein Thema. Sein Vater machte auch kein Aufsehen daraus, dass er Kroate war. M. sagt, dass er sich zuallererst als Zagreber fühlte. Auch für seine Exfrau, eine Kroatin, waren Nation und Politik bedeutungslos. Erst als er Probleme bekam wegen der serbischen Nationalität seiner Mutter wurde es auch für ihn von Bedeutung, aber nie so sehr, dass er damit zu erklären versuchte, was ihm widerfuhr.

Er konnte sich nicht damit abfinden, dass er ein Feind geworden war. Er klagt, alle hätten ihm im Stich gelassen. Hier verglich er sich wieder mit Dragan Kraljević. Auch ihn hatten alle im Stich gelassen, und gestern noch war er von allen geachtet und geschätzt worden. Über Nacht hatte sich alles verändert, und alle waren im Vorteil ihm gegenüber, ohne eigenes Verdienst. Er musste einfach zu Rimac gehen. Er hatte keine Wahl, sagt er. Er musste seine Selbstachtung irgendwie retten. Das ist wichtig für Magaš. Er hält auf seinen Namen. Er achtet auf das, was man von ihm in der

Stadt erzählt. Das ist der Riss, durch den ich vielleicht zu ihm dringen könnte. Ich sehe keine andere Möglichkeit.

Mario Matković, Nikola Zorić, Josip Hofman Jozef, Andrija Sučić, Dijana Delalić, Matej Bakula, Zoran Tadej.

Seine Ehefrau Jasmina verließ ihn endgültig im September 1994. Rimac hatte sie zum Abendessen im Hotel, in dem er lebte, eingeladen. Er feierte seinen Geburtstag. Es waren nicht zu viele Leute da, nur der engste Kreis, vielleicht zwanzig oder fünfundzwanzig. Rimac hatte den ganzen Saal gemietet. M. weiß nicht, warum er seine Frau mitgenommen hatte. Normalerweise nahm er sie nicht an solche Orte mit. Sie arbeitete als Montagetechnikerin im Fernsehen. Eine feine, empfindsame Frau. Sie war verwirrt. Sie verstand nicht, was M. mit diesen Leuten verband, die sich unaufhörlich Bruderküsse gaben. Als sie nach Hause zurückkehrten, wollte sie diese Menschen vergessen. Er konnte das nicht. Rimac gab ihm einen guten Lohn, und da waren auch noch die Schulden. Und sie hatten ihn akzeptiert. So verließ ihn seine Frau. Er wusste, dass sie nicht zurückkommen würde.

Frankfurt.

Bumbar Marković.

Der Respekt in den Augen seiner Gesprächspartner gefiel ihm, wenn sie begriffen, dass er in Jadran Rimac' Auftrag unterwegs war. Er sagte, früher, wenn er im Namen des Staates zu den Leuten ging, habe er nicht solche Respektbekundungen erlebt. Sie fürchteten ihn, damals, innerlich aber empfanden sie nur Verachtung; als er anfing, in Rimac' Auftrag an den Türen der Menschen zu klingeln, fürchteten sie sich vor ihm, bewunderten ihn aber auch. Da war Neid in ihren Augen und der Wunsch, an seiner Stelle zu sein. Ich fragte ihn, wer diese Menschen seien, von denen er sprach. Als hätte er mich nicht gehört.

Namen, Namen, Namen!

Er sagt, Jadran Rimac' Name öffnete alle Türen. Wirklich alle.

Wie er sich das erkläre? Sie hatten Angst, aber nicht nur das. Mehr wollte er nicht sagen. Worin bestand das Geheimnis?

M. hat vor ein paar Monaten mit den Glücksspielen aufgehört. Er hatte sein ganzes Leben gezockt. Ich fragte ihn, warum dieser Entschluss? Das sei eine lange Geschichte, antwortete er. Ich sagte, ich möchte sie dennoch hören, doch er erwiderte, das stehe in keinem Zusammenhang mit D. K. und meiner Anwesenheit in diesem Zimmer. Und dass es besser für mich ist, wenn ich nichts weiß. Hatte Rimac aufgehört, ihm Geld vorzustrecken?

Rimac – Gier. M. sagt, Rimac habe sich nie mit dem Geld begnügen können, das er hatte. Aber er achtete das Geld.

Staat.

Geruch.

Das Haus in Gračani.

Land. Die Fernstraße.

Pläne.

Menschen?

Rimac – Markota. Rimac – Tot. Rimac – Kojaković. Markota – Tot – Kojaković?

Rimac – die Frau.

Magaš erwähnte einmal unwillentlich Damjan Radić. Es wurde klar, dass sie sich gut kannten. Damjan Radić war der Chef der Nationalen Sicherheit, als ich meinen Dienst aufnahm. Als ihn Magaš erwähnte, bekleidete er die Funktion des Beraters für Volksüberwachung beim Präsidenten. Sein Nachfolger in der Sicherheit war Ivica Tot. Ich hatte Herrn Radić nur einmal gesehen; er ging in einem Korridor an mir vorbei, nickte mit dem Kopf und berührte mich mit der Hand an der Schulter. In den Zeitungen und im Fernsehen konnte man nur eine einzige Fotografie von ihm sehen, die er wahrscheinlich selbst ausgewählt hatte. Auf dieser Fotografie trug er einen Fünftagebart und eine

Brille mit schwarzem Metallrand. Ich wusste nicht mehr über ihn als der durchschnittliche Zeitungsleser. Er hatte auch zur Zeit des Kommunismus im Nachrichtendienst gearbeitet, war aber, wie man sagte, rechtzeitig ausgeschieden. Er hatte eine Zeit lang in Deutschland gelebt. Der Nationalen Sicherheit trat er kurz nach deren Gründung bei, in Wirklichkeit wurde er vom Präsidenten selbst dazu aufgefordert. Sie kannten sich, erzählte man, noch aus der Zeit, als der junge Agent Radić antistaatliche Umtriebe an den Universitäten verfolgen sollte. Der Präsident war damals Professor an der Fakultät für Politikwissenschaften. Nach seiner Rückkehr wurde Radić zuerst zum Verantwortlichen der Abteilung Strategie und Planung ernannt und dann für die Abteilung zum Kampf gegen die organisierte Kriminalität, um schließlich Direktor der Nationalen Sicherheit zu werden. Man sagte, er sei der beste Chef bisher, denn es war ihm gelungen, Ordnung einzuführen und klare Ziele zu setzen. Er kannte das Geschäft von der Pike auf und war ein großer Menschenkenner. Hinter vorgehaltener Hand wurde bemerkt, dass der Präsident nicht die beste Entscheidung gefällt habe, als er Radić in sein Kabinett holte, denn dieser fühlte sich am wohlsten und war am leistungsfähigsten im Operationssaal der Nationalen Sicherheit, wenn er selbst die Aktionen überwachte, die er auch projektiert hatte. Die Kollegen sprachen mit Bewunderung von seiner Kaltblütigkeit auch in den schwierigsten Situationen. Ivica Tot war seine rechte Hand. Der Leiter der Abteilung Vertrauliche Angelegenheiten.

Wenn Vladimir Magaš Damjan Radić gut gekannt hatte, dann musste auch Rimac ihn kennen. Radić war viel zu gut informiert und viel zu intelligent, als dass er nicht hätte wissen können, dass Magaš ohne Rimac kein Gewicht hatte. In späteren Gesprächen versuchte ich, Magaš dazu zu bringen, noch etwas über Radić zu erzählen, aber er wich immer geschickt aus.

Er tat so, als hätte ich mir nur eingebildet, den Namen Radićs aus seinem Munde gehört zu haben.

Magaš hatte sich an mich gewöhnt. Ich kam zwei Mal die Woche und konnte deutlich sehen, dass er sich nun auf meine Besuche, zumindest heimlich, freute. Sofort drehte er den Fernseher leiser, der so aussah, als würde er in jedem Moment den Geist aufgeben und für immer schwarz bleiben. Niemand sonst besuchte ihn. Seine Exfrau war nur einmal gekommen.

Er erzählte, aber er half mir nicht. Ich hatte nichts, was ich aufschreiben konnte. Er wiederholte sich und äußerte Satzreihen, die mir nichts sagten. Ihn aber beglückte diese Möglichkeit zum Gespräch. Früher oder später musste der Augenblick kommen, in dem er nur noch das zu erzählen hatte, was in direktem Zusammenhang mit Rimac stand.

»Geduld, Boško, bitte sei geduldig«, wiederholte Mara. »Hör ihm zu, du musst das über dich bringen. Wir haben mehr Zeit als er. Wir werden das zu Ende bringen.«

Und so sollte es kommen. Als er endlich mit dem Rücken zur Wand stand, vor Rimac, zögerte er eine Weile. Ich machte nichts, um ihn zu ermutigen oder zu drängen. Ich schaute zu, wie er die letzten Wörter rauspresste, die nichts mit Rimac zu tun hatten. Ich kam hartnäckig wieder und wartete. Zunächst war es nur ein bisschen, bald aber konnte er selbst den Wortschwall, der sich seinem Mund entwand, nicht mehr bändigen. Es war, als würde sein ganzes Leben aus ihm herausgeschwemmt. Er konnte sich einfach nicht mehr beherrschen.

Magaš konnte nicht wissen, dass ich bereits gut über Rimac informiert war, und so erzählte er auch vollkommen unwichtige Details, die er aber aus irgendwelchen, mir unverständlichen, Gründen für bedeutend hielt. Rimac liebte es, fischen zu gehen. Stundenlang konnte er in aller Seelenruhe warten, bis ein Fisch anbiss. Und er war am fürchterlichsten, wenn ihn jemand beim

Fischen störte. Er liebte auch seinen Schnauzer über alles. Jeden zweiten Tag ging er zum Barbier in seinem Hotel, damit man seinen Schnauzer in Ordnung brachte, das heißt, damit man die paar Stoppel, die ein klein wenig hervorstanden, nachschnitt. Seine Ehefrau Brigitte rief er einmal pro Tag an, normalerweise um acht Uhr abends. Er erlaubte es ihr nicht, ihn zu besuchen, verlangte aber von ihr, ihm einmal pro Monat mit der Post Fotografien von sich und ihrer Tochter zu schicken. Er glaubte nur an Fotografien. Auch die Mädchen, die auf sein Zimmer kamen, mussten ihm zuerst Fotos schicken. Rimac reiste nie. Nicht einmal nach Djakovo, um seine Eltern und seine Schwestern zu sehen. Er hatte Angst vor Reisen, denn auf Reisen konnte immer etwas Unvorhergesehenes geschehen. Überhaupt mochte er Ortswechsel nicht. Wie er auch nicht in der Stadt rumhing oder seine Nachmittage in den sonnigen Gärten der Cafés verbrachte. Rimac trug in der Regel nie eine Pistole bei sich. Aberglaube. Das änderte sich aber. Wenn die Dinge komplizierter wurden, trennte er sich nicht mehr von seiner Waffe.

Ich wartete auf die Gelegenheit, die erste Frage zu stellen. Ich durfte keine Fragen stellen, bevor er nicht das Gefühl hatte, dass ich so weit in seine Geschichte eingetaucht war, dass die Fragen von allein kamen, ohne mein Zutun.

»Und was haben Sie für Rimac getan? Ich meine, was haben Sie mit ihm gemacht?«

Er hielt inne. Er blickte mich an, als wollte er sagen: Kleiner, hast du mich wirklich gefragt, was du da gefragt hast? Ich ließ mich nicht aus der Ruhe bringen.

»Ich tat, was notwendig war. Ich bekam ein Gehalt. Sagen wir, ich war so etwas wie der Außenminister. Meine Aufgabe war es, das Bild von Rimac zu verschönern. Ich beriet ihn in technischen Dingen. Löste die Probleme, solange und wenn man sie mit Reden lösen konnte.«

»Und was, wenn nicht?«, rutschte mir heraus.
Er lächelte. Und fragte mich nach einer Zigarette.

LANKA UND DIE STADT

DIE ANTWORT AUF MEIN BITTSCHREIBEN kam nach sechzehn Tagen aus dem Kabinett des Präsidenten. Ich werde den Brief hier abschreiben, denn die Antwort war kurz.

Sehr geehrter Herr Hauptmann Sučić, hiermit entsprechen wir Ihrer Bitte nach Heimführung des Elefantenweibchens Lanka, das sich augenblicklich im Residenzialkomplex auf der Insel befindet, und das dem Büro des Präsidenten gehört. Das Tier wird Ihnen mit nachträglicher Aktenübergabe geschenkt und rechtlich in Ihren Besitz übergehen, um sich fortan unter Ihrer Obhut zu befinden. Für alle weiteren technischen Fragen wenden Sie sich bitte direkt an das Kabinett des Präsidenten.

Zwei Tage später erhielt ich einen Brief aus dem Verteidigungsministerium. Man benachrichtigte mich kurz und bündig, dass ich mich fortan im Ruhestand befände, und dass man mich, unmittelbar vor dem Inkrafttreten des Ruhestandes in den Rang eines Majors befördert habe. Was die weiteren technischen Details betreffe (die Übergabe der neuen Abzeichen für die Paradeuniform, das Unterschreiben der Abschiedspapiere, das feierliche Essen mit meinen unmittelbaren Vorgesetzten), so werde man mich rechtzeitig benachrichtigen. Alles war mit einem Male anders. Ich verstand nicht, was geschehen war. Ich hatte nicht einmal Zeit, darüber nachzudenken, denn ich war in diesen ersten Tagen ganz damit beschäftigt, Lankas Ankunft vorzubereiten. Das Büro des Präsidenten kümmerte sich um den Transport, und ich musste inzwischen den Stall bauen, ihn einrichten, Wasserleitungen verlegen, Futter besorgen (Stroh, Gras, Blätter) und mir die beste Methode ausdenken, wie ich den Elefantenkot wegschaffen würde.

Außerdem hatte ich mit Snježanas Wut zu kämpfen. Als sie begriff, dass ich allen Ernstes die baldige Ankunft eines Elefantenweibchens in unserem Garten ankündigte, schloss sie sich in ihr Zimmer ein und blieb ganze vier Tage dort. Ich klopfte an die Tür und drückte auf die Klinke, aber das war alles vergebens. Ich weiß nicht, ob sie nachts das Zimmer verließ, um etwas zu essen; ich konnte keine Spuren im Haus entdecken. Als sie endlich aus ihrem Zimmer kam, wirkte sie ruhig und irgendwie traurig. Sie schenkte sich ein Glas Wein ein und sagte, dass jetzt alles in Ordnung sei. Es ist alles in Ordnung. Sie fragte, wann unser Elefantenweibchen käme. Am Montag, sagte ich.

»Ein Elefantenweibchen, na und!? Was soll's, und wen kümmert das schon …«, sagte sie und trank einen Schluck.

»Sie haben mich in den Ruhestand versetzt, ich habe die Nachricht vor ein paar Tagen erhalten … Ich werde mich um sie kümmern.«

»Warum haben sie dich in den Ruhestand versetzt?«, sie zog plötzlich eine Grimasse.

»Ich weiß es nicht. Wahrscheinlich brauchen Sie mich nicht mehr … Aber, es ist alles gut so.«

Sie schwieg. Der Ruhestand war noch ein Punkt, der sie verwirrte. Sie hatte vier Tage allein in ihrem Zimmer gebraucht, um Lanka zu verdauen, und jetzt auch noch das. Ich konnte in ihren Augen lesen, wie sie fiebrig durchrechnete, was das jetzt für unser Leben, für ihr Leben, bedeuten würde. Ich hatte keine Vorstellung davon, wie sehr meine nun nachhaltige Anwesenheit zu Hause ihre in den letzten vier Jahren angesammelte Routine durcheinanderbringen würde. Ich hatte auch kein klares Bild davon, wie ihre Tage aussahen, wenn ich nicht da war, besonders seit die Mädchen studierten. Bis zur Ankunft Lankas schwieg sie, aber sie sperrte sich nicht mehr in ihr Zimmer ein. Lanka erschien in einem riesigen Militärfahrzeug, das eigens für diese Gelegenheit umgebaut worden war. Drei Männer begleiteten sie. Der Fahrer, des Fahrers Helfer und der alte Gvido, der sich auf der Insel um die Elefanten gekümmert hatte. Wir kannten uns gut und hatten manche Stunde im Gespräch verbracht. Er sagte, es sei ihm recht, dass Lanka fortan in meinen Händen wäre. Er könne ohnehin nicht mehr. Er sci alt und krank. Sie gingen, kurz nachdem sie Lanka ausgeladen und in den Stall gebracht hatten. Vor dem Abschied, gab mir Gvido einen Briefumschlag, in dem sich ein von ihm eigenhändig beschriebenes Blatt befand.

Es waren vor allem Sätze, die aus einer Enzypklopädie oder etwas Ähnlichem abgeschrieben waren:

Das Elefantenweibchen Lanka ist neununddreißig Jahre als. Sie gehört zur Gruppe der asiatischen Elefanten. Der asiatische Elefant (Lat. Elephas maximus), oft auch der »indische Elefant« genannt, ist nach dem afrikanischen Elefanten heute das zweitgrößte lebende Landtier. Im Gegensatz zu seinem afrikanischen Verwandten ist es nicht schwer, ihn zu zähmen, sodass ihn die Menschen häufig jagen und als Nutztier gebrauchen. Der asiatische Elefant unterscheidet sich vom afrikanischen durch deutlich kleinere Ohren, durch vier anstelle von drei Zehen an den Hinterbeinen, und ihre Rüsselspitze hat nur einen Finger anstelle der zwei des afrikanischen Verwandten. Der höchste Punkt eines stehenden asiatischen Elefanten ist seine Kopfspitze, und nicht der Rücken wie beim afrikanischen, und zudem ist der asiatische Elefant kleiner. Er erreicht in den Schultern eine Maximalhöhe von drei Metern, und er misst vom Kopf bis zum Körperende ungefähr sechs Meter, und sein Schwanz ungefähr hundertfünfzig Zentimeter. Das Weibchen wiegt zweitausendsiebenhundert Kilo, das Männchen bis zu fünftausend Kilo. Stoßzähne haben vorwiegend nur die Männchen, und bei einigen Unterarten nicht einmal diese. Der asiatische Elefant wird in der Dämmerung und in der Nacht aktiv. Tagsüber ruht er. Er ernährt sich von Gras, Blättern, Baumrinde und Ästen … Ein ausgewachsener Elefant frisst täglich gut hundertfünfzig Kilogramm Futter. Überdies geht der asiatische Elefant mindestens einmal pro Tag ans Wasser. Sie erreichen ungefähr das Alter von sechzig Jahren, im besten Fall achtzig. Die Domestikation des asiatischen Elefanten hat wahrscheinlich zweitausend Jahre vor unserer Zeitrechnung begonnen, und zwar im Industal; von dort breitete sie sich auf Süd- und Südostasien aus. Einmal gezähmt, wurde der asiatische Elefant als Zugtier, zum Reiten und für verschiedene schwere Arbeiten benutzt. So wurden sie früher (manchmal aber auch heute noch) bei Forstarbeiten, zum Tragen von Baumstämmen eingesetzt. Nach mehrjähriger Dressur können die Elefanten bis zu dreiundzwanzig verschiedene Kommandos verstehen. Die Elefanten vermehren sich in Gefangenschaft nur sehr selten oder gar nicht (weshalb man sie auch jetzt, trotz der langen Zeit ihrer Domestikation, nicht als endgültig gezähmt betrachten kann).

Die Stadt erfuhr sofort, dass ich einen Elfanten hatte. Die ersten Tage hielten sich die Leute zurück, aber bald gaben sie ihrer Neugier nach. Sie wollten Lanka sehen. Die Kinder fingen an, sich vor meinem Gartenzaum zu versammeln und zum Stall, der sich hinter dem Haus befand und von der Straße aus nicht sichtbar war, hinüberzuschielen. Sie wurden jeden Tag zahlreicher. Die Kinder baten und bettelten, dass ich ihnen doch das Elefantenweibchen zeigen möge. Snježana meinte, wir sollten diese Rotznasen einfach zum Teufel schicken, aber ich konnte das nicht. Ich brachte es nicht übers Herz, obwohl ich aus Lanka unter keinen Umständen eine Stadtattraktion machen wollte. Eines Tages führte ich ein gutes Dutzend von ihnen in den Stall, damit sie Lanka sehen konnten. Sie ruhte. Die Kinder näherten sich ihr ängstlich. Erschreckt und bezaubert. Ich ermutigte sie, ruhig näher zu gehen, ich streichelte Lankas Kopf und flüsterte ihr Unverständliches ins Ohr, ohne Rücksicht auf ihre fortgeschrittenen Jahre. Eins nach dem anderen hob ich die Kinder auf ihren Rücken, und sie lachten alle gleich. Lankas harte Haare pikten sie. Sie bewegte sich nicht. Sie hatte offensichtlich nichts gegen diesen Besuch einzuwenden.

Am nächsten Tag waren es doppelt so viele Kinder. Und dann noch mehr. Und noch mehr. Die Kinder hatten nicht alle Platz in meinem Garten. Snježana verließ indessen das Haus nicht. Während ich im Stall die Kinder auf Lankas Rücken hob, leerte sie in der Küche Wein- und Bierflaschen. Ich brachte mit den Kindern Grasbüschel in den Stall, um Lanka zu füttern, und füllte mit dem Schlauch den breiten Wassertrog, den ich speziell für Lanka hatte fertigen lassen, während Snježana die Zigaretten, die sie rauchte, mit auf dem Markt eingekauftem selbst gebrannten Schnaps komplettierte. Wir sprachen nicht. Es gab nichts zu sagen: Wir mussten nur warten, bis alles vorbeiging.

Nach den Kindern kamen die Erwachsenen. Auch sie wollten Lanka sehen, sie fotografieren, ihre dicke Haut berühren oder sie am Rüssel festhalten. Die ganze Stadt drängte sich um mein Haus. Sie klopften mir auf die Schulter und gratulierten. Man konnte sie gar nicht mehr vom Elefanten wegbringen, der alles geduldig ertrug. Nur von Zeit zu Zeit schlief Lanka stehend ein, und manchmal, aber nur sehr selten, legte sie sich auf den Boden und schloss die Augen. Die Menschen brachten Essen und Getränke, und mein Garten verwandelte sich allmählich in einen Vergnügungspark. Alle fühlten sich eingeladen. Es kamen sogar Journalisten aus der Hauptstadt. Viele Journalisten. In einem bestimmten Augenblick schienen alle Bewohner der Stadt, außer den wenigen, deren Merkmal es war, nie mit der Menge zu gehen, es als Pflicht zu empfinden, das größte Tier in der Stadtgeschichte zu sehen. Mit der Zeit, erschienen dann auch solche Bürger, die glaubten, mit ihrem Besuch mir und Lanka eine große Ehre zu erweisen. Sie erwarteten von uns auch einen regelrechten Empfang, mit rotem Teppich und Champagnergläsern. Lanka blieb, glücklicherweise, ruhig, obwohl sich nun betrunkene und aggressive Menschen um sie sammelten. Sie aß, trank und schlief. Einige Leute schlugen mir vor, ich sollte Eintritt verlangen. Ich wollte nichts davon hören, und es war auch zu spät. Alle, die das Elefantenweibchen wirklich sehen wollten, hatten das bereits getan.

»Wir können auch Ausflüge aus anderen Städten organisieren. Und die lassen wir dann bezahlen!«, erklärte mir der ambitionierte junge Bürgermeister.

Snježana betrat den Garten erst, als die Zahl der Besucher langsam zu sinken begann. Der Garten kehrte mit der Zeit zu seinem ursprünglichen Aussehen zurück. Am längsten blieben die, für welche Lanka eine Art Treffpunkt geworden war. Sie brachten Getränke mit und blieben bis spät in die Nacht. Schließlich verschwanden auch sie. Lanka war wieder allein. Die Stadt hatte sich sattgesehen. Sie war da, alle wussten, dass sie da war, sie ragte heraus. Sie begann zu stören. Die Dinge mussten wieder in ihren Normalzustand zurückkehren, und es war nicht normal, dass ein Elefant in der Stadt lebte, für den sich niemand mehr interessierte.

BUMBAR

BUMBAR SAGTE RIMAC, er wolle ihn einem wichtigen Mann vorstellen. Er solle heute Abend gegen neun ins Restaurant »Neretva« kommen, gleich hinter den Bahngleisen, sie würden sich dann einen ruhigeren Ort suchen.

Das Restaurant »Neretva« war der Treffpunkt vieler Südländer, denen das Lokal von Jure Vokić die stärkste Verbindung mit ihrem Herkunftsland bedeutete: Das war der Ort, an dem sie die ungelenk geschriebenen Briefe aus der Heimat empfingen, oder fettige Pakete voll Balkannahrung, oder zu Tode erschrockene Verwandte mit großen Erwartungen; in der Gegenrichtung reisten vielfach gefaltete Briefumschläge mit Geld, Kisten voll Waschmittel und ab und zu eine Tafel Schokolade, die auf dem Weg ihren Aggregatszustand wechseln sollte. Jadran Rimac war alles in allem zwei oder drei Mal im Restaurant »Neretva« gewesen, Kneipen, in denen bleichgesichtige Maler vom Bau tranken, und die ihm ein Schutzgeld zahlten, mochte er nicht. Er fühlte sich bei Weitem wohler in den stillen Lobbys der teuren Hotels, vor denen sogar Bumbar zurückschreckte. Denn Bumbar fühlte sich dort nicht in Sicherheit, wie auf fremdem Terrain bei einem Auswärtsspiel, wo ihm nicht ganz bekannte oder verständliche Regeln galten. Rimac lernte geduldig, beobachtete, sog alles in sich auf, wirklich alles, die Bewegungen und Gesichtsausdrücke, die Reaktionen auf schlechte Nachrichten, wie man die Bedeutungslosen behandelte, mit den

Kellnern und allen anderen unwichtigen Menschen umging. Er kopierte ein Lächeln oder den Ausdruck der Gelassenheit, Entspanntheit. Die gedämpfte Stimmung gefiel ihm, dieser harte Gegensatz zum unendlich Gelärm unserer Kneipen. Nun aber saß er in einer solchen und wartete, dass Bumbar mit seiner geheimnisvollen Bekanntschaft käme, die ihn, Jadran Rimac, kennenlernen wollte. Es war Samstagabend, durstige Männer drückten sich um die Tische und am langen Tresen herum. Bald würde jemand ein Lied über untreue Frauen und Geburtshäuser anstimmen, noch ein wenig, und die Gang würde die Frankfurter Nacht zerreißen. Sie würden sich besaufen, heute Nacht, und morgen wieder nicht zur Sonntagsmesse gehen, aber Gott würde das verstehen. Jeden heiligen Sonntagmorgen besiegt der auszuschlafende Rausch den Glauben der Vorväter.

Bumbar und der unbekannte Mann kamen zusammen, aber sie wollten nicht in Jure Vokićs Lokal bleiben. Nur so lange, bis Rimac dem Unbekannten die Hand gereicht und dessen Namen gehört hatte. Er hieß Damjan. Bart und Brille, eine markante Gestalt. Bumbar fuhr sie in seine Wohnung, sie setzten sich an den Tisch, Bumbars Frau Sanela stellte ein paar kleine Häppchen auf den Tisch, sie öffneten eine Flasche Cognac, zündeten sich alle drei gleichzeitig eine Zigarette an und bliesen den Rauch dick in die Höhe, als wären sie bei einem Wettbewerb. Alle bemerkten den unangenehmen Moment des Schweigens, bevor man zur Sache kam. Damjan fragte Bumbar, ob dieser Rimac schon etwas erzählt habe. Bumbar schüttelte den Kopf.

»Soll ich, oder willst du?«, fragte er Bumbar. Anstatt zu antworten, atmete Bumbar tief ein und begann zu erzählen. Er stellte Damjan vor: Der Genosse Damjan, im Augenblick noch ohne Familiennamen, er arbeitet für den Geheimdienst, in Zagreb, er kümmert sich um die politische Emigration, Bumbar und Damjan arbeiten zusammen, beziehungsweise Bumbar ist

Damjans Mitarbeiter, er erledigt manchmal dies und das für Volk und Staat, der Genosse Damjan versteht es, sich dafür erkenntlich zu zeigen. Eine wichtige und verantwortungsvolle Aufgabe, nicht für jederman, nur für die Auserwählten und Verlässlichen, auf die man im entscheidenden Augenblick zählen kann. Zu diesen gehörst auch du, Jadran; du bist verlässlich und entschlossen, sie brauchen jemanden wie dich! Man wird gut sein zu dir. Und was wirst du tun, als Gegenleistung für ihre Aufmerksamkeit? Kannst du das, Jadran? Kannst du so etwas ablehnen? Du weißt, dass du keine Wahl hast, so viel weißt du übers Leben und die Welt; du wärst nach drei Tagen erledigt, die Festung würde dich in den anliegenden Fluss ausspucken, der dich unerbittlich in Haft oder Tod führen müsste. Du weißt es, du hast keine Wahl.

»Was soll ich machen?«, fragte Rimac.

»Du wirst alles noch rechtzeitig erfahren, wir zählen auf dich. Halt dich einfach an Bumbar«, sagte Damjan und verließ schnell die Wohnung. Es blieben Rimac, Bumbar und Sanela.

»Ich hätte nicht so schnell Ja sagen sollen!?«

»Nein, das hättest du nicht, aber das spielt keine Rolle. Früher oder später, was soll's! Du bist jetzt ein großer Junge, Schluss mit den Sandkastenspielen. Darauf trinken wir ...«

Als Rimac in seine Wohnung zurückkehrte, schliefen Brigitte und Aleksandra bereits. Aleksandra war sechs Jahre alt, den Namen hatte sie von Bumbar, der in Wirklichkeit Aleksandar hieß, doch das wussten nur die wenigsten. Brigitte und Jadran waren ein Jahr zusammen, als Aleksandra zur Welt kam. Sie wollten ein Kind, Rimac vielleicht noch mehr als Brigitte. Als er Brigitte kennenlernte, war ihm gleich klar, dass dies seine Frau sein würde. Er wollte eine zärtliche Deutsche, aus vornehmer Familie, mit Wurzeln und Abstammung, nicht eines unserer Mädchen, eine dieser Verzweifelten, die ihn nur an ihre und seine Herkunft binden würde, vor der er, so gut es ging und so weit es die Arbeit erlaubte, floh. Er wollte, wenn er nach Hause kam, Deutsch sprechen. Bumbar war anders: Er verließ das Ghetto nur, wenn es die Arbeit unbedingt verlangte; man muss sich an die Seinen halten, nicht weil sie gut waren, oder man sie wie Medizin auf die eigenen Wunden streichen könne, sondern weil die Autorität aus der Sprache kam, und weil er wusste, wie sie dachten. Er konnte ihre Reaktionen vorhersagen, er las in ihren Gedanken, er war einer von ihnen. Ein Wolf unter Wölfen. Bumbar sagte Rimac von Zeit zu Zeit, er solle sich in Acht nehmen vor den Fremden. Du hast es einfacher mit unseren Leuten, meinte er, bei ihnen weißt du ganz genau, was für Dreck du vor dir hast, was sie in der Lage sind, dir anzutun, bei den Schwabos aber hast du keine Ahnung, woran du bist, oder wo sie dir auflauern werden, und auch nicht, was sie denken, während du ihnen die Hand schüttelst. Den Unseren kannst du Beine und Rippen brechen, du kannst sie in den Abguss werfen oder auf den Müll, und keiner wird eine Frage stellen, niemand wird sich darum kümmern, es ist nur ein bisschen Abschaum weniger. Gib aber einem Deutschen eine Ohrfeige, und du hast gleich die ganze Polizei der Stadt am Hals, sie werden dich nicht in Ruhe lassen, bevor sie dir nicht alle Zähne einzeln ausgeschlagen haben. Halt dich an dein Ghetto, du bist nirgends sicherer.

Rimac wollte Brigitte nicht wecken. Er schenkte sich ein Glas Cognac ein und setzte sich an den Tisch im Esszimmer. Er trank einen Schluck und entschloss sich plötzlich, zu telefonieren, mit dem Glas in der Hand. Das Telefon befand sich im Gang. Er wählte lange, dann meldete sich eine Zeit lang niemand. Es war spät.

»Ja …«, hörte er schließlich eine Stimme auf der anderen Seite.

»Hier Jadran. Mutter, bist du das?«

»Ja, ich bin es … Warum rufst du so spät an, ist etwas passiert?« Ihre Stimme klang heiser.

»Nichts, ich rufe einfach an, ich habe gar nicht auf die Uhr geschaut … Vater schläft?«

»Er schläft, es ist schon spät … Ist sicher alles in Ordnung?«

»Alles in Ordnung, Mutter. Viel Arbeit, aber es ist alles gut. Wie sieht es bei euch aus?«

»Immer das Gleiche. Wann kommst du?«

»Ich weiß nicht, es gibt viel Arbeit. Wie geht es den Schwestern?«

»Gut. Sie sind richtig große Mädchen geworden. Auch sie fragen nach dir. Lucija will heiraten. Kommst du?«

»Natürlich, ja, ja, ich werde kommen … Braucht ihr etwas? Ich werde euch die Tage Geld schicken …«

»Nein, nichts, wirklich nicht.«

»Ich werde trotzdem Geld schicken …«

»Komm lieber her, damit wir dich ein wenig sehen. Man erzählt alles Mögliche in der Nachbarschaft …«

»Ich werde kommen, ich habe es dir ja gesagt. Hör nicht auf die Nachbarn … Grüß alle von mir, gute Nacht!«

»Ja, gute Nacht!«

Jadran Rimac war Kroate, und er war sich dessen bewusst. Er wusste auch, dass sein bester Freund Aleksandar Marković Bumbar ein Serbe war, aber er konnte darin keinen hinderlichen Umstand für ihre Freundschaft erkennen. Jetzt arbeiteten beide für sich und für Jugoslawien, und für das Regime des Landes, das alles tat, damit sich die Menschen weniger als Kroaten oder Serben fühlen, mehr als Jugoslawen. Die Mühe war vergeblich.

Rimac hatte die ihm vorgeschlagene Mitarbeit sofort auf die gleiche Weise wie Bumbar aufgefasst: Das ist ein Job, Genosse, das gehört zu den Aufgaben des Metiers. Wenn man eine solche Berufswahl trifft wie Bumbar und Rimac, dann muss man auch für die Polizei arbeiten, und dann ist es doch besser, für unsere Polizei als für die deutsche zu arbeiten. Wir kennen unseren Abschaum. Rimac erledigte alles in allem zwei, drei völlig unwichtige Geschäfte, kurz; er musste niemanden ermorden oder Leichen in Wäldern und Gebirgsschluchten verstecken, nichts von der Art, nichts Großes. Beziehungsweise, es blieb keine Zeit für Größeres, denn der Staat, für den Rimac und Bumbar zeitweise arbeiteten, war am Untergehen. Er zerfiel von innen. Niemand interessierte sich mehr für dreckige Geschäfte außerhalb der eigenen Landesgrenzen. Zu Hause wurden die Karten neu verteilt.

An einem Tag Ende 1988 meldete sich Damjan plötzlich und bat, ihn dringend in der Wohnung zu treffen, die er benutzte, wenn er in Frankfurt war. Er war nervös und blickte dauernd um sich, sodass in der engen Küche, in der sie saßen, eine unangenehme Atmosphäre entstand. Bumbar hatte schnell begriffen, dass die Sache ernst war, und das hatte auch Rimac begriffen, aber die Regel wollte, dass Bumbar sich mit Damjan über ernste Angelegenheiten unterhielt. Rimac schwieg dann.

»Was willst du von uns?«, unterbrach ihn Bumbar. Damjan atmete auf.

»Ich will mit euch zusammenarbeiten, ich kann das nicht mehr«, sagte er, nachdem er sich ein wenig beruhigt hatte.

»Was kannst du nicht mehr?«

»Der Geheimdienst und all das. Es geht alles zum Teufel. Ich muss da weg.«

»Wie sollen wir dich denn einstellen, Mann? Alle werden denken, dass wir einen Spion einschleusen, wie sollen wir das erklären …«

»Gebt mir etwas, wo man mich nicht sieht, ich habe hier allerlei Verbindungen, Bekannte und sonst was. Ich weiß, was man hier machen kann und wie.«

Er ließ seine ganze Familie nach Frankfurt kommen, die Frau und die zwei Söhne, und begann für Bumbar und Rimac zu arbeiten. Er setzte sich ein, er wollte zeigen, dass Potenzial und Leben in ihm steckten; er öffnete sich der neuen Welt wie eine Pfingstrose, er wollte immer mutig und nützlich sein, aber seine Vorschläge waren am Anfang immer einen Schritt jenseits der Linie, die Genie und Wahnsinn trennt. Wenn man sich beweisen und bewähren will, ziehen sich Erfahrung und Vernunft zurück, und schweigen: Man sieht und hört nichts, man wird fortgetragen vom Strom des Hungers und der Ambition. Damjan schlug Bumbar und Rimac vor, mit Drogen zu handeln. Er sagte, er kenne Leute, die sie ins Business bringen könnten, er würde die Verbindung herstellen, er würde, sollte es nötig sein, auch für diese Leute gradestehen. Bumbar geriet sofort außer sich. Er stand auf, blickte mit Verachtung auf Damjan und begann dann zu sprechen. Er sagte ihm, was er sich denn einbilde, dass er ein Idiot sei, wenn er denke, nur er habe ihnen bisher gefehlt, um mit Drogen zu handeln; er nannte ihn einen Affen, ein Stück Dreck, Dreck, Dreck, ein Stück stinkende Spitzelscheiße, den letzten Müll. Damjan war zu Tode erschrocken, er zitterte wie Pudding. Da war kein Abzeichen mehr, das ihn schützte, er war jetzt ein Hund aus der Kanalisation, er konnte den Kopf verlieren, ohne dass man sich weiter Fragen stellen würde. Bumbar packte ihn am Hals, zerrte ihn vom Stuhl im Wohnzimmer und schleppte ihn zur Toilette. Er machte Rimac ein Zeichen, dass er ihm folgen sollte. Er zwang Radić, sich vor der Toilettenschüssel hinzuknien und stopfte dann seinen Kopf hinein. Bumbar war so viel stärker als Damjan. Man hörte die Schläge von Radićs Stirn gegen die Keramikschüssel, Husten und Gurgeln. Rimac zog in regelmäßigen Abständen am weißen Strick über der Toilettenschüssel und skandierte: Duschen. Stinkende Scheiße, Kumpel, sagte Bumbar seinem Freund, der den Wasserstand in der Schüssel regulierte, eine kleine stinkende Scheiße, die viel zu viel redet. Eine stinkende Scheiße, Kumpel, eine Scheiße … Bis dann Rimac meinte, es genüge, vielleicht. Sie ließen ihn auf der Toilette, nahmen ihre Mäntel und spazierten still davon.

»Der wollte uns in die Pfanne hauen, fick ihn der Teufel«, sagte Bumbar, mehr zu sich selbst, als sie auf die Straße schritten. Jadran sagte nichts, aber er sah auch nicht so aus, als hege er nicht den geringsten Zweifel an der Richtigkeit von Bumbars Vorgehen. Am nächsten Tag aßen sie zusammen zu Mittag. Es war das erste Gespräch zwischen den beiden, seit sie ebenbürtige Partner geworden waren. Rimac meinte, man müsste das mit Damjan vielleicht wieder richten, wenn es möglich sei.

»Das sind gefährliche Leute«, fügte er hinzu, »mit denen vermeidet man besser den Krieg. Man kann nicht gegen sie sein, das wäre dumm. Auch du weißt das, und besser als ich.«

Bumbar schwieg. Er wusste, dass Jadran recht hatte, und er beschloss, ihm auch Recht zu geben, aber nicht sofort.

»Soll ich mich darum kümmern?«, fragte Jadran.

»Ja, tu das. Aber nicht, dass wir wie Fotzen dastehen, Kumpel. Nicht wahr?«

»Das werden wir nicht.«

Damjan Radić blieb ihr Partner, aber er wollte nicht mehr mit Bumbar reden. Nur noch mit Rimac. Er erledigte ein paar Geschäfte für sie, kümmerte sich um Nutten und gefälschte Ausweise, und noch einiges mehr, aber er arbeitete auch für andere. Er achtete sorgsam darauf, sich mit niemandem anzulegen. Er lieferte immer als Erster Informationen. Sich gut stellen mit allen, sich an zwei Mutterbrüsten zugleich ernähren. Er besaß die Fähigkeit, zukünftige Ereignisse vorherzusehen, und das beeindruckte Rimac.

»Scheiß auf Bumbar«, sagte Damjan Radić zu Rimac im Frühherbst 1990 und lachte dabei. »Scheiß auf Bumbar«, wiederholte er, »er ist sowieso Serbe. Wir sind Kroaten. Wir müssen zusammenhalten.«

Rimac sah ihn seltsam an, aber er schwieg. Im Sommer 1991 rief Damjan Rimac aus Zagreb an. Er sagte ihm kurz, dass es gut wäre, wenn er nach Zagreb käme und sich bei ihm meldete. Damjan war zum Verantwortlichen einer Abteilung der Nationalen Sicherheit ernannt worden. Glaub mir, du wirst es nicht bereuen, sagte er. Es war mehr ein Auftrag als eine Einladung.

7

DAMJAN RADIĆ

ALS MARA vor zehn Monaten zum ersten Mal diese Wohnung betrat, kochte ich ein Abendessen und kaufte einen teuren Rotwein. Ich hatte das Fleisch nicht schlecht gekocht, aber die Kartoffeln waren halb roh geblieben. Ich zuckte mit den Schultern, während sie nur wiederholte, es sei alles in Ordnung, das käme auch in guten Restaurants vor. Sie lächelte. Und hörte nicht auf, den Wein zu loben, und mir taten die Komplimente gut, auch wenn ich über Wein nun wirklich nichts wusste. Ich wusste nur, dass wahrscheinlich der teurere der bessere wäre. Ich hatte auch sechs neue Teller gekauft, Weingläser und ein komplettes Besteck. Ich gab mir Mühe wie nie zuvor. Es war wirklich wichtig für mich.

Dann gingen wir zur Couch rüber. Wir tranken weiter Wein. Ich fragte sie, ob sie einen geheimen Grund für ihr Interesse an Rimac habe. Ob da etwas wäre, was ich besser wissen sollte, da sie mich in die ganze Sache hineingezogen hatte. Sie blickte mich erstaunt an. Wovon ich spräche, was für geheime Gründe?!

»Ich sehe nur, dass du wirklich angebissen hast … Und stelle mir Fragen … Ist da was Persönliches zwischen euch zwei?« Ich schämte mich. Ich wusste, ich war verloren.

»Da ist nichts Geheimes, du bist nicht normal. Ich mache meine Arbeit, man hat mir einen Auftrag erteilt, und ich mache meine Arbeit. Und ich will sie ehrlich und gut machen. Nur das.

Es ist ganz einfach«, sie hielt kurz inne und fuhr dann fort: »Dieser Mann ist ein Krimineller, und unser Job ist es, Beweise gegen ihn zu finden und ihn hinter Gitter zu bringen. Wir werden dafür bezahlt, wenn du dich erinnerst. Ist das nicht Grund genug?«

Jedes ernsthafte Gespräch zwischen uns beiden endete in diesen ersten Monaten mit meiner Schmach. Ich war sicher, sie hielt mich für dumm. Ich sprach die falschen Worte aus, und alles brach zusammen wie ein Kartenhaus. Ich erklärte, was ich, eigentlich, hatte sagen wollen, ich verstrickte mich und glitt noch tiefer in den Treibsand meiner Verwirrung und Entrückung. Mara konnte einiges vertragen, was Alkohol betraf. Ihre Überlegungen waren auch nach dem vierten Glas von derselben kristallenen Klarheit.

Ich sagte, ich habe nichts Böses gedacht, es erschiene mir nur ungewöhnlich, dass sich jemand so sehr für seine Arbeit einsetzte. Ich wäre vielleicht genauso, wenn man mich in die Abteilung für politische Delikte versetzt hätte, denn ich glaube nicht so sehr an die Gerechtigkeit wie an den Staat, an die Stabilität. Sie glaube, die Welt werde ein wenig besser sein, wenn wir Rimac hinter Gitter gebracht hätten. Sie spielte immer noch verführerisch mit dem Glas in ihrer Hand.

»Findest du es nicht seltsam, dass sich bisher niemand an Rimac' Aktivitäten gestört hat? Er ist ja nicht erst seit gestern ein Verbrecher, nicht wahr? Warum gerade jetzt?«

»Ja, sagen wir, ich finde das auch seltsam, und jetzt … Oder willst du sagen, es wäre besser gewesen, wenn Rimac nie in unser Visier geraten wäre?«

»…«

»Willst du das sagen? Wir haben ihn ja schon all die Jahre laufen lassen, lassen wir ihn weiter laufen? Meinst du, das wäre gerecht?«

»Nein, das wäre nur konsequent. Das hier scheint mir ein wenig willkürlich. Willkürliche Gerechtigkeit, kann das sein?«, fasste ich mich endlich.

»Jetzt weiß ich, warum sie dich nicht in die politische Abteilung versetzen wollen …«

»Gerade weil ich dort gut wäre. Ich weiß, wie sie denken. Ich weiß, wie sie sind, und dass es mit ihnen keine Kompromisse geben kann. Im Gegensatz zu den Kriminellen wie deinem Rimac' … Er glaubt an gar nichts, er hat keinerlei persönliche Überzeugung. Ein Idiot. Es muss sich um eine persönliche Abrechnung mit Rimac handeln, alles andere macht keinen Sinn. Wir verfolgen Hühnerdiebe, während der echte Feind überall um uns Schaden anrichtet. Noch ein wenig, und sie werden alle Zeitungen kontrollieren … Das wahre Übel ist die Unordnung und Unsicherheit im Staat, nicht die Kriminalität.«

»Rimac ist kein Hühnerdieb …«

»Das sind alles Hühner- und Pferdediebe. Rimac, Danki, Dubro und Šesto, sie alle.«

»Rimac nicht, aber das spielt jetzt keine Rolle. Sag mir, eine Sache verstehe ich nicht: Warum hast du dich denn für diese Seite entschieden?«

»Ich bin auf der richtigen Seite. Der Staat steht über allem.«

»Wichtiger als der Staat ist, dass wir den Abschaum von den Straßen bringen. Wir sollten uns damit beschäftigen. Ich will sagen, du und ich, denn auch du bist immer noch in der Abteilung für organisiertes Verbrechen. Und so weit ich das beurteilen kann, besteht da wenig Hoffnung für eine baldige Versetzung …«

»Man kann den Abschaum nicht von der Straße bringen. Warum verstehst du das nicht? Die Straße existiert überhaupt, damit es Abschaum gibt. Wenn nicht Rimac, dann ein anderer. Zanki, oder weiß Gott wer. Es ist viel wichtiger, die wahren

Feinde aus dem Weg zu räumen, denn mit denen gibt es keine Kompromisse, die können nie zu unserer Seite gehören.«

»Du meinst, wie dieser Sučić?«

Das schnitt mir den Atem ab, presste alle Luft aus meinen Lungen. Ich dachte damals für einen Moment, Mara wüsste alles, aber es gelang mir, meinen Verdacht zu verbergen. Oder ihre Konzentration ließ doch allmählich mit den Weingläsern nach. Ich steckte mein verwirrtes Gesicht zwischen ihr üppiges Haar und ihren weißen Hals. Mit der trockenen Zungenspitze glitt ich vom Schlüsselbein bis zu ihrem Ohr. Sie neigte den Kopf ein wenig und lieferte ihren Hals ganz meiner Zunge und meinen Lippen aus. Sie stellte das Glas auf das niedrige, unsaubere Tischchen. Sie knöpfte ihre Bluse auf; sie trug immer durchsichtige weiße Büstenhalter. Sie ließ sich gehen. Ich entspannte mich erst, als ich begriffen hatte, dass sie nichts von meinem schweren Geheimnis ahnte. Meine Zunge war nicht mehr hölzern und trocken. Ihre Haut absorbierte schnell die regelmäßigen, feuchten Züge.

Meistens ging ich aber zu ihr. Ihre Wohnung war größer und schöner. Es gab mehr Licht, sie liebte Blumen, das Bett war geräumiger, die Laken und Kissen rochen feiner. Ich war mir nicht bewusst, dass ich es vermied, Spuren meines Lebens in dieser Wohnung zu hinterlassen. Ich kannte ihre Eltern nicht. Ihren Bruder hatte ich einmal zufällig kennengelernt, aber wir hatten kein gemeinsames Gesprächsthema gefunden. Er lebte in einer anderen Welt als der unseren. In Maras Wohnung, den Kopf auf ihren Bauch gelegt, befand ich mich in Sicherheit, obwohl ich ihr das nie gestanden habe.

Jetzt wartete ich, dass Mara an meine Tür klopfte. Sie hatte angerufen und gesagt, sie nehme jetzt die Tram am Britischen Platz. Der Stress, der sich als Luftballon in meinem Bauch angesammelt hatte, ließ ein wenig nach, obwohl ich immer noch nicht wusste, was ich morgen machen würde. Ob ich im Bett bleiben und den ganzen Tag verschlafen würde, um alles zu vergessen, oder ob ich dort hinginge, wo mein Vater getötet worden war, um so zu tun, als würde ich an einer Untersuchung teilnehmen. Ich wollte, dass Mara mich umarmte und mir sagte, was ich tun sollte. Ich war bereit, ihrem Ratschlag zu folgen, egal, wie dieser lautete. Nur um diese Unentschlossenheit zu beenden, und diesem Labyrinth zu entkommen, in dem ich herumirrte, seit ich erfahren hatte, wer mein Vater war.

Sie brachte zwei Schokoladen mit Haselnüssen mit und die Zeitungen von morgen. Ich liebte es, am Abend die Ausgabe vom nächsten Tag zu kaufen, um zu lesen, was die anderen erst am nächsten Morgen entdecken würden. Ich war immer aufgeregt, wenn ich etwas vor den anderen erfahren konnte. Deshalb hatte ich wahrscheinlich auch den Dienst in der Nationalen Sicherheit angenommen, nachdem man mich bei der Zeitung abgelehnt hatte. Als Journalist hast du immer Gelegenheit, den anderen zu zeigen, dass du die Dinge vor ihnen weißt. Bei der Nationalen Sicherheit kannst du keinem irgendwas zeigen. Ich hatte schwer mit dem auferlegten Schweigen zu kämpfen. Ich war richtig zerrissen zwischen dem Bedürfnis, wichtiger zu sein, als ich es war, und dem sicheren Lohn der Nationale Sicherheit. Ich drückte das Ego nieder, der Lohn war wichtiger.

Sie sagte, es täte ihr leid, dass sie sich so benommen habe. Sie sagte, ich habe den Vater verloren, und sie habe unterdessen nur an sich selbst gedacht. Ich sagte, ich sei nicht böse, es spiele keine Rolle. Sie fragte, ob es mir gut ginge. Ja, wahrscheinlich schon. Was ich tun werde? Ich sagte, dass ich runterfahren würde, auch wenn ich davon, ehrlich gesagt, nicht besonders überzeugt sei. Sie dachte, dass ich nicht gehen sollte, aber das könne nur ich entscheiden. Ich würde am besten wissen, warum ich das täte, was ich täte. Sie werde mich in jeder meiner Entscheidungen unterstützen.

Das Telefon klingelte. Mutter. Sie sagte gleich, sie habe eine Bitte. Sie klang ernst, beinahe geschäftlich.

»Ich will, dass du mich morgen zu Andrijas Begräbnis fährst. Versuch gar nicht erst, mich davon abzubringen. Wenn du mich nicht fahren willst, werde ich mich noch heute Abend in den Bus setzen und hinunterfahren.«

»In Ordnung. Wann ist das Begräbnis?«

»Um halb drei.«

»Ich werde um neun bei dir sein.«

Erst als ich den Hörer auflegte, begann ich das wahre Grauen ihrer Absicht zu verstehen. Auf der Beerdigung würden mindestens zehn Leute aus der Nationalen Sicherheit sein und ebenso viele Kriminalpolizisten. Sie werden die Beerdigung fotografieren, bei der wohl kaum mehr als zwanzig Personen sein würden. Jemand würde, rein aus Formgründen, später diese zwanzig Menschen durchleuchten und so zum Namen der Veronika Krstanović gelangen. Und dann wäre es nur ein Katzensprung, und alle würden wissen, dass ich ihr Sohn war. Man würde mich vorladen, und ich müsste alles gestehen. Das wäre das Ende meiner Karriere. Ich wäre auf immer entehrt. Das konnte ich mir in diesem Augenblick nicht leisten. Nicht jetzt.

»Du musst ihr erklären, warum sie nicht runterfahren darf«, sagte Mara. »Sie wird das verstehen. Sie ist eine vernünftige Frau.«

»Ich gehe morgen früh zu ihr und erkläre ihr alles. Ich habe jetzt nicht die Kraft dafür. Ich hoffe, sie wird es verstehen. Sie kann manchmal kompliziert sein.«

Eine kurze Stille, dann atmete sie tief ein, und sagte, sie müsse mir zwei Dinge beichten, auch wenn dies nicht unbedingt der richtige Augenblick dafür sei. Sie könne es einfach nicht mehr für sich behalten. Zuerst die gute Nachricht: Sie werde die Staatsanwaltschaft verlassen. Morgen werde sie das Kündigungsschreiben abgeben. Diese Arbeit sei nichts für sie, in Wahrheit. Sie habe keinen Sinn. Ich konnte nicht glauben, dass sie wirklich sagte, was ich da hörte. Sie meinte, es habe keinen Sinn mehr, in der Staatsanwaltschaft zu arbeiten, die Verbrecher zu jagen?! Aber ich wartete zunächst auf die schlechte Nachricht, und fragte also nichts. Die schlechte Nachricht war, dass sie mit Rimac geschlafen hatte. Mehrmals in den letzten Monaten. Es täte ihr leid. Sie wisse nicht, wie das geschehen konnte.

»Es war nicht nur einmal, sodass du dir nicht erklären kannst, wie es geschehen ist. Du erzählst nur Müll«, meine Stimme war leise und gleichmäßig, in mir aber wütete es.

»Ich wollte nicht das sagen, sondern ...«

»Das heißt, wir haben Rimac nicht früher verhaftet, weil du mit ihm ins Bett gingst, und nicht, weil er dir versprach, Beweise gegen irgendwelche angeblichen Hintermänner zu liefern? Wann versprach er dir das? Nach dem Sex?«

»Sei nicht so, bitte ... Ich erwarte nicht, dass du mir verzeihst, oder mich verstehst, ich verstehe mich selbst nicht. Aber du darfst mich nicht beleidigen.«

»Soll ich dich etwa loben? Was willst du denn, fuck? Du hast mit Jadran Rimac geschlafen, Mensch!«

Sie schwieg. Ich wollte aber, dass sie etwas sagte. Ich fragte sie, was wir jetzt machen sollen. Anstelle einer Antwort sagte sie, sie müsse mich noch etwas fragen. Ihre Frechheit überraschte mich.

»Was wenn, sagen wir es mal so, Jadran getötet wurde, weil es sich herumgesprochen hatte, dass er auspacken wollte?«

»Was dann?«

»Es waren nur wenige, die von Jadrans Absicht wussten. Genau genommen wussten nur zwei Menschen davon. Mein Chef und du.«

»Und du hast, natürlich, zuerst an mir gezweifelt?«

»Ich habe gar nicht gezweifelt, nur …«

»Ich muss dich nur daran erinnern, dass du mir nie direkt gesagt hast, wen Rimac mit sich in die Scheiße ziehen wollte. Beziehungsweise, du hattest vergessen, dass ich nicht wusste, welche Namen dir Rimac ins Ohr flüsterte, als ihr zusammen im Bett wart.«

Sie sagte, ich sei intelligent genug, und ich hätte auch genug gewusst, sodass ich von selbst darauf hätte kommen müssen, dass Rimac an Damjan Radić dachte. Sie sagte, sie sei sich auch sicher, dass Magaš in meiner Gegenwart Radić erwähnt hatte, aber sie habe seinen Namen nie in den Berichten und amtlichen Notizen gesehen. Wie sie so sicher sein könne, dass Magaš mir von Radić erzählt habe? Das spiele keine Rolle, sagte sie, sie wisse es.

»Deine Theorie ist debil. Ich habe niemandem etwas gesagt.«

»Wie auch deine Theorie, dass wir ihn nicht verhaftet haben, weil ich weiter mit ihm ins Bett wollte …«

»Wenn du schon Magaš erwähnt hast – warum hat Rimac ihm die Wohnung weggenommen?«

»Rimac hatte alles eingefädelt, damit Magaš zum Generalstaatsanwalt ernannt wurde, aber er willigte nicht ein. Er wollte einfach nicht einwilligen. Das war zu viel. Rimac begriff, dass er Magaš verachtete. Er stand auf seiner Lohnliste, finanzierte seine Spielleidenschaft, und als Gegenleistung erhielt er nur Verachtung. Er hatte ihn beleidigt, und dann … Ich wollte dir das nicht sagen, weil ich dir dann auch hätte sagen müssen, wer sich dafür engagiert hatte, Majstorović abzusetzen beziehungsweise Magaš auf den Posten zu hieven. Natürlich Damjan Radić. Manchmal brachten mich gewisse Worte, die du sagtest, oder gewisse Grimassen, wenn du mir zuhörtest, dazu, zu glauben, es sei dir gelungen, alle Puzzleteile richtig zusammenzusetzen, dass du aber schweigen und mich richtig blamieren wolltest. Doch ich begriff jeweils schnell, dass du nach wie vor im Dunkeln tapptest.«

»Es fehlte mir an Konzentration und Hartnäckigkeit. Ich hatte immer die Geschichte mit meinem Alten im Genick. Und ich wollte dich beeindrucken. Das hat offensichtlich mein Gehirn blockiert ...«

Ich griff nach der Zeitung und begann zu blättern. Andrija Sučić war von den Titelseiten verschwunden. Ich zögerte noch, ob ich ihr gestehen sollte, dass auch ich sie betrogen hatte, zwei Mal. Masturbation zählte nicht. Ich sagte nichts.

»Willst du Schokolade?«, fragte sie. Ich nahm ein Stück. »Ich würde gerne heute bei dir übernachten, wenn du nichts dagegen hast. Ich habe keine Lust, jetzt noch rauszugehen.«

Ich nickte gleichgültig mit dem Kopf und war in Wahrheit überglücklich, nicht noch eine weitere Nacht allein verbringen zu müssen.

»Wenn du mich fragst«, spulte sie das Gespräch ein wenig zurück, »verdient Vladimir Magaš unser Mitleid nicht. Er hat die schmutzigsten Dinge für Jadran gemacht. Er wusste alles. Das war kein Problem für ihn. Er verdient wirklich kein Mitleid, glaub mir.«

»Im Gegensatz zu Rimac, nicht wahr?«

»Hör doch auf ...«

Instinktiv wollte ich Magaš in Schutz nehmen, obwohl ich wusste, dass meine Argumente so dünn und brüchig waren wie Salzstangen. Er hatte es nicht leicht. Alle hatten es auf ihn abgesehen. Und er musste für seine Schwäche bezahlen, für die er nichts konnte. Er hielt sich irgendwie über Wasser. Dachte, er müsse jemanden haben, der ihn beschützte, dass davon sein Leben abhing. Sie fragte mich, ob ich überhaupt wüsste, was Magaš getan hatte. Was er getan hatte? Ach, was er getan hatte ... Er kümmerte sich darum, dass alles glattlief, dass niemand Probleme machte. Rimac hatte nicht mehr die Nerven, sich um alle Details zu kümmern, um alle Abmachungen, Deals und Händel. Er sagte, was er wollte, und Magaš kümmerte sich darum, auf die eine oder andere Weise. Treffen, Nachtessen, Kaffee am Morgen, Mittagessen, Nachtspaziergänge, Telefonanrufe. Minister, Staatssekretäre, Richter, Staatsanwälte, Generale, die Direktoren der Staatsmonopole, Geheimdienstler, Zeitungsbesitzer, Polizisten, Zollbeamte, Bischöfe. Magaš hielt alles in seinen Händen. Rimac erschien nur, wenn Magaš auf Widerstand traf, der sich mit konventionellen Mitteln nicht aus der Welt schaffen ließ, und öffnete die Türen.

»Weißt du, dass Magaš die Hauptperson war für den Austausch von Gefangenen von der anderen Seite?«

»Das hatte er mal erwähnt …«

»Ja, er hatte dir gesagt, Jadran habe ihn einmal zu einem Treffen mit einem gewissen Novica geschickt, der seinerseits von Aleksandar Markovic, genannt Bumbar, kam. Sie tauschten Listen mit den Namen von Gefangenen aus. Magaš brachte die Namen und Vornamen unserer Jungs in ihren Gefangenenlagern, dieser Novica die Namen und Vornamen ihrer Leute, die bei uns in Gefangenschaft waren. Und dann ließ man die Leute von den Listen nach Hause, und niemand erfuhr, warum. Er hat dir wahrscheinlich auch gesagt, dass es dabei um viel Geld ging …«

»So ungefähr …«

»Aber, ich nehme an, dass er dir nicht gesagt hat, dass unsere Liste von Damjan Radić erstellt wurde, denn das war sein Business. Weder Jadran noch jener Bumbar waren da die Hauptpersonen. Sie machten einfach, was man von ihnen verlangte, und stellten keine Fragen. Und im Gegenzug gingen tonnenweise Drogen über die Grenze, und wieder stellte niemand Fragen. Radić verdiente natürlich daran. Es gab auch keine Untersuchungen, als praktisch alle getötet wurden, die Jadran im

Wege waren. Offiziell wurde nie auch nur die geringste Spur gefunden, kein Beweis. Magaš gab darauf Acht, dass etwas nicht zufällig herauskam, und dass jedes Glied der Kette sich strikt an den Plan hielt. Magaš wusste am besten, wer von den Plänen abwich, denn er hatte alles geplant. Verstehst du?«

»Ich verstehe nicht, was du willst. Du sprichst so, als wäre Magaš der größere Verbrecher als Rimac .«

»Darüber könnte man sprechen, aber das spielt jetzt auch keine Rolle mehr. Wirklich nicht.«

DIE NIEDERLAGE

DER ERSTE STEIN wurde von Mirko Mišić auf Lanka geworfen, einem neunzehnjährigen Bengel aus der Neustadt. Das erfuhr ich erst später. Ich erfuhr auch, dass ihn sein Vater Marinko dazu angestiftet hatte, ein reicher Händler und Gastwirt, die einzige echte Macht in der Stadt. Ich fand den Stein neben Lankas Beinen. Auf ihrem Körper konnte ich die Stelle nicht entdecken, wo der Stein aufgeprallt sein musste. Man konnte nichts sehen.

Ich wusste, dass nach dem ersten ein weiterer Stein folgen würde, und dann noch einer, und schließlich ein Regen von Steinen. Wichtig war nur, wer den ersten warf. Dass es der Sohn von Marinko Mišić gewesen war, bedeutete, dass jeder, auch der letzte Hasenfuß, sich dazu verpflichtet fühlen würde, mit etwas Hartem in der Hand an meinen Gartenzaun zu kommen. Der Stein des jungen Mišić war ein Signal, eine Chiffre, die die Stadt richtig zu entziffern verstand. Ich baute den Stall um, sodass Lanka von der Straße aus nicht mehr sichtbar war, aber sie kamen weiterhin und warfen ihre Steine einfach gegen die Stallmauern. Sie wussten, dass sie die Wohnstätte des Elefantenweibchens nicht zum Einstürzen bringen konnten, aber sie ließen sich davon nicht abbringen. Sie kamen, riefen, lachten und steinigten. Das dumpfe Geräusch der gegen die Holzbretter prallenden Steine hörte nicht mehr auf.

Wir gingen nicht mehr aus dem Haus. Snježana hatte bald

keinen Alkohol mehr und wurde nervös bei dem Gedanken, dass sie doch noch hinausgehen musste. Ich fragte sie, ob ich für sie in den Laden gehen sollte. Im ersten Augenblick lehnte sie ab, aber am nächsten Tag kam sie zu mir, während ich aus dem Fenster zusah, wie die Bürger unserer Stadt Lankas Stall steinigten. Sie sagte, sie brauche etwas aus dem Laden. Ich fragte gar nicht, was. Ich zog meine Paradeuniform als Offizier der Präsidentengarde an, aber ich hatte noch gar nicht Zeit gehabt, in die Hauptstadt zu fahren, um meine neuen Abzeichen zu holen. Auf den Kopf setzte ich meine Mütze, bewaffnete mich mit einer Pistole und einem Säbel und wienerte meine Schuhe. Ich verließ das Haus und begann im Marschschritt die Straße hinabzulaufen. Ich blickte nicht zu den Menschen hinüber, aber ich hörte, wie sie mit dem Steinewerfen aufhörten. Ich fühlte, dass sie mir mit ihren verunsicherten Blicken folgten und darauf warteten, dass ihnen jemand die neue Situation und ihr Verhalten darin erklärte. Ich betrat den Laden, und sie standen immer noch da und waren still. Sie schwiegen auch, als ich den Rückweg antrat, in den Händen fünf oder sechs Plastiktüten voll Wein, Bier, Brot, Salami und Zigaretten … Ich schritt wieder zügig voran, aber das sah jetzt wegen der Plastiktüten irgendwie komisch aus, und ich gab es bald auf. Das machte ihnen Mut. »Zum Teufel mit deinem Elefanten!«, hörte ich eine wütende Stimme. Dann wieder nichts. Sie kamen auf mich zu, ich weiß nicht, wie viele es genau waren, aber ich hörte jetzt eine Vielzahl von Stimmen: »Weg mit dem Elefanten!«, »Weg mit dem Elefanten!«. Ich ging auf sie zu. Plötzlich ließ ich die Tüten auf den Boden fallen, zog meine Pistole und blieb stehen. Ich sagte, ich würde auf den Ersten schießen, der es wagte, noch einen Schritt in meine Richtung zu tun. Sie blieben wie versteinert stehen. Niemand sagte etwas. Alle wussten, dass es für mich kein Problem darstellte, einen Menschen zu töten. Man weiß alles, hier.

»Ich werde auch auf jeden schießen, der auch nur einen Kieselstein in Richtung Stall wirft. Noch ein Stein, und ihr könnt die Toten zählen, ist das klar?«

Sie schwiegen und begannen sich zurückzuziehen. Ums Haus herum wurde es wieder vollkommen still; man hörte nur dann und wann Lankas schweres Seufzen.

Ana rief an, unsere jüngere Tochter. Sie studierte Medizin, wohnte im Studentenheim, aber sie hatte bei Dinka vorbeigeschaut, und die beiden hatten beschlossen, bei uns anzurufen. Sie hätten allerlei gehört. Sie machten sich Sorgen. Ana gab Dinka den Hörer.

»Papa, ich schlage vor, dass ihr zu mir, zu uns nach Zagreb kommt. Bis das alles vorbei ist, dann könnt ihr wieder zurückkehren.«

»Und wer wird sich um Lanka kümmern, wenn wir nicht da sind?«

»Du musst diesen Elefanten loswerden, das musst du einfach! Du kannst nicht einen Elefanten im Garten halten! Warum verstehst du das denn nicht, Papa? Niemand macht das, niemand hält einen Elefanten im Garten ... Dafür gibt es den Zoo. Elefanten gehören in den Zoo.«

»Dinka, das ist meine Sache ... Misch dich da nicht ein, und mach dir keine Sorgen. Macht euch keine Sorgen!«

»Aber, wie sollen wir uns denn keine Sorgen machen, wenn wir hören, was geschieht!? Wie!? Man wird noch versuchen, dich zu töten, oder Mama ...«

»Niemand wird hier irgendwen töten, mach dir keine Sorgen.«

»Gib mir Mama ...«

Nach einigen Tagen scheinbarer Ruhe hatte die Stadt eine neue Art der Kriegsführung gefunden. Eines Nachmittags begriff ich, dass mir niemand in der Stadt und der Umgebung auch nur einen einzigen Grashalm verkaufen würde. Ich hatte Reserven an Blättern, aber die Menge reichte gerade mal für drei oder vier Tage. Ich ging in die Nachbarstadt. Auch dort wollte niemand mit mir Geschäfte machen. Sie sagten, sie hätten weder Gras noch Heu, oder dass sie alles schon jemand anderem versprochen hätten, der auch schon im Voraus bezahlt habe, oder dass sie nicht mit Leuten aus anderen Städten Geschäfte machten, von wegen schlechte Erfahrungen.

Da schrieb ich einen langen Brief an den Präsidenten. Ich erinnerte, bedankte mich und legte die neue Situation dar, und bat, dass der Staat die Sorge um das Futter übernehmen möge für mein Elefantenweibchen Lanka, denn es sei mir unmöglich, an Futter zu gelangen, und es fehle mir auch an Geld, um diese Aufgabe zu erfüllen, die ich in meinem ersten Brief so leichtfertig angenommen hatte. Während ich auf Antwort wartete, improvisierte ich, wo ich nur konnte. Im Wald schabte ich die Rinde von den Bäumen, sammelte Gras, brach Äste. Lanka war mehr hungrig als satt, aber sie zeigte keinerlei Nervosität deswegen. Ich war viel nervöser als sie. Meine Rente und Snježanas immer kleinerer Verdienst genügten nicht für Lankas Futter, sogar wenn ich jemanden gefunden hätte, um welches zu kaufen, und dann noch für unser Essen und Trinken und für Anas Studentenleben in der Hauptstadt.

Die Antwort aus dem Büro des Präsidenten kam nach dreiunddreißig Tagen. Draußen war Winter. Sie hatten alle Umstände in Betracht gezogen und waren zu dem Schluss gelangt, dass für das kommende Jahr das Ministerium für Landwirtschaft für Lankas Futter aufkommen und es herbeischaffen werde. Ich atmete auf. Alles wurde mit einem Male wieder ruhig und still. Die Stadt schien zahmer; einige grüßten mich sogar, wenn ich in den Laden ging oder zum Busbahnhof, um Ana einen Umschlag mit Geld zu schicken. Lanka vertrug den Winter gut. Ich befestigte den Stall, verschloss auch noch die letzte Ritze, verwöhnte Lanka mit dem besten Stroh, das aus dem Landwirtschaftsministerium kam, und bedeckte den Erdboden mit den dicksten Brettern, die ich in der Umgebung auftreiben konnte. Lanka freute sich über den Schnee, auch wenn er sie ein wenig zu verwirren schien. Es war der erste Schnee in ihrem Leben.

Die Stadt aber fand sich mit ihrer Niederlage nicht ab. Sie hatte sich nur zurückgezogen und wartete auf eine Gelegenheit, mit mir Schluss zu machen. Die Stadt wusste, dass sich eine solche Gelegenheit früher oder später ergeben würde. So geht das Leben.

DIE FLUCHT DER VERONIKA KRSTANOVIĆ

VERONIKA KRSTANOVIĆ war reisefertig. Sie saß in ihrem Fauteuil und wartete, dass Boško sie abholen kam, um mit ihr zusammen auf Andrija Sučić' Beerdigung zu fahren. Dem Verstorbenen hatte sie ihren gemeinsamen Sohn verheimlicht: Sie dachte, ihre gemeinsame Anwesenheit bei seiner Beerdigung wäre eine Art kleine Wiedergutmachung. Sie ging nicht weiter: Sie hatte es sich selbst untersagt, über die Art der Wiedergutmachung nachzudenken, sich Fragen zu stellen. Sie würde runterfahren, ihn beerdigen und damit auch für immer diesen Teil von ihr selbst unter die Erde bringen. Sie wollte ihre Eigenliebe nicht sehen: Sie reiste in den Süden wegen sich selbst, nicht seinetwegen.

Sollte er irgendwoher seine eigene Beerdigung mitverfolgen können, würde Andrija Sučić nicht verstehen, weshalb Veronika da aufgetaucht sei, sollte er sie denn überhaupt erkennen. In Erinnerung geblieben war ihm wahrscheinlich eine junge, langhaarige, blonde Studentin mit sinnlichen Lippen und strenger Haltung, jetzt aber sähe er eine verwelkende Frau, kleiner als damals, mit zerfurchter Haut und glanzlosem Haar. Wie das, Veronika? Warum bist du gekommen? Und warum bist du gegangen? Du hast nichts gesagt, nichts erklärt, eines Tages warst du einfach wie vom Erdboden verschluckt, ich konnte dich nicht mehr finden. Du warst einfach verschwunden.

Hätte er es wirklich gewollt, hätte Andrija Veronika dennoch gefunden, wo auch immer sie sich versteckt hätte, denn ein lebendiger Mensch – im Gegensatz zu einem Toten – kann sich nicht vor denen verbergen, die sich fest vorgenommen haben, ihn zu finden. Ein lebendiger Mensch hinterlässt Spuren und Gerüche, unbewusst wirft er Brotkrumen auf seinen Weg. Er suchte sie die ersten sieben Tage: Er ging von Haus zu Haus, klopfte an Türen, hinterließ Nachrichten, rief ihren Namen, verbreitete die Nachricht ihres Verschwindens, verfolgte die Todesanzeigen in den Zeitungen. Dann gab er es auf. Was zu Beginn Sorge und Verzweiflung gewesen war, wuchs nun zu Wut aus; er hasste sie für ihr Verhalten, er hasste sie auch, damit er ruhigen Gewissens auf die erniedrigende Suche nach ihr verzichten konnte. Sie hatten sich, überdies, nur einige Monate gekannt. Er war in sie verliebt, aber der Liebe war es nicht gelungen, tiefere und dickere Wurzeln zu schlagen. Vielleicht hätte dafür auch alle Zeit dieser Welt nicht gereicht.

Andrija war der erste Mann, mit dem Veronika Krstanović geschlafen hatte. Sie war die Zweite, deren Haut er auf der eigenen spürte. Sie trafen sich in den unbequemen Studentenzimmern, kratzten Geld zusammen für einen Kaffee oder einen Saft, gingen in den Parks spazieren, Hand in Hand, und erzählten einander von den Kleinstädten, aus denen sie vor nicht allzu langer Zeit in diese große Stadt gekommen waren, von den Menschen und Straßen, die nach wie vor alle ihre Gedanken bewohnten. Für Andrija und Veronika blieb Zagreb auf ewig fremd: Sie gestatteten es der Stadt nicht, sie für sich zu interessieren, sie in ihr kaltes Inneres hineinzuziehen, sie in einem glücklichen Augenblick zu verführen.

Als sie begriff, dass sie schwanger war, kehrte Veronika in ihr Dorf in der Herzegowina zurück, ins Haus ihrer Eltern. Sie hatte Angst. Der Vater arbeitete in Deutschland und kam nur zwei oder drei Mal pro Jahr nach Hause, die Mutter kümmerte sich um das Haus, der Bruder Jerko ging noch in die Mittelschule, die Schwester Anka in die Grundschule. Veronika ging zuerst zu Pater Joze Ančić und beichtete ihm ihr Leid. Pater Joze war noch jung. Er war nicht einmal vierzig Jahre alt, aber er wollte älter wirken: Er pflegte seinen langen schwarzen Schnurrbart, sprach langsam und bedeutungsvoll, besonders wenn es sich um Volksweisheiten handelte, an die er in gleichem Maße glaubte wie an Jesus Christus, den Wiederauferstandenen, und langsam waren auch seine Bewegungen, sodass er immer so aussah, als habe er nun wirklich nichts zu tun, und als warte auch nirgends jemand auf ihn. Die Provinz, die die ihre war, spuckte manchmal solche Menschen wie diesen Pater Joze aus: mild und traurig, auf eine irgendwie altertümliche und neue Art zugleich. Die jahrhundertealte Ader tiefer Trauer, der immer nur ein klein wenig zum eruptiven Ausbruch fehlt, ist das Kostbarste, was dieses Land jemals hervorgebracht hat.

Der Pater sagte Veronika, sie müsse dieses Kind zur Welt bringen, aber sie müsse das selbst entscheiden. Sie solle zum heiligen Ante beten und auch gleich zu allen anderen Heiligen, damit sie ihr Klugheit, Mut und Glauben verliehen.

»Und mit meinen Vater, wie mache ich das, Pater Joze?«

»Ich werde mit ihm sprechen, wenn er auf Urlaub kommt. Kümmer du dich um deine Mutter, ich mach' das schon mit ihm. Und was wird aus diesem Mann werden? Das Kind gehört sowohl dir als auch ihm. Wo ist er?«

»Er ist nicht für mich, und ich bin nicht für ihn. Ich weiß, dass ich es nicht bin, Pater Jozo, und ich weiß auch, dass es Sünde ist, aber ich will das allein machen, ohne ihn. Das soll auf meiner Seele liegen.«

»Und warum?«

»Ich weiß nicht, wie ich das sagen soll, aber ich weiß, dass es so sein muss. Auf meiner Seele.«

Pater Joze Ančić starb in seinem fünfundvierzigsten Lebensjahr. Er war nicht einmal drei Monate krank. Am Tag nach der Beerdigung des Priesters ging Veronika Krstanović mit dem kleinen Bastard, wie das Dorf Boško nannte, wieder zurück nach Zagreb. Sie konnte ihre Studien nicht mehr fortsetzen, sie musste arbeiten und allerlei Jobs annehmen; es galt, die Wohnung zu zahlen, sich selbst und den Sohn zu ernähren, in der Stadt überleben, in der sich niemand um sie oder ihren Kummer sorgte. Andrija Sučić hatte sie schon lange vergessen, auch weil er nicht wusste, dass er einen Grund besaß, sich an sie zu erinnern. Er kehrte in die Stadt K zurück, sodass keine Gefahr bestand, dass sie sich irgendwo zufällig, und zwar wenn sie darauf am wenigsten vorbereitet waren, über den Weg liefen. Von Zeit zu Zeit spielte sie mit dem Gedanken, Andrija wiederzufinden und ihm zu sagen, dass er einen Sohn habe – gewöhnlicherweise geschah das um Boškos Geburtstag herum –, aber sie fand jedesmal eine Rechtfertigung, um es nicht zu tun. So fand sie auch Methoden, um, sei es langsamer oder schneller, alle Männer loszuwerden, die ihr zu nahe kamen.

Veronika wartete darauf, dass ihr Sohn sie abholte und sie dorthin fahre, wo sie nie gewesen war, obwohl sie sich mindestens einmal im Jahr vorgestellt hatte, genau diese Reise anzutreten und an Andrijas Tür zu klopfen. Veronika, erscheint dir diese Geste nicht ein wenig billig? Es gibt keine Entschuldigung für das, was du getan hast, es gibt auch keine Wiedergutmachung. Ja, ihr wart vollkommen verschieden, eure Liebe wäre vielleicht von allein erloschen nach einer Woche, einem Monat oder zwei, aber du bist nicht deshalb weggelaufen, man läuft nicht deshalb so weg, wie du es getan hast. Es ist menschlich, fürchterlich Angst zu haben, es gibt nichts Menschlicheres als die Angst, aber Flucht ist Feigheit. Und schlimmer als Feigheit ist nur nachträgliche Selbstgefälligkeit.

Boško hatte sie die Identität seines Vaters erst offenbart, als der Teufel schon seine Runden um Andrija zu drehen begann. Ich dachte, du müsstest das wissen, sagte sie, aber misch dich nicht ein, mach nichts, du hast nichts damit zu schaffen. Sie sagte, mach nichts, misch dich nicht ein, und hoffte insgeheim, ihr Sohn werde nicht auf sie hören, wie er das schon unzählige Male getan hatte. Im Stillen hoffte sie, dass Boško etwas tun würde, um seinen Vater, den man nicht mehr retten konnte, dennoch zu retten. Dass er es zumindest versuchen würde, wie vergeblich und unverständlich das auch erscheinen mochte. Denn wenn es Andrija nicht mehr gab, gab es auch ihre Fantasien vom Tag nicht mehr, an dem sie in den Süden reisen und ihm alles erzählen würde. Das einsame Durchleben dieser Begegnung hatte sie die ganzen Jahre am Leben gehalten. Das Wunder geschah aber nicht: Boško rührte nicht einmal den kleinen Finger.

Veronika Krstanović blickte noch einmal in ihr Gesicht im Spiegel, rückt ihre schwarze Bluse zurecht und trug eine dünne Schicht dunkelrotten Lippenstiftes auf ihre Lippen auf, die sich nicht einmal mehr zum Schminken eigneten. Die Jahre haben sie aufgegessen und zerfurcht, es lässt sich nicht einmal mehr die Lüge von ihrem Leben auf sie auftragen. Mit dem Handtuch wischte sie die Lippen wieder ab und erinnerte sich dann, zwei schwarze Plastiktüten in ihre Tasche zu tun, denn sie war sich sicher, dass sie sich übergeben musste; es war ihr schon schlecht, und sie saß noch nicht einmal im Auto. Sie kehrte zu ihrem Fauteuil zurück. Sie blickte zur Jungfrau Maria aus dem Medjugorje an der Wand; ich bin schwach, Muttergottes, flüsterte sie, ich bin so schwach wie ein Grashalm im Wind. Und Maria sagte: »Liebe Kinder! Vergesst nicht: Das ist die Zeit der Gnade, deshalb betet, betet, betet! Ich danke euch, dass ihr meinem Ruf gefolgt seid.«

Boško hatte Verspätung, und Veronika war ungeduldig. Sie schwitzte. Sie ging zum Telefon. Zu Hause war er nicht. Sie erreichte ihn im Büro.

8

DIE NATIONALE SICHERHEIT

DAS TELEFON WECKTE MICH. Es war Radoš.

»Du bist noch nicht runtergefahren?«, fragte er. Beziehungsweise, stellte er fest. »Komm noch kurz bei mir vorbei, ich habe etwas für dich.«

»Was, sag's mir!?« Ich fürchtete sofort, dass sie mich entdeckt hätten.

»Wir sehen uns in einer Stunde.«

Ich hatte auf der Couch geschlafen. Mara war im Bett in meinem Zimmer. Ich wollte sie nicht wecken. Dem Wein war es doch gelungen, letzte Nacht Herr über sie zu werden. Wir waren weder zerstritten noch versöhnt zu Bett gegangen. Gerade so, wie es am schlimmsten ist. Während ich die Wohnung verließ, wünschte ich nur, dass wir es gut miteinander hätten, und dass es schön wäre.

Radoš Gesichtsausdruck sagte mir, dass ich keinen Grund zur Sorge haben musste. Er sagte mir, dass es den Polizisten erst an diesem Morgen gelungen war, den kleinen Zettel zu entziffern, den man in Ljuba Begićs Hose gefunden hatte. Das heißt, sie glauben zumindest, dass es ihnen gelungen ist. Auf dem Zettel stand, in Begićs Handschrift: KJ 9. Die Kommissare glauben, die Ziffern stehen im Zusammenhang mit der Adresse, unter der der ermordete Andrija Sučić gelebt hatte. Einer von ihnen hatte gestern den Beitrag über Sučić in den Nachrichten gesehen, in dem es hieß, dass die Untersuchungen zum Mord in vollem Gange seien, und dabei war ihm das Straßenschild an Sučićs Haus aufgefallen: Straße der Königin Jelena 9. Von Anfang an hatten sie gedacht, dass auf dem Zettelchen eine Adresse stand, aber es brauchte Zeit, bis dieser Verdacht sich erhärtete. Seit gestern sind die Kommissare überzeugt, dass Begić in seiner Hosentasche Sučićs Adresse trug. Sie haben nicht wirkliche Beweise dafür, aber es klang logisch.

»Du hast am Fall Rimac gearbeitet«, sagte er, »fällt dir irgendeine Verbindung zwischen Begić und Sučić ein?«

»Du hast selbst gesagt, dass ich am Fall Rimac gearbeitet habe, das heißt nicht am Fall Begić. Begić hat mich erst nach Rimac' Ermordung interessiert. Du weißt, was wir gefunden haben … Ich habe einen Bericht darüber geschrieben. Da war nichts Besonderes; es gab keinerlei Verbindung zu Sučić. Wir haben ein paar Notizen zu seinen Kontakten zu den Generälen Runje und Mišković gefunden, und diese Kontakte haben nichts Ungewöhnliches an sich. Und wenn sie es auch wären in einem ersten Moment, meinst du das irgendjemand in diesem Land den Auftrag unterschreiben würde, die Generäle Runje und Mišković zu verhören?«

»Wir machen unsere Arbeit. Wir machen nur unsere Arbeit. Bisher hat noch niemand angerufen und etwas von uns verlangt oder befohlen …«

Ich warf ein, dass das nur deshalb so sei, weil wir noch nichts gefunden hätten. Außerdem trieben wir die Untersuchung in alle nur möglichen Richtungen voran, anstatt uns nur auf eine oder zwei zu konzentrieren. Er unterbrach mich mit der Frage, woher ich denn so viel über diese Untersuchung wüsste, wenn ich noch gar nicht angefangen habe, an ihr teilzunehmen. Ich erinnerte ihn, dass ich ihm bereits gesagt habe, schon einiges über diesen Fall zu wissen, und dass ich die Untersuchungen seit Beginn verfolgte. Aber, fuhr ich fort, es wissen ohnehin alle, dass die Sicherheit die Spezialeinheit kontrollierte, in der Sučić war, Jozef Hofman und die anderen. Die ganze Zeit über war der erste oder zweite Mann in der Nationalen Sicherheit Damjan Radić. Er wusste, was sie taten, und warum sie es taten. Das heißt, dass auch der Präsident auf dem Laufenden war. Natürlich gab es da noch mehr Glieder in der Befehlskette. Ich sagte ihm, dass wir beide wüssten, dass unser eigener Chef Radićs Mann sei, und dass er ihm jedes auch noch so geringe Geräusch aus unseren Büros mitteilte.

»Macht das Sinn?«, fragte ich und gab gleich die Antwort: Es mache keinen Sinn, nein, es mache keinen Sinn, wie es auch vergeblich sei, den Mord an Rimac weiterzuverfolgen. Es ist auch unsinnig zu untersuchen, ob Begić sich dort zufällig befunden oder zufällig geschossen habe, denn Rimac war Radićs Mann. Wenn wir den Zufall ausschließen, schloss ich selbstsicher, hat Radić Rimac getötet, oder jemand, der Radić eine Nachricht schicken wollte.

»Wir sprechen über den zweiten und jetzt vielleicht auch ersten Mann im Staate«, fügte ich hinzu. Radoš sagte, ich läse zu viele Bücher und ich solle meine Erregungsschwelle ein wenig senken. Er sagte wörtlich »Erregungsschwelle«. Als ich hinausging, zitterte ich am ganzen Körper. Ich war stolz auf mich. Schade, dass Mara mich nicht sehen konnte.

Ich schlug die Zeitung auf und sah, dass Krešimir Malenica gestorben war. Es fehlte Magaš' letzter Gruß. Magaš hatte mir von ihm erzählt, und ich wusste auch selbst einiges über ihn. Malenica gehörte zu den drei berühmtesten Anwälten der Stadt. Niemand, nicht einmal Magaš wusste, wie es gekommen war, dass Malenica zu einem der lautstärksten Gegner der Macht geworden war. Er war kein Kommunist, er war kein Serbe, er hatte keinen einzigen echten Grund, auf der falschen Seite zu stehen. Seine Verachtung für die Machthaber und für alle, die für sie arbeiteten, schien authentisch zu sein. Er war reich, neigte zu maßlosem Genuss; er liebte hochtrabende Vergleiche und theatralische Auftritte in der Öffentlichkeit. Er war zum Beispiel in der Lage, eine ganze Nacht lang Polizisten oder Geheimdienstlern Getränke zustellen zu lassen, nur um sie auf den Arm zu nehmen. Für den Staat arbeiten nur die Dummen und Gemeinen, sagte er in den Kneipen, die wahren Spieler setzen sich ein für die einfachen, sündigen und unglücklichen Menschen. Die Kriminellen hatten sich von ihm abgewandt, als sie begriffen, dass Malenica für sie mehr Probleme schaffte als löste. Er war der Verteidiger der Politiker der Opposition, der Gewerkschaftsvertreter, der unabhängigen Journalisten, der Serben. Mit dieser Klientel konnte er nichts verdienen, aber er hatte genug Geld für drei ausschweifende Leben. Sein Großvater und sein Vater waren beide angesehene Anwälte gewesen. Er hatte die Linie nicht fortgesetzt.

Magaš hatte mir einmal gesagt, Rimac widerte Malenica an. »Das ist mir ein Krimineller, der für den Staat arbeitet«, antwortete Malenica, als ihm sein Trauzeuge vorschlug, Rimac besser kennenzulernen, um ein Geschäft für diesen oder für jemandem, dem sich Rimac erkenntlich zeigen wollte, abzuwickeln. »Es ist leicht, ein Krimineller zu sein, wenn dir die Nationale Sicherheit alle Türen öffnet«, sagte er. Er warf Magaš nicht vor, für Rimac zu arbeiten, aber er nutzte jede Gelegenheit, um in Magaš' Beisein etwas über die Feigheit des obersten Kriminellen im Staat zu sagen, der nur so frei mordete, weil er wusste, dass ihn niemand dafür belangen würde. Magaš hatte Rimac einmal daran gehindert, Malenicas Ermordung anzuordnen.

Die Polizei gab bekannt, dass Malenica an den Folgen eines schweren Herzinfarkts gestorben war.

Ich holte alles aus dem Archiv, was ich über Sučić und Begić finden konnte. Ich nahm auch die vollständige Liste aller Telefonate Sučićs in den letzten drei Jahren. Es gab nur sehr wenige Angaben zu Ljuba Begić. Nur vier nichtssagende, aber ausführliche Berichte und zwei kurze, aber ein wenig konkretere Notizen, die uns eingeschleuste Informanten geschickt hatten. In einer dieser Notizen stand, dass er im Militärkrankenhaus in der Stadt P einen tätlichen Angriff auf den Arzt Dr. Miljenko Lončar verübt hatte, und zwar wegen einer Zigarette. Er hatte ihm eine Pistole an den Kopf gehalten und eine Zigarette verlangt. Ich wusste, dass mein Vater im selben Krankenhaus gewesen war, als ihn auf der Insel der Elefant verletzt hatte. Ich prüfte die Daten: Ja, sie waren gleichzeitig dort gewesen. In mein Notizbuch schrieb ich: *Das Krankenhaus in P – die Akten prüfen.*

Das Telefon in meinem Büro klingelte. Meine Mutter. Sie sagte, sie warte auf mich, weshalb ich nicht käme. Ich sagte, dass wir nicht zur Beerdigung fahren würden, vor allem, dass sie es nicht tun werde, denn dann würde alles auffliegen. Es sei zu riskant. Ich gab nicht darauf Acht, dass ich über eine Dienstleitung telefonierte.

»Du hast selbst gesagt, dass wir vernünftig sein müssen. Es wird alles wahnsinnig kompliziert werden, wenn du runterfährst. Ich weiß, dass du dir das wünschst, aber glaub mir, es ist nicht intelligent«, sprach ich, bis sie den Hörer auflegte. Ich blickte auf die Uhr: Es gab keine Möglichkeit mehr, dass sie rechtzeitig zur Beerdigung kam.

Es gab nur wenig Material über den Lauschangriff auf Andrija Sučić. Er telefonierte ohnehin nicht viel: mit der Tocher Dinka, der Journalistin Nada Šovagović aus Zagreb, einmal auch mit der Ehefrau Snježana, ein paar Journalisten, mit denen er nicht reden wollte, zwei Mal jemand aus der Staatsanwaltschaft, der sich nicht vorgestellt hat, jemand aus der deutschen Botschaft und ein Anruf aus einer Telefonzelle in Zagreb. Ich war mir jetzt sicher, dass es sich dabei um Ljube Begić' Anruf handelte. Er rief meinen Vater gut dreißig Tage vor dem Mord an Rimac und seinem eigenen Tod an. Er nannte weder Namen noch Nachnamen. Andrija hat ihn sofort erkannt. Sie nannten einander »Nachbar«. Begić fragte, wann er die Elefanten sehen könne. Andrija antwortete, es gebe keine Elefanten mehr. »Das ist aber kein Grund, dass wir uns nicht sehen. Vielleicht komme ich dies Tage vorbei. Wo wohnst du?«, fragte Begić. »In der Königin Jelena Straße Nummer 9«, sagte mein Vater und lud ihn ein. Sie verabschiedeten sich.

Am Nachmittag rief ich Radoš an und sagte ihm, ich hätte etwas gefunden. Ich ging in sein Büro und legte ihm alles dar. Er hörte aufmerksam zu. Ich fragte, ob ich nur bei den Tatsachen bleiben solle, oder ob ich auch Vorschläge machen, Schlüsse ziehen dürfe.

»Und was möchtest du vorschlagen beziehungsweise schließen?«

»Wir müssen Snježana Sučić vernehmen. Sie fragen, ob Begić bei ihnen war, und wenn ja, ob ihr Mann ihr etwas gesagt hat.«

»Gut, das geht in Ordnung.«

»Wir müssen auch Runje und Mišković vernehmen. Ernsthaft vernehmen. Besonders, da wir wissen, dass sie mit Žarko Zanki in Kontakt standen. Wir haben nichts gegen sie in der Hand, aber man weiß nie …«

»Das solltest du nicht schreiben. Das werden wir sehen. Vernimm mal zuerst Sučićs Frau.«

Ich blickte auf die Uhr. Die Beerdigung meines Vaters war wahrscheinlich vorbei. Ich wählte Sučićs Nummer. Es meldete sich eine jüngere Frauenstimme, und ich dachte, das muss Dinka sein, auch wenn ich sie noch nie sprechen gehört hatte. Ich hielt einen Moment oder zwei inne.

»Guten Tag. Ich würde gerne mit Frau Snježana Sučić sprechen …«

»Wer ist am Apparat?«

»Polizei, aus Zagreb.«

»Einen Moment, bitte …«

Ich stellte mich Snježana vor und sagte, ich würde gern mit ihr sprechen. Sie antwortete, sie habe schon mit genug Polizisten und Untersuchungsbeamten gesprochen, sie habe bereits alles erzählt, und zwar mehrmals. Ich bat sie um nur ein halbe Stunde, vielleicht auch weniger. Es ist wichtig, sagte ich, ich habe da vielleicht eine Spur. Sie willigte ein. Sie sagte, sie käme am nächsten Tag für eine medizinische Untersuchung in die Hauptstadt, und dass wir uns im Café beim Krankenhaus treffen könnten, so gegen zehn Uhr.

Mara empfing mich in meiner Wohnung, die nach frischen Blumen und Zitrone roch. Sie hatte einen Zitronenkuchen gebacken. Ich blieb kühl und reserviert, aber mit der unverdeckbaren Neigung, einfach dahinzuschmelzen.

»Und was jetzt?«, fragte ich.

»Nichts. Zuerst gehe ich auf Reisen, und dann werde ich mich erholen. Und dann werden wir sehen, was später sein wird.«

Sie wollte am nächsten Tag nach Frankfurt. Rimac hatte ihr vor einem Monat einen Brief für seine Frau Brigitte gegeben, falls ihm etwas geschehen sollte. Sie werde ihr den Brief aushändigen, vielleicht ein paar Tage in Frankfurt bleiben und dann nach Berlin gehen; dort lebe der Bruder ihrer Mutter. Sie habe ihn lange nicht mehr gesehen. Ob ich mitwolle? Warum nicht zehn Tage Urlaub nehmen? Ich könne nicht, denn Radoš habe mich auf Sučić und Begić angesetzt. Ich sagte ihr, ich habe entdeckt, dass sich Sučić und Begić gekannt haben.

»Warum ist das wichtig? Begić ist vor Sučić gestorben. Das ist doch nur Zeitverschwendung …«

»Wahrscheinlich, aber es sieht so aus, als ob Begić Sučić einen Besuch abgestattet hat. Er hatte darauf insistiert. Vielleicht, um ihm eine Nachricht zu übermitteln, oder etwas anderes. Ich werde morgen mit Snježana reden, das ist die Frau meines Vaters, ob er ihr etwas gesagt hat nach Begićs' Besuch.«

»Du weißt, dass das sinnlos ist. Du musst direkt auf Radić, Mišković und Runje losgehen, und das wird niemand wollen. Das kann niemand. Sie kontrollieren alles. Alle haben die Hosen gestrichen voll nach diesen Morden. Alle. Niemand ist hier mehr in Sicherheit, und jeder achtet nur auf den eigenen Arsch. Und der Präsident liegt im Sterben oder ist bereits tot; nur sind noch nicht die Bedingungen geschaffen, um uns das mitzuteilen. Deshalb gehe ich. Für dich wäre es auch besser, wenn du mit mir kommst.«

Wir aßen ihren Zitronenkuchen. Wieder schlief ich auf der Couch und Mara in meinem Bett.

DIE DEUTSCHEN

GENAU AN DEM TAG, an dem die einjährige Verpflichtung des Landwirtschaftsministeriums für Lankas Futter zu sorgen, auslief, hörten auch die Lieferungen von Stroh, Früchten, Gemüse und Blättern auf. Der Winter begann früher als sonst, es gab nirgends mehr Futter, und wenn man doch noch welches fand, war es teurer als Lebensmittel. Ich schrieb einen dritten Brief an den Präsidenten. Ich war nervös und verzweifelt. Ich bettelte und verlangte zugleich entschieden. Es verging ein Monat. Und dann noch einer, und noch einer. Es wurde Frühling, und immer noch keine Antwort. Ich weiß selbst nicht, wie es mir gelang, Lanka am Leben zu erhalten. Ich weiß nicht einmal, wie es mir selbst gelang zu überleben.

Sie antworteten mir nach sechs Monaten: *Das Büro des Präsidenten wird sich um die logistische Versorgung des Tiers während der nächsten zwei Monate kümmern. Wir bitten Sie, in dieser Zeit mit dem Tiergarten in Zagreb in Verbindung zu treten und die technischen Details im Zusammenhang mit der Übergabe des Tieres zu besprechen. Wir teilen Ihnen zugleich mit diesem Schreiben mit, dass der Präsident den Briefwechsel mit Ihnen als beendet ansieht.*

Alles brach zusammen. Ich musste eine Lösung finden in diesen zwei Monaten. Ich ging in alle Stadtämter, ich bat und bettelte, schrieb an alle möglichen Ministerien, Verwaltungen und Tierschutzvereine, ich telefonierte, erklärte, versuchte zu überzeugen. Niemand wollte helfen. Die wenigen, die mir überhaupt antworteten, rieten mir, Lanka in den Zoo zu geben. Die Tierschützer schrieben mir, ich müsse Lanka nach Indien zurückbringen, denn alles andere sei Tierquälerei. Von Snježana konnte ich nichts mehr erwarten. Ihre Trunkenheit hatte sich in einen Dauerzustand verwandelt.

Am Ende der zwei Monate, die sie mir geschenkt hatten, zog ich aus meiner Brieftasche die Visitenkarte einer Journalistin aus Zagreb, die über mich und Lanka berichtet hatte. Sie hieß Nada. Beim dritten Versuch hatte ich sie in der Leitung. Sie erinnere sich, natürlich. Ich fragte sie, ob sie zu mir kommen könne.

»Haben Sie eine Geschichte?«

»Die habe ich.«

»Warum haben Sie gerade an mich gedacht?«

»Sie sind mir in Erinnerung geblieben, und dann hat mir niemand sonst seine Visitenkarte gegeben.«

Ich sagte nicht die ganze Wahrheit. Sie war mir vor allem wegen ihrem dichten schwarzen Haar in Erinnerung geblieben, und dadurch, dass sie mir unmissverständlich zu verstehen gegeben hatte, einiges über mein Kriegsschicksal zu wissen. Ich vermied damals geschickt die Fallen, die sie mir zu stellen versuchte, als wir über Lanka und mich sprachen. Sie war fünfunddreißig und hatte eine äußerst weiße Haut.

Zwei Tage später reiste sie an. Sie wollte zuerst Lanka sehen. Ich schämte mich, dass Lanka so viel kleiner geworden war, seit Nada sie zum letzten Mal gesehen hatte. Ich gab ihr minimale Futtermengen, denn über mehr verfügte ich nicht. Nada streichelte Lankas Hals, und die Elefantin tat, was ich noch nie gesehen hatte. Sie bog ihren Rüssel und berührte damit Nadas Schulter.

Ich hatte ihr nicht alles erzählt, was ich wusste, aber genug, um alle von ihren Sesseln aufspringen zu lassen. Ich erwähnte nicht viele Namen. Ich sprach über einige unserer Morde. Über die Kriterien, nach denen die Leute ausgewählt wurden, und über die Methoden, mit denen wir die Serben töteten. Über nächtelange Folter. Die Zeitung veröffentlichte alles, was ich gesagt, das heißt, alles, was Nada aufgeschrieben hatte. Das ganze Land hörte wieder von mir, überall fanden sich Fotos von mir. Alle dementierten meine Geschichte, und doch wussten alle, dass sie vollständig wahr war. Die, die wussten, wussten auch genau, was verschwiegen worden war und warum. Nada war zufrieden, aber auch erschrocken. In einem kurzen Telefongespräch fragte sie mehrmals nach, ob ich denn sicher sei, dass ich die Wahrheit erzählt habe.

»Du darfst nicht meinen, dass ich dir nicht glaube, aber ich muss sicher sein. Es wird Klagen geben …«, erklärte sie. Sie sagte, sie werde vielleicht in den nächsten vier oder fünf Tagen zu mir kommen. Sie betonte noch einmal, ich solle mir alles genau überlegen und aufschreiben, was mir wichtig erschien. Ich erinnerte mich an alles.

Am nächsten Morgen war Snježana nicht mehr im Haus. Tagelang hatte sie nicht einmal die Nase zur Tür rausgesteckt, und jetzt war sie einfach verschwunden. Ich durchsuchte den Garten und Lankas Stall: nichts. Ich durchforschte ihren Schrank und stellte fest, dass verschiedene Kleidungsstücke fehlten. Und ihr Koffer. Ich begriff, dass sie gegangen war, und ich fühlte mich erleichtert. Allein konnte ich besser kämpfen. Dinka rief um drei Uhr nachmittags an. Mama sei bei ihr in der Wohnung und werde eine Zeit lang bleiben. Ich bat sie, ihrer Mutter zu helfen, wenn das irgendwie ginge. Sie antwortete, ich hätte mich ja offensichtlich nicht besonders um sie gekümmert. Dein Elefant war dir wichtiger, fügte sie hinzu. Aber es rief niemand an, um mir Futter für Lanka im Tausch gegen mein Schweigen anzubieten.

Ich wurde drei Tage nach der Veröffentlichung von Nadas Artikel angegriffen. Sie passten mich am Abend beim Verlassen des Cafés ab. Drei maskierte und bewaffnete Männer. Sie steckten mich in ein Auto, banden mir die Hände zusammen und fuhren mich in die Garage beim Fußballstadion. Sie brachen mir viele Knochen. Als sie mich laufen ließen, ging ich zuerst nach Hause und rief Nada an, und dann direkt ins Krankenhaus. Nada benachrichtigte den Polizeiminister, den amerikanischen und deutschen Botschafter, viele Journalisten. Am nächsten Tag besuchten mich alle im Krankenhaus. Der Minister versicherte mir, die Täter würden ausfindig gemacht werden. Man werde mir auch Schutz gewähren, rund um die Uhr. Der Amerikaner fügte hinzu, ich befände mich von nun auch unter ihrem besonderen Schutz. Der Deutsche erkundigte sich, ob ich etwas benötigte. Futter für Lanka. Er versprach, das werde in kürzester Frist erledigt. Und so geschah es auch.

Nada kam jeden Tag zwei Mal zu mir. Sie schlief in meinem Haus. Sie war es auch, die mich nach sieben Tagen aus dem Krankenhaus abholte.

»Willst du, dass ich bleibe?«, fragte sie, als wir uns vor den Fernseher gesetzt hatten.

»Ich fürchte, du musst bleiben, zumindest für eine Zeit, wegen Lanka. In meinem augenblicklichen Zustand bin ich für nichts zu gebrauchen. Du hast keine Wahl.«

Sie nahm Urlaub und kümmerte sich um mich und Lanka. Ihre Ehe hatte soeben Schiffbruch erlitten. Sie hatte erfahren, dass ihr Mann sie mit einer Studentin betrog. Ich fühlte mich gut, solange sie im Haus war, so gut, dass ich ihr eines Abends die Hand auf die Schulter legte. Sie antwortete damit, dass sie ihren Kopf darauf senkte. Ich küsste sie auf den Hals. Es schien mir, als brauche sie Zärtlichkeit, nach all dem. Ich brauchte einfach jemanden.

Ihr Urlaub ging dem Ende zu, aber ich wollte nicht, dass sie ging.

»Könntest du noch sieben Tage bleiben, wenn ich dir etwas Zusätzliches erzähle?«

»Ich muss zuerst meine Vorgesetzten fragen.«

Sie fragte, und man erlaubte es ihr. Dann erzählte ich ihr von den zwei Gruben, in die wir die Getöteten warfen. Von diesen Gruben wussten nur wenige Leute. Und niemand von ihnen hatte sie jemals erwähnt. Sie stehen auch nicht in jenen vollkommen unbedeutenden Polizeiprotokollen. In den Gruben befanden sich, meiner Schätzung nach, mindestens siebzehn Leichen. Einigen hatte man die Gurgel durchgeschnitten, anderen in den Kopf geschossen. Grabt die Leichen aus, und ihr werdet es sehen. Ich habe nur mit der Pistole getötet. Wer davon wusste? Alle. Es passte allen in den Plan.

Es entstand wieder ein großes Durcheinander, aber weniger als das erste Mal. Und wieder meldete sich niemand, um mich auf zivilisierte Weise zum Schweigen zu bringen. Nada musste nach Zagreb zurück, und ich musste das wieder verhindern. Ich erzählte ihr noch mehr, und dann noch mehr. Und dann hatte ich nichts mehr, was ich erzählen konnte. So erfand ich neue und neue Morde, neue Schrecken, so viele, Kinder, neue Gruben, das Morden war unser Lebensstil. Ich konnte nicht aufhören. Aber niemand achtete mehr darauf. Alles wiederholte sich, nur die Zahlen nicht, und Zahlen werden für die Menschen bald langweilig, und sie geben sich nicht einmal mehr die Mühe, richtig zu folgen. Nada musste definitiv zurück.

»Wirst du wiederkommen?«

»Nein.«

»Und Lanka wird dir nicht fehlen?«

»Nein … Hör auf mich, bring sie in den Zoo. Dort wird sie es besser haben. Du musst wieder anfangen, normal zu leben.«

Später habe ich erfahren, dass ihr Mann zurückgekehrt war. Er hatte sich an diesem anderen, jungen Körper sattgesehen, sattgegessen, die Leidenschaft war verklungen. Sie nahm ihn wieder auf. Ich war verletzt, aber dieses Gefühl währte auch nicht lange.

Lanka und ich, ganz alleine. Um uns die Stille, und nirgends niemand. Snježana und meine Töchter riefen nicht mehr an. Die Deutschen schickten nach wie vor Geld fürs Futter, sodass ich zumindest eine Sorge weniger hatte. Lanka sah immer besser aus, aber ich hatte ihr nichts mehr zu bieten. Zwischen uns war nichts mehr. Wir hielten die Routine aufrecht: Ich brachte ihr Futter und füllte ihren Wassertrog, und sie vergalt mir dies jeden Morgen mit einer Berührung ihres gefurchten Rüssels auf meinem Gesicht, auf meinem Hals und der Brust. Wie ein Ehepaar. Wir klammerten uns an die Rituale wie an Rettungshalme.

Die Stadt hatte uns vollkommen isoliert. Zwischen der Stadt und uns lag ein Graben voller Haifische und Piranhas. Jeder hielt sich an sein Territorium, und es herrschte ein Frieden, der sich in jedem Augenblick in einer finalen Abrechnung mit mir und Lanka entladen konnte. Sie warteten auf einen falschen Schritt, oder auch nur auf ein heimliches Zeichen. Das Urteil war gefällt.

RÜCKKEHR

MAGAŠ WARTETE im leeren Hotelrestaurant darauf, dass Rimac sein Zimmer verließ. Es war genau fünf Uhr am Nachmittag. Rimac wurde am Tisch auch noch von einer Tasse Kaffee mit einer kleinen Schale heißer Milch erwartet. Er sah düster aus. Er steckte eine Zigarette in sein Mundstück und zündete sie an. Dann goss er zwei Tropfen Milch in seinen Kaffee, leerte ein Säckchen Zucker hinein und nahm einen Zahnstocher, um alles umzurühren. Der Kellner hatte den Kaffeelöffel vergessen. Magaš beobachtete jede von Rimac' Bewegungen.

Jadran Rimac hatte weder genug Zeit noch Konzentration für Höflichkeiten. Er sagte Magaš, es wäre gut, wenn er endlich aufhören würde, unernst zu sein, denn dieser Unernst verschaffe niemandem Vorteile, und einigen könnte daraus sogar ein konkreter Schaden entstehen, was natürlich niemanden freut. Man arbeitet nicht und quält sich nicht, um dann Schaden zu erleiden, sondern um mehr, immer mehr zu erwerben. Magaš blickte zu Boden. Er war schuldig.

Einige Tage zuvor, Ende Juli 1998, hatte Rimac beiläufig zu Magaš gesagt, es sei nunmehr Zeit, nach Hause zurückzukehren. Wohin? Nach Hause? Nach Hause, Vladimir, es ist der Moment für die Rückkehr, aber einer Rückkehr im großen Stile; dein Ego wird jetzt endlich den ihm gebührenden Platz einnehmen. Du wirst, am Ende, auch noch die moralische Befriedigung haben. Was? Mach dich bereit, in die Staatsanwaltschaft zurückzukehren, die Chancen sind groß, dass du zum Generalstaatsanwalt ernannt wirst. Das ist eine große Ehre – und was für eine Genugtuung! Wirklich, Vladimir, das ist ein spektakuläres Comeback, du wirst sehen, wie die Leute dort jetzt ganz anders über dich denken, du wirst mit Lachen und Herzlichkeit empfangen werden, dein Herz wird aufgehen wie eine Leiche in der Sonne. Ist es nicht wunderbar, dass du diesen Tag erleben darfst? Warum so skeptisch? Magaš' Gesicht war regungslos geblieben. Rimac meinte dann, er habe es eilig, klopfte ihm auf die Schulter und sagte ihm, er solle ihn anrufen. Magaš meldete sich die nächsten drei Tage nicht.

Zurückkehren? Nein! Niemand konnte ihn dazu zwingen zurückzukehren, er hatte diesen Teil des Lebens für immer hinter sich gelassen, das alles gab es nicht mehr. Er will nicht mehr seine Stirn im Licht der Scheinwerfer baden, er will keine Sitzungen und endlosen Telefonate mehr, er will nicht mehr entscheiden, geradestehen, Berichte verfassen, Anweisungen entgegennehmen. Er will auch nicht die Unterwürfigkeit derer, die sich vor sieben Jahren, als er seinen Abschied genommen hatte, in ihre Mäuselöcher verkrochen haben, als man ihn zwang, zu gehen. Vladimir Magaš hoffte, Rimac habe das nicht ernst gemeint oder inzwischen seine, beiläufig geäußerte Idee vergessen.

Und dann rief er an und verabredete ein Treffen. Um fünf Uhr nachmittags, wenn er aufstand, vereinbarte Rimac nur die wichtigsten Treffen, denn das war der Augenblick, in dem sein Gehirn am besten funktionierte: Später waren da Alkohol, Lärm, Essen, Gewinn oder Verlust, Hunderte von wertlosen Informationen, Kokain, Frauen. Rimac hatte aufgehört, sich zu beschränken, er hatte sich dem Vergnügen anheimgegeben, es gelang ihm kaum noch, die Ereignisse zu verfolgen, die Fäden entglitten langsam seiner Hand, und so nahm er Zuflucht zum

Alkohol, zur Selbstvernichtung. Er war sich dessen bewusst, aber es war ihm nicht mehr möglich, genug Willen aufzubringen, um sich da rauszureißen, um wieder einen klaren Kopf zu bekommen. Brigitte rief er ein oder zwei Mal im Monat an. Die Frankfurter Briefe mit den Fotografien blieben immer häufiger ungeöffnet, sodass er auch diese minimale Berührung mit seiner Tochter Aleksandra verlor.

Du hast dich nicht gemeldet, sagte Rimac, und so musste ich es tun. Er nahm einen Schluck Kaffee. Er blickte Magaš direkt in die Augen. Er wartete darauf, dass er etwas sagte, aber der Anwalt schwieg. Rimac werde bis sechs Uhr morgens wach sein, und Magaš solle gut nachdenken und sich bis zum Ablauf dieser Frist mit seiner endgültigen Entscheidung melden. Es sei nicht notwendig zu erklären, wie viel von Magaš' Anwort abhänge, er müsse auch nicht erwähnen, welche Leute für ihn gebürgt und ihren ganzen Einfluss geltend gemacht hätten, damit man gerade ihn, Vladimir Magaš, für diesen Posten wählte. Denn der Widerstand sei verbissen gewesen: Einige hätten gesagt, Magaš sei Serbe, andere, ein Spieler, dritte wieder, er sei der Anwalt der Mafia, aber sie alle hätten sich schließlich den Argumenten seiner Fürsprecher gebeugt. Meinst du, fragte er, dass es leicht war, den Widerstand derjenigen zu brechen, die einen gewissen Čabraja auf diesem Posten sehen wollten, einen jungen und ambitionierten, in seiner bisherigen Karriere makellosen Mann aus der Partei? Er sagte ihm, er solle sich nicht wie eine Kuh verhalten, die mit dem Schwanz wedelt und die Kanne mit ihrer Milch auf den Boden verschüttet. Das ist kein Witz, fügte er hinzu. Das sind ernste Dinge, Magaš. Die Zeiten sind beschissen, und die Menschen auch. Alle diese Jahre warst du klug, du wirst doch wohl nicht im entscheidenden Augenblick engstirnig und schwach werden.

Magaš antwortete, er müsse nicht bis morgen überlegen, er

habe nämlich die drei letzten Tage nichts anderes gemacht, und er könne es gleich sagen: Nein, er sei nicht einverstanden, er werde nicht mehr Generalstaatsanwalt, es komme nicht infrage, dass er dorthin zurückkehre, er sei zu alt und zu müde für das große Spiel, für all die Intrigen und die vielen Leute, die etwas von ihm haben wollen würden. Er wolle sich zurückziehen, aus allem aussteigen, fuhr er fort, das habe er ihm schon früher mitteilen wollen, aber er habe nicht gewusst, wie. Außerdem brauche er Magaš nicht mehr, die schwersten Jahre seien vorbei.

»Jetzt brauche ich dich am dringendsten, Vladimir«, erwiderte Rimac ruhig, »glaub mir, du warst noch nie so wichtig wie jetzt. Jetzt können wir sie alle fertigmachen, du musst jetzt einfach mit uns sein. Wir schaffen das nicht allein.«

»Ihr werdet müssen, Jadran. Ich werde meine Meinung nicht ändern. Du kennst mich, ich werde es nicht tun.«

Magaš erhob sich vom Tisch und reichte Rimac die Hand. Rimac drückte sie, ohne aufzustehen.

Der Kellner brachte Rimac ein Rührei und ein Glas Champagner. Magaš merkte, als er das Hotel verließ, dass ihm literweise der Schweiß den Körper runterfloss, als würde er sich vollständig in eine dreckige Lache in irgendeiner vergessenen Seitenstraße verwandeln. In der Stadt schienen an diesem Abend nur Mädchen unterwegs zu sein, die im Entblößen ihrer Brüste und ihrer langen Beine miteinander wetteiferten. Bald würden die Regentage kommen, und mit ihnen die Mützen, Mäntel und Stiefel, die eilig die Nikola-Tesla-Straße zum Theater hinablaufen und hinter sich Regentropfen vom nassen Asphalt in die Luft werfen. Magaš aber sah weder die schönen schlanken Beine noch die dunklen Höfe der durchscheinenden Brustwarzen, nicht die leichten Sommerkleider, die in der Abendluft wehten, und auch nicht die Schaufenster der Buchhandlungen, in deren Mitte die Neuübersetzung von Hitlers

Mein Kampf thronte. Er zweifelte nicht einen Moment an seiner Entscheidung: Er war zu allem bereit. Rimac konnte tun, was er wollte, was auch immer er tun musste, er würde nicht zurückkehren.

Undankbar bis du, Vladimir! Was wäre aus dir geworden ohne Rimac? Hast du dich das jemals gefragt? Die Hölle wäre das gewesen, und nicht das Leben. Erniedrigt und ausgestoßen hättest du unbemerkt krepieren können, in Gesellschaft von Ratten und Kakerlaken. Rimac hat dir ein angenehmes Leben ermöglicht, fast sogar Überfluss, er hat dich beschützt, Vladimir, hat mit seinem Namen bewirkt, dass man dich doch noch aufnahm, dass man dich achtete, dass niemand die Straßenseite wechselte bei deinem Anblick. Meinst du, das sei nichts? Glaubst du, du hättest deine Schuld abgegolten? Und jetzt könntest du einfach weiter, einfach so weiter? Deine Dankbarkeit sollte so groß und unendlich sein wie die Gier. Du kannst nicht einfach so alles hinter dir lassen, du kannst nicht nur an dich denken. Einmal wenigstens könntest du mehr geben, als grade nötig ist. Es herrscht Krieg, und ihm Krieg darf man nicht nur an seinen eigenen Arsch denken, und wie man ihn retten kann, oder an das Heil seiner niederträchtigen Seele. Warum hast du Angst, auf das große Spielfeld hinauszugehen und endlich das wahre Männerspiel zu spielen? Was hast du überhaupt zu verlieren? Was denn?

Branimir Majstorović musste abgelöst werden, als die Nationale Sicherheit erfuhr, dass der Generalstaatsanwalt bei einem Empfang in der Botschaft der Vereinigten Staaten jemandem ins Ohr geflüstert habe, er befinde sich im Besitz von genug Material, um einen Prozess gegen ein Dutzend Kriegsverbrecher von unserer Seite in Bewegung zu bringen, sowie gegen fünf weitere Kapitalverbrecher. Der Berater des Präsidenten, Damjan Radić, kam mehrere Tage lang immer wieder zum Präsidenten mit dem Vorschlag, Majstorović dringend auszuwechseln wegen staatsfeindlicher Aktivitäten und Hochverrat. Es kamen auch zwei eigens angefertigte Berichte aus der Nationalen Sicherheit mit kompromittierenden Informationen: Schauen Sie, Herr Präsident, in letzter Zeit sind uns seine Kontakte zu Krešimir Malenica aufgefallen, der alle unsere und Ihre Feinde verteidigt. Zwei Mal konnte man sie beim gemeinsamen Abendessen fotografieren, später gingen sie sogar in die Wohnung dieses Malenica. Dann sind da noch die Frauen, Majstorovićs Schwäche, und wir wissen, dass ihm verschiedentlich Frauen zugeführt wurden, die ihn in seinen Entscheidungen beeinflussten. Als dritter Punkt, der Alkohol: Der Generalstaatsanwalt Majstorović ist jeden Tag betrunken, bisher habe man fünf unangebrachte und peinliche Ausfälle in betrunkenem Zustand verzeichnet, wobei er sowohl Sie persönlich als auch die Republik beleidigte. Viertens … Der Präsident willigte schließlich ein. Radić wusste, dass die wahre Arbeit erst jetzt anstand. Majstorović war eine Marionette, an deren Fäden in der letzten Zeit, abgesehen vom Alkohol und den leichten Mädchen, vorwiegend Innenminister Mihael Nikolić zog, und Nikolić war Radićs einzige Konkurrenz beim Kampf um den zweiten und morgen vielleicht ersten Platz im Staate. Radić wusste, dass der beliebte Minister nicht klein beigeben würde. Er würde beim Präsidenten mit einem Kandidaten vorsprechen, bei dem sich nicht einmal ein Schatten unter den Fingernägeln finden ließ. Trotzdem hatte sich Damjan Radić durchgesetzt: Der Präsident hatte Vladimir Magaš' Wahl zugestimmt.

Magaš wurde genau um sechs vom Klingeln des Telefons geweckt.

»Kumpel, die Zeit ist um«, sagte Rimac, als Magaš den Hörer abhob. »Was hast du mir zu sagen?«

»Ich habe schon alles gesagt, Jadran, du hättest nicht anrufen müssen. Ich kann das nicht. Es wird sich auch nichts daran ändern, wenn du mir die Jungs schickst, damit sie mir die Beine brechen. Es tut mir leid.«

»Gut. Dann auf Wiedersehen.«

Damjan Radić war wütend auf Rimac, seinen alten Frankfurter Freund. Nachdem ihm mitgeteilt worden war, dass Vladimir Magaš, angeblich aus Gesundheitsgründen, die Funktion des Generalstaatsanwalts nicht übernehmen könne, beschloss der Präsident sofort, Dražen Čabraja, Nikolićs' Kandidaten, auf den Posten zu setzen. Da war nicht einmal ein Millimeter für Radić' verzweifelte Intervention. Er kochte innerlich, doch das war ihm im Augenblick von keinerlei Nutzen. Du hast ihn enttäuscht, Jadran, im entscheidenden Moment hast du versagt, du bist nicht mehr der Alte, ein unordentliches Leben, Ferraris, die du irgendwelchen minderjährigen Fötzchen kaufst, du hast dich zum Clown gemacht. Damjan Radić würde von jetzt an höflich und herzlich zu Menschen sein müssen, denen er am liebsten eine Messerklinge in den Hals gerammt hätte, er würde allerlei Scheiße schlucken und immer auf der Hut sein, den erstarkten Gegnern niemals eine ungedeckte Flanke zu bieten. Er war jetzt zu schwach, um mit den entscheidenden Gegnern abzurechnen.

Rimac war von der unerwarteten Wendung der Dinge niedergeschlagen: Magaš' egoistische Ablehnung hatte ihn beleidigt, Damjan Radić' Anschuldigungen empfand er als erniedrigend. Aber er ließ nicht durchblicken, dass ihm das Glück im Augenblick abhold war. Er verbrachte seine Nächte nach wie vor mit Kreuzfahrten durch die Stadt, mit Marinović' immer neuen Mädchen, die immer weniger verstanden; er machte jetzt auch mal Halt in Kneipen, in denen man Volksmusik spielte, und in Klubs, die zugleich als Drogenlager dienten, und trank einen Cognac und fühlte sich immer noch von allen geachtet, von allen gefürchtet. Das Kokain erschien ihm immer verlockender. Kurz vor Morgengrauen kehrte er in sein Hotelzimmer zurück, in Begleitung eines jungen, von der Nacht mitgerissenen Mädchens, von dem er sich routiniert einen blasen ließ. An einem dieser dumpfen, grauen Morgen wollte ihm allerdings das Glied im Mund und unter den Lippen einer gewissen J.I. (16) nicht anschwellen. Sie steckte es auch zwischen ihre harten Brüste und züngelte nur so über die Eichel und die schlitzartige Öffnung darauf, doch es half nichts. In einem Augenblick gab es das Mädchen auf und lachte kurz. Im nächsten Moment traf sie bereits eine so kräftige Ohrfeige, dass sie zu Boden stürzte. Sie blickte mit einem Ausdruck des Unglaubens zu Jadran hoch, bis dieser anfing, sie mit den Füßen in den Bauch zu treten. »Lach jetzt, verdammtes Miststück! Lach jetzt!«, zischte er und schlug weiter zu. Und sie fing tatsächlich zu lachen an. Rimac holte seine Pistole aus der Schublade – sie war plötzlich vor Angst erstarrt – und schoss drei Mal in den Boden, kaum zehn Zentimeter von ihrem Kopf entfernt. Sie schrie, und er steckte die Pistole in seinen Gürtel, packte sie am Haar und beförderte sie mit einem Fußtritt aus dem Hotelzimmer. »Weg! Du kleines Miststück ... Weg ... Ich mach' dich kalt ... Ich mach dich kalt ... Dich und deine ganze Familie«, rief er ihr noch nach und spuckte die Treppe hinunter.

Die Polizei erschien fünfzehn Minuten später, zehn Mann mit Tarnmasken über den Gesichtern, schwer bewaffnet. Rimac war überrascht und leistete keinen Widerstand. Er saß in der Zelle der Polizeistation in der Djordjić-Straße und begriff, dass er nun niemanden mehr anrufen konnte, außer Tomislav Marinović. Da war kein Magaš mehr, kein Damjan Radić. Er war nun ganz allein, man hatte ihn im Staub liegen lassen. Sein bester Freund Bumbar war vor sechs Monaten im Zentrum Belgrads in einem Kugelhagel umgekommen. Dreiunddreißig

Kugeln im Körper. Rimac war nicht zur Beerdigung gefahren, sondern hatte in allen Belgrader Zeitungen eine ganze Seite geschaltet, auf der er dem großen Aleksander Marković Bumbar die letzte Ehre erwies, dem Helden dreier Frankfurter Straßen, in denen man nie ein Wort Deutsch gehört hatte. Die Todesanzeigen waren unterschrieben mit: »Jadran, Brigitte, Aleksandra und Marin«. Rimac hatte schon seit Monaten Brigittes Stimme nicht mehr gehört. Er hatte niemanden mehr in dieser Stadt, abgesehen von Tomislav Marinović, und der war schon bei ihm, bevor er nach Zagreb gekommen war – nicht gerade ein Resultat, auf das man stolz sein konnte.

Sie ließen ihn am Nachmittag laufen, jemandem in der Polizei musste Rimac' Name immer noch etwas bedeuten. Aber es war nun alles anders. Wäre es nicht anders gewesen, hätte Jadran Rimac schon ein Attentat auf den Präsidenten verüben müssen, um eine Gefängniszelle von innen zu sehen. Das war die erste Nachricht. Am klügsten war es, zu verschwinden, das wusste er jetzt; er hatte genug Geld, um überall hinzugehen, um sich ein Haus zu kaufen und anständig zu leben bis ans natürliche Ende seines Lebens. Was hindert dich denn daran, klug zu sein? Was sind das für trübe Wasser in dir, die es dir verbieten, dich zurückziehen? Vergiss jetzt die Ehre, Jadran, es gilt, den eigenen Kopf zu retten, und das Heil liegt nur in der Flucht. Du hast nur geringe Chancen in diesem Kampf.

Rimac blieb.

Er blieb, weil das einfacher war. Er fühlte sich zu alt, um wieder von Neuem zu beginnen, und er war auch nicht mehr standfest genug, um irgendwo als vollkommen Fremder zu leben, als nichts und niemand. Sollte er denn im Zrinjevac verdorren? Die Bäume würden ihn aufsaugen, der Nebel zerfressen. Hier aber wäre er immer Jadran Rimac. Auch wenn er nicht mehr war, würde die Erzählung von ihm in den Kneipen und Bars der Vorstädte weiterleben, in denen neue Generationen heranwuchsen, und in den Hotelzimmern und Suiten, in denen Zigarre rauchende Direktoren und angesehene Ärzte ihr Geld verspielten, in den luxuriösen Spielerwohnungen in der Nazor-Straße oder in der Oberen Stadt, in denen reiche Handwerker und ehemalige Fußballspieler auf das Glück hofften, oder in den Zigeunerbaracken der Vorstädte, in denen man Barbut spielt und Pistolen zieht. Jadran Rimac, wird man sagen, das war der, der nicht wie ein Hasenfuß abgehauen ist, alle Achtung.

9

DIE GENERÄLE

DIE CAFÉS IN DER UNMITTELBAREN Umgebung der Krankenhäuser sind trauriger als die Krankenhäuser selbst. Zwei oder drei Veteranen am Tresen, eine Kellnerin mit zerknittertem Dekolleté, Kinder, die weinen, alte Männer und Frauen, die schweigen und ins Leere starren, Ehegatten, die ihre Angst verbergen. Snježana Sučić saß am Tisch neben der Toilette und trank Tee. Ich stellte mich vor und gab ihr die Hand. Sie sah ihn mir nur einen weiteren Polizisten, dem sie dasselbe erzählen würde, was sie schon vorher allen erzählt hatte. Ich aber erblickte in ihr nicht nur die Ehegattin eines Opfers, die potenzielle Zeugin, deren Hilfe es mir erlauben würde, den Fall zu lösen. Die Karten waren nicht gleich verteilt.

Ich zog eine Fotografie von Ljuba Begić aus der Tasche und legte sie vor sie hin. Ich fragte sie, ob sie diesen Mann kenne. Ob sie ihn jemals gesehen habe? Nein, nie. Ich fragte, ob sie sich sicher sei. Sie sei sich ganz sicher, erwiderte sie, aber sie müsse zugeben, dass sie in den letzten Monaten einige Tage, wahrscheinlich sieben oder acht, nicht zu Hause gewesen sei, sondern bei ihrer Tochter Dinka in Zagreb. Krankenhäuser, Untersuchungen. Vielleicht hatte der ihr Unbekannte an einem dieser Tage ihrem Mann einen Besuch abgestattet, aber dieser hätte ihr nichts gesagt. Sie wisse nur, dass die Generäle Mišković und Runje ohne Anmeldung erschienen waren.

»Er hat mir erzählt, dass sie wütend gekommen, aber noch

wütender gegangen waren. Das war einen Tag bevor Andrija in die Staatsanwaltschaft nach Zagreb fuhr. Er war ein wenig unruhig, als er mir vom Besuch der Generäle erzählte, aber keineswegs in panischer Angst. Er dachte nicht einen einzigen Augenblick daran, aufzugeben oder uns irgendwo in Sicherheit zu bringen.«

»Haben Sie meinen Kollegen schon vom Besuch der Generäle erzählt?«

»Ich habe das allen gesagt, die mit mir gesprochen haben.«

Ich fühlte mich dumm. In diesen letzten Monaten seien, sagte sie, verschiedenste Leute gekommen, um Andrija etwas anzubieten; sie wollten mit ihm handeln, aber er war nicht dazu aufgelegt. Er blieb allen gegenüber anständig und korrekt, bot ihnen etwas zu trinken oder zu essen an, aber alle verließen das Haus voll unausgesprochenen oder ausgesprochenen Grolls, versprachen ihm, er werde es bereuen, oder riefen ihm zu, er solle wieder zu Verstand kommen und sich die Sachen noch einmal überlegen.

»Ich würde sie gerne etwas Persönliches fragen, wenn ich darf?!«

»Fragen Sie …«

»War er ein guter Mensch?«

»Ich glaube, dass er das nicht verdient hat. Er war ein egoistischer und ungewöhnlicher Mann, aber das hat er nicht verdient. Da bin ich mir ganz sicher … Ist es denn für die Untersuchung wichtig, ob er ein guter Mensch war?«

»Ich sagte doch, ich wollte Sie etwas Persönliches fragen. Warum sind Sie zu ihm zurückgekehrt?«

»Das ist eine lange Geschichte, und ich habe wirklich nicht die Zeit.«

Wir trennten uns vor der Tür des Cafés. Sie ging ins Krankenhaus und ich zur Arbeit. Ich ging nur zur Arbeit, um Radoš zu sehen und meine Wut loszuwerden, dass mir niemand gesagt hatte, dass in keinem Protokoll zu lesen war, dass Snježana Sučić vom Besuch der Generäle Mišković und Runje und ihrem Gespräch mit Andrija erzählt hatte. Radoš war nicht in seinem Büro. Er sei in einer Sitzung, benachrichtigte mich seine Sekretärin Majda, er werde in ein oder zwei Stunden wieder zurück sein. Ich wusste nicht, was ich mit diesen Stunden machen sollte, aus denen, wie mir meine Erfahrung sagte, leicht drei oder vier oder gar ein ganzer Tag werden konnten. Es war die Zeit, in der in den Büros der Nationalen Sicherheit, der Staatsanwaltschaft, der Polizei und in den Nachrichtendiensten der Armee dauernd Sitzungen abgehalten wurden. Das Misstrauen war allgemein und grenzenlos. Der Präsident lag im Sterben, und allen war schon klar, dass es vorbei war. Vielleicht war er sogar schon tot, aber Damjan Radić und Ivica Tot hatten den Augenblick noch nicht für gut befunden, um die Nachricht zu veröffentlichen. Der Tod war das Letzte, was man in dieser Lage dem Zufall oder den verängstigten Ärzten des Präsidenten überlassen konnte.

Ich rief meine Mutter an. Sie antwortete nicht. Ich rief noch einmal an, aber ohne Erfolg. Ich wählte die Nummer meiner Wohnung, um zu sehen, ob Mara noch da war. Sie nahm gerade in dem Augenblick den Hörer ab, in dem ich auflegen wollte. Ich hätte sie in der Tür erwischt. Sie gehe noch kurz bei sich vorbei, um alles für die Reise vorzubereiten. Ihr Zug fahre um halb vier.

»Du fährst wirklich?« Ich war trotz allem überrascht.

»Ich fahre wirklich«, lachte sie, als glaube sie nicht, dass ich ihr nicht geglaubt hatte. »Ich habe dir erklärt, warum ich das tun muss …«

»Und deine Kündigung? Wann reichst du deine Kündigung ein?«

»Ich habe vor einer halben Stunde angerufen. Ich bin noch zehn Tage auf Urlaub.«

»Das klingt jetzt aber anders.«

»Ich glaube, ich brauche noch ein wenig Zeit. Ich muss die richtige Entscheidung treffen, nicht wahr? Es ist nicht klug, solche Dinge im Vorbeigehen zu entscheiden …«

Matko Radoš betrat mein Büro. Er schloss die Tür nicht. Die Sitzung sei früher zu Ende gegangen. Ich beendete schnell mein Gespräch mit Mara. Ich sagte Radoš, dass ich ihn gesucht habe. Er lachte: Du hast immer noch nicht begriffen, dass es nur wichtig ist, wenn ich dich suche. Er war gut gelaunt, im Gegensatz zu mir. Er zog aus der Innentasche seines Sakkos ein gefaltetes Blatt und gab es mir. Und als ich das Blatt entgegennahm, schien es mir plötzlich, als könnte ich hinter Radoš' Schulter Damjan Radić' Gesicht erkennen. Ich senkte schnell den Blick. Im Dokument stand, dass der Chef der Nationalen Sicherheit, Ivica Tot, meinem Gesuch nach Versetzung in die Politische Abteilung zustimme und diese hiermit bestätige. Ich solle mich so schnell wie möglich bei meinem neuen Vorgesetzten melden. Ich schwieg und starrte durch das Blatt Papier in meiner Hand hindurch.

»Du bist mir ein Abendessen schuldig dafür. Ich habe mir wirklich alle Beine ausgerissen«, sagte er.

»Ich muss darüber nachdenken«, schoss es aus mir heraus. Er hatte eine solche Reaktion nicht erwartet, aber er fing sich gleich wieder.

»Na, dann denk mal darüber nach, Kamerad Krstanović. Aber schnell«, sagte Radoš noch und verließ mein Büro. Ich hatte nicht einmal Zeit, ihn zu fragen, warum niemand vor mir erwähnt hatte, dass Snježana Sučić in ihren Aussagen Mišković und Runje genannt hatte. Er hatte mich mit diesem Papier matt gesetzt.

Sie hatten begriffen, dass ich wusste, oder dass ich kurz davor sei, etwas zu erfahren, was ich nicht erfahren sollte, und jetzt willigten sie in mein Gesuch ein, das ich selbst inzwischen vergessen hatte. Sie wollen mich von Sučić und Rimac fernhalten, das war sonnenklar. Aber sie taten dies väterlich, mit beschützender, wohlwollender Hand, sodass sie, wenn ich nur intelligent genug war, nicht zu brutaleren Mitteln greifen mussten. Auf einmal war alles klar, der Nebel, die Wolken, die Fragezeichen, die verschiedenen Möglichkeiten, die Zweifel, alles verschwunden. Jede Kugel kam schließlich in ihrem Loch zu stehen. Ich war am Zug.

Jana stellte ein Glas mit Whisky und einem Eiswürfel vor mich hin und lehnte sich mit den Ellenbogen an den Tresen. Ihre in den überengen Büstenhalter gezwängten Brüste blitzten für einen Augenblick auf. Sie besaß diese natürliche Gabe, sofort Begierde zu wecken. Etwas stimmt nicht, stellte sie mitfühlend fest. Nichts stimmt, antwortete ich. Sie schenkte auch sich ein Glas Whisky ein. Wir stießen an und tranken einen guten Schluck. Sie sagte, sie werde die Bar zumachen und weggehen. Der Verdienst sei mäßig, und sie könne nicht mehr. Sie ertrage die Leute nicht mehr und ihre betrunkenen Bekenntnisse, es ekle sie vor diesen Gesichtern, die gelernt hatten, wie sie auszusehen hatten, wenn sie wieder einmal auf Kredit trinken wollten, diese Kriegshunde, die niemals verschwinden würden, alle diese Männer, die überzeugt seien, dass sie mit ihnen schlafen möchte, die Unglücklichen, die sich verschuldeten, um den Drogenkonsum ihrer Kinder zu finanzieren. Sie gehe nach Frankfurt. In Frankfurt lebe ihre Schwester mit Familie. Sie hätten ein Restaurant, sie werde bei ihnen arbeiten. Es werde leicht sein, mit ihnen zu leben. Sie hätten ihr dies schon so lange vorgeschlagen.

»Und Radoš?«

»Was Radoš? Er hat seinen ganzen Kredit aufgebraucht. Und sogar Schulden gemacht. Er wird auch mich in den Abgrund ziehen, wenn ich damit nicht Schluss mache.«

»Wirklich?«

Sie lachte.

»Du bist ein lieber Junge.«

»Nur das? Nur ein lieber Junge?«

»Das ist schon wahnsinnig viel. Entspann dich ein wenig. Du hast viel zu viel Angst vor allen Dingen. Du darfst dich nicht fürchten.«

Ich war sprachlos. Ich hob mein Glas, wir stießen noch einmal an und tranken aus. Ich beugte mich über den Tresen, gab ihr einen Kuss auf die Wange und verließ das Lokal.

KOT

AUCH DEN GUTEN DEUTSCHEN war ich zu viel. Im Sommer 1999 benachrichtigten sie mich in einem kurzen Brief, dass sie nicht mehr in der Lage seien, die Futterversorgung für Lanka weiter zu finanzieren. Sie hätten ihr Budget aufgebraucht, oder so etwas, und um die Zahlungen fortzusetzen wäre die Zusammenkunft einer besonderen Versammlung, eines Parlaments, oder von sonst etwas Großem nötig. Das würde dauern, und der Ausgang sei nicht abzusehen. Ich stand mit dem Rücken zur Wand. Niemand wollte mir mehr zuhören. Niemand achtete mehr auf mich. Nada hatte sich schon lange nicht mehr gemeldet. Ihr sündiger Mann war zu ihr zurückgekehrt, und sie waren glücklich. Snježana wollte immer noch nichts von mir hören, meine Töchter riefen einmal pro Monat oder noch seltener an. Ich hatte verloren, das war klar, ich konnte jetzt nur noch Lankas Leben retten. Ich musste sie in den Zagreber Zoo bringen. Ich hatte nicht mehr das Recht, sie mit meinen Problemen zu quälen.

Es gelang mir nur mit Mühe, einen Lastwagen mit einem langen, vergitterten Anhänger aufzutreiben, der Lanka bequem aufnehmen konnte. Ich gab mein letztes Geld für diesen Lastwagen, und Lankas Futter reichte gerade noch für eine üppigere Mahlzeit. Wir fuhren vor Morgengrauen los, um die triumphierenden Blicke meiner Mitbürger zu vermeiden. Auf dem ganzen Weg regnete es, Wasser floss Lankas Flanken hinab, und das schien ihr zu gefallen. Zagreb war vom Regen verlangsamt. Ich parkte vor dem Gebäude, in dem, im zweiten Stock, Dinka und Snježana wohnten. Ich hupte zwei Mal, doch nichts geschah. Tu-tuuu, tu-tuuuuuuuuuu! Wieder nichts. Ich stieg aus und rannte zur Eingangstüre. Mein Nachname befand sich nicht auf der Tafel mit den Klingeln. Ich hatte vergessen, wie der Besitzer der Wohnung hieß, in der sie lebten. Ich lief zum Lastwagen zurück und hupte noch einmal. Tuuu-tuuuuuuuu-tuuuu uuuuuuu! Einige Fenster gingen auf, ein paar düstere Figuren erschienen, nur in ihrem Fenster ereignete sich nichts. Die Bewohner fingen an, mir zuzurufen, verfluchten meine verrückte Mutter, drohten mit der Polizei. Ich hupte weiter, ich drückte wie ein Verrückter auf die Hupe, wie in Trance.

In diesem Moment pfiff mir eine Kugel am Kopf vorbei. Das machte mich wach. Es wurde still. Das Erste, was man hörte, war das Geräusch eines sich öffnenden Fensters. Dinka! Ich sprang aus dem Wagen und lief unters Fenster. Es regnete immer noch.

»Hol Snježana, bitte!«

Sie schien einen Augenblick zu zögern. Zog sich dann ins Zimmer zurück und erschien gleich wieder im Fenster.

»Warum machst du das alles? Warum tust du uns das an?« Sie hatte Tränen in den Augen. Dann verschwand sie wieder vom Fenster. Snježana erschien. Sie sah ruhig aus. Ich sagte ihr, sie solle mit mir kommen. Ich brächte Lanka in den Zoo.

»Es ist zu spät, Andrija …«

»Nein, ist es nicht! Komm mit mir, und alles wird gut werden. Ich brauche dich!«

»Und was war, als ich dich brauchte? Wo warst du?«

»Du weißt, wo ich war …«, antwortete ich leise.

Ich bettelte, dass sie mit mir kommen möge. Wir würden Lanka abgeben und bis ans Ende unserer Tage glücklich sein.

Ich flehte sie an, dass sie mir glauben solle. Versprach, sie nie mehr im Stich zu lassen. Ich würde jetzt nicht nachgeben, bis sie mit mir und Lanka mitkäme. Es dauerte, und Snježana schwieg nur. Es war klar, dass sie nachgeben würde.

Sie kam aus dem Haus. Ich ging auf sie zu und umarmte sie. Auch sie umarmte mich, und ich spürte, wie ihr die Tränen nur so das Gesicht hinunterströmten. Plötzlich machte sie sich frei. Und sagte, lass uns fahren, denn sie dachte, wir würden Lanka im Lastwagen in den Zoo bringen. Nein, meine Idee war eine andere. Wir würden zu Fuß gehen. Vielleicht zwei Stunden durch die Straßen Zagrebs. Damit uns alle sähen, damit wir allen im Gedächtnis blieben. Sie fragte mich, ob ich jetzt endgültig geisteskrank geworden sei.

»Das ist mein einziger, mein letzter Wunsch. Ich bitte dich nur noch um das ... Nur noch das, Snježana.«

Als wir aus der Bauer-Straße nach rechts abbogen, in die Vlaška, blieben auf beiden Seiten der Straße die Menschen stehen, um uns zuzuschauen. Lanka schwankte vor uns, und wir beide schritten feierlich und stolz, wie auf dem Begräbnis einer Person, die gerade im rechten Augenblick, nicht zu früh und nicht zu spät, gestorben war. Die Menschen riefen uns nicht zu, sie beleidigten uns nicht, spuckten nicht auf uns. Sie schauten nur wortlos zu. Der Verkehr war angehalten oder bewegte sich nur sehr schwer weiter, sodass die Fahrer hupten und hupten, aber sie hörten damit auf, sobald sie hörten, dass da irgendwelche Leute einen Elefanten in den Zoo brachten. Da nützt es nichts, zu hupen und zu lärmen.

Lanka begann ihr großes Geschäft mitten auf dem Kvaternik-Platz zu erledigen. Sie schwankte weiter monoton vor sich hin und hinterließ desinteressiert riesige Scheißhaufen hinter sich. Das war mir ein wenig unangenehm und Snježana ebenso, aber die Menschen taten, als würden sie nichts bemerken, als geschähe nichts Außergewöhnliches. Lanka überschüttete die Straße nur so mit Scheiße, sie urinierte und defäkierte zugleich. Der Verkehr war nun endgültig zum Stillstand gekommen, aber die Leute blieben erstaunlich ruhig. Keinerlei Aggressivität war zu spüren. Einige folgten uns sogar. So bildete sich eine kleine Kolonne, die vor allem darauf bedacht war, nicht in Lankas Kot oder die beeindruckenden Urinlachen zu treten. Der Regen hatte aufgehört, es klarte auf.

Vor dem Eingang in den zoologischen Garten warteten bereits die Journalisten und die Polizei. Lanka blieb vor dem Gitter stehen. Zwei Polizisten kamen auf mich zu und verlangten Papiere. Ich gab ihnen meine Identitätskarte und meinen Militärausweis. Von Snježana verlangten sie nichts. Einer von ihnen entfernte sich, um meine Identität zu überprüfen, der andere fragte, was ich wünschte. Ich sagte, ich sei hier, um diesen Elefanten dem Zoo zu schenken.

»Woher haben sie denn den Elefanten?«

»Das ist eine lange Geschichte, mein Freund.«

»Rufen Sie den Zoodirektor!«, warf Snježana ein. »Damit jemand Lankas Übernahme schriftlich bestätigt, und dann gehen wir nach Hause. Ich bitte Sie.«

Der Polizist setzte sich in Bewegung. Fünfzehn Minuten später war der Direktor da. Er wurde von einer Menge empfangen, die schwieg wie das Publikum im Theater. Er reichte mir die Hand und sagte, ich hätte mich ankündigen sollen, einen Termin vereinbaren. Im Hintergrund klickten unaufhörlich die Fotoapparate.

»Ein Elefant ist kein Haustier. Wo wären wir, wenn sich alle wie sie benehmen würden.«

»Das ist der einzige Elefant in unserem Land.«

Am Ende unterschrieb er eine Empfangsbestätigung. Ich umarmte und küsste Lanka, und sie strich mir mit ihrem Rüssel übers Gesicht. Snježana kraulte sie hinter dem rechten Ohr. Dann führten sie Lanka weg.

Wir gingen zurück. Hand in Hand. Das Leben in den Straßen schien aufzutauen. Es brodelte, es quietschte, es eilte hin und her. Vielleicht warf man mir da und dort auch ein Wort zu, vielleicht verfluchte jemand meine Hure von einer Mutter, die einen Verräter zur Welt gebracht hatte, aber ich hörte nichts. Ich sah auch nicht die Reste von Lankas Kot auf der Straße. Sie waren wie vom Erdboden verschluckt.

Wir kehrten nach Hause zurück.

ANGST

BRIGITTE verstand gut Kroatisch und auch Serbisch, und sprach es auch solide, doch sie redeten nicht viel miteinander. Mara Ištuk übergab Jadrans Brief an seine Frau, diese bot ihr Kaffee an oder Tee, oder Fruchtsaft, oder ein Bier. Mara wollte aber nur ein Glas Wasser und fragte, ob sie sich eine Zigarette anzünden dürfte. Brigitte brachte Wasser und einen kleinen Aschenbecher aus Keramik. Sie setzte sich Mara gegenüber und erkundigte sich nach der Reise, fragte, wo sie abgestiegen sei. Mara antwortete folgsam und schwieg dann wieder: sie fühlte sich in Brigitte Rimac' Gegenwart, dieser blonden und schlanken Frau, die jünger aussah, als sie war, schuldig, und die große helle Wohnung, in der sie saßen, verstärkte dieses Gefühl nur noch. Wo ist ihre Tochter, fragte Mara ängstlich, sie heißt Aleksandra, nicht wahr? Sie ist mit ihren Freunden ausgegangen, sie hängt die ganze Zeit mit ihren Freunden in der Stadt rum, ich verstehe sie nicht. Warum fühlst du dich schuldig? Was hast du gemacht? Sieben Mal mit Rimac geschlafen, und währenddessen warteten diese Frau und ihre Tochter, dass er zurückkomme oder zumindest einmal anrufe. Du wusstest, dass er Frau und Tochter hatte, du wolltest aber das Kribbeln zwischen deinen Lenden nicht ignorieren, du wolltest nicht widerstehen. Du musstest ihn beobachten, ihn durchleuchten, stattdessen hast du ihn mit Bisswunden auf Hals und Schenkeln markiert. Wie konnte das geschehen? Zum Teufel, Mara, wie bloß?

Rimac hatte schnell erfahren, dass die Jagd auf ihn eröffnet worden war und dass Mara Ištuk eine wichtige Rolle darin spielte – das Verfolgen von Verbrechern nennt man hierzulande »Jagd« –, eine Jagd, die ihm unumgänglich schien von dem Augenblick an, als Vladimir Magaš das in ihn gesetzte Vertrauen enttäuschte. Zwei Tage nach seiner Verhaftung wegen der Schießerei im Hotel und dem Missbrauch einer Sechzehnjährigen schickte er Marinović los, um Frau Ištuk zu finden und um sie gnädigst zu fragen, ob sie bereit sei, mit dem Herrn Jadran Rimac in nächster Zeit zu Abend zu essen. Es ist doch normal, einen Menschen kennenzulernen, für den man sich so sehr interessiert. Er würde sehr gerne ihre Bekanntschaft machen. Er habe sich erkundigt und nur Lob und Komplimente vernommen und wolle nun mit eigenen Augen sehen, was die Leute, deren Urteil für ihn, Herrn Jadran Rimac, zähle, so beeindruckt habe. Marinović gab ihr eine Telefonnummer und sagte, sie solle sich melden, wenn sie so weit sei. Sie rief schon am nächsten Tag an. Sie hatte sich schon lange gewünscht, Rimac zu treffen.

Mara war damit einverstanden, Rimac an einem öffentlichen Ort zu treffen; sie hatte ihren Chef Čabraja vom Treffen in Kenntnis gesetzt und würde nachher auch einen ausführlichen Bericht schreiben. Doch der öffentliche Ort war nicht öffentlich: Der Klub, in dem sie sich verabredet hatten, hatte nur für sie beide geöffnet. Bedient wurden sie vom Besitzer und Chefkoch Goran Bajsić selbst, und in der Küche befand sich nur noch ein junger Angestellter, dem es strengstens untersagt war, in den Restaurantraum herüberzukommen. Auf Bajsić' Verschwiegenheit konnte man bauen, er schuldete Rimac eine ganze Stange Geld. Er tat alles, was Rimac von ihm verlangte. Bajsić servierte ihnen überdimensionale Teller, in deren Mitte ein vornehm kleiner Löffel voll Essen thronte, er lächelte, erkundigte sich, ob es geschmeckt habe, dankte, schenkte Wein nach, lächelte, fragte, ob es geschmeckt habe, dankte. Mara war von der Umgebung verwirrt; sie wusste nicht, ob sie sich feierlich oder eingeschüchtert fühlen sollte. Rimac wirkte entspannt, er war auf seinem Terrain und hatte alle entfernt, die das angenehme Ambiente von Bajsićs Restaurant irgendwie hätten stören oder mit Nervosität und Spannung füllen können. Den ganzen Abend lang sagte er nichts, was eine Aufzeichnung oder Aktennotiz wert gewesen wäre, außer dass er einmal beiläufig Damjan Radić erwähnte, und eine Geburtstagsfeier vor langer Zeit in Frankfurt. Er hatte nur ein Ziel: In ihr den Wunsch wecken, ihn wiederzusehen. Und das gelang ihm auch, er hatte es leicht. Je mehr sie über ihn erfuhr, desto stärker fühlte sie sich von ihm angezogen. Es hätte doch umgekehrt sein sollen.

Das letzte große Spiel von Jadran Rimac. Sein letzter Kampf, ein Kampf, bei dem man ihn auf offenem Gelände allein gelassen hatte, auf einer Art existenziellem Kupreško Polje, von dem seine Eltern, nach jenem Krieg, ins fruchtbare Slawonien gezogen waren, ein Kampf, in dem ihn nichts und niemand retten konnte. Rimac hatte sich entschlossen, sich auf seine List zu verlassen, doch er vergaß völlig, dass List nur ein Vorteil ist, wenn man einen ebenbürtigen Gegner vor sich hat. Was willst du mit List, wenn dein Gegner so übermächtig ist, dass er dich in jedem Augenblick wie eine zu Boden gefallene Kippe austreten kann? Rimac erachtete es als List, seinen bisherigen Komplizen in kleinen Portionen erpresserische Nachrichten zu senden. Er dachte, Radić wäre von seiner Frechheit und Kampfbereitschaft überrascht und würde schließlich wieder zur Vernunft kommen und eine theatralische Versöhnung in einem verborgenen Schloss organisieren, weit weg vom Lärm und Getriebe der Stadt; es würden nur die besten Männer kommen, in

Begleitung von ephemeren, schneeflockenartigen Schönheiten aus Moldawien oder Serbien; man würde den feinsten Kaviar servieren, und Champagner, und französischen Wein, und spanischen Schinken, und Leskovacer Ćevap; und da wären auch ein paar Sternchen aus der Volksmusikszene, mit dem weit geöffneten Tal der Hoffnung zwischen ihren hochgedrückten Brüsten, und Kokain so rein wie die Jungfrau Maria, und Rum aus Guatemala, und Zigarren aus Havanna. Er dachte, man müsse Radić nur daran erinnern, wer er sei, hey!, er, Jadran Rimac, der Rimac aus Frankfurt, tu nicht so, als ob du es vergessen hättest, du musst dich erinnern, und dann wird alles wieder sein wie früher. Zusammen. Wie früher.

Die ersten Sommerabende des Jahres 1999 verbrachte Mara Ištuk in Gesellschaft von Jadran Rimac; sie gingen in einen leeren Klub, in ein Kino oder machten Nachtspaziergänge in Cmrok und auf dem Mirogoj-Friedhof (er zeigte ihr die Gruft, die er für sich gekauft hatte), oder sie fuhren einfach durch die nächtlichen, leeren Straßen des Zagreber Stadtzentrums. Als sie später versuchte, Boško den Inhalt ihrer Treffen mit Rimac zusammenzufassen, begriff sie, dass sie nichts zu erzählen hatte: Sie hatten über Alltägliches gesprochen, über gerade aktuelle politische Geschehnisse, über das Wetter, über sie, über die winzige Stadt Zagreb, über die verdorbenen Menschen und die noch verdorbenere Regierung.

»Sie sind seltsam, diese Leute. Jeder wünscht sich gleich eine Million, nicht weniger, und wenn sie sie einmal haben, wollen sie gleich zwei oder drei, oder fünf, oder warum nicht zehn. Als wäre eine Million eine Zigarettenschachtel«, sagte er einmal.

Bei den ersten Treffen erwähnte Rimac zwei Mal Radić, aber Mara hatte das Boško verschwiegen. Sie hatte ihm auch weitere Details verschwiegen, denn sie hatte bemerkt, dass Boško Maras häufige Treffen mit Rimac seltsam vorkamen, und sein Verdacht wurde nur verstärkt, da Mara nach jedem Treffen noch sparsamer mit den Details umging, die sie ihm mitteilte. Radić hatte sie am Anfang auch Dražen Čabraja verschwiegen; sie sagte es ihm erst später, kurz vor Rimac' Tod. Boško berichtete sie alles nur in Anspielungen. Und Čabraja erzählte sie erst von Radić, als sie begriff, dass sie jetzt mit etwas Großem herausrücken musste, denn die Treffen mit Rimac waren inzwischen aus jeder Perspektive, außer aus ihrer persönlichen, absurd geworden. Da hatte sie aber noch mehr zu verschweigen: Das Opfer von Radićs Namen erschien ihr als ein guter Deal, um ein noch dunkleres Geheimnis zu bewahren.

An einem Abend, als sie gerade das Restaurant von Goran Bajsić verließen, fragte Jadran sie, ob sie noch auf ein Gläschen Cognac zu ihm aufs Hotelzimmer kommen wolle. Sie willigte ohne Zögern ein. Vom ersten Augenblick an fand sie den Gedanken an Sex mit Rimac verlockend. Mara war fasziniert von der rohen Energie, die aus seinen Augen und aus jeder seiner Bewegungen hervorbrach wie Licht aus einem dunklen, schwarzen Gegenstand. Und könnte sie nicht, wenn sie mit Rimac schlief, etwas Wertvolles, etwas so Gewaltiges und Enormes erfahren, dass das ganze Land davon erschüttert würde? Es ist so berauschend, wenn die Befriedigung nackter Triebe mit der Verwirklichung höherer, idealistischer Ziele zusammenfällt.

»Was zahlst du den kleinen Huren, die du hierherbringst?«, fragte sie, als sie die Tür des Hotelzimmers schlossen. Rimac antwortete, er zahle nichts, es sei eine Ehre für die Mädchen, ein Vergnügen und auf eine gewisse Weise die Erfüllung ihrer Bürgerpflichten.

»Ich will aber, dass du mich dafür bezahlst.«

»Du nimmst dafür Geld in deiner Freizeit? Zahlt der Staat so schlecht?«

»…«

»Wie viel?«

»Alles. Wirklich alles!«

»Und was, wenn ich nicht so viel habe?«

»Dann find es! Stiehl es!«

»Und was krieg ich als Gegenleistung?«

»Was willst du?«

»Deinen Hintern! Und vielleicht heirate ich dich dann auch.«

»Ufff! Das wär' zu teuer für dich. Vielleicht schaffst du es gerade, eine Brust und den Bauchnabel zu kriegen.«

Mara holte ihre Brust hervor und strich mit dem Finger über die Brustwarze.

»Zuerst das Geld …«

Sie verließ sein Zimmer um neun Uhr morgens. Sie ging zur Arbeit, und Rimac legte sich schlafen. Der Asphalt strahlte vor Hitze, die Stadt schien wie verlangsamt. Ohne Absicht, etwas zu kaufen, blieb Mara vor einem Schaufenster stehen, zündete sich eine Zigarette an. Aus dem Büro ging sie bereits um drei und schlief, kaum hatte sie sich auf die Couch in ihrem Wohnzimmer gelegt, sofort ein. Sie träumte von Elefanten, aber nicht in einem Zirkus, sondern etwas Seltsames: Eine Herde Elefanten zieht an ihr vorüber, sie steht an der Seite, die Elefanten beachten sie nicht.

Jadran wachte an diesem Tag gegen seine Gewohnheiten erst um sechs Uhr nachmittags auf. Das Hotel verließ er erst um zehn. Nirgends eine Seele. Er hatte vorgehabt, zum nächsten Platz zu spazieren und die morgige Zeitung zu kaufen, und dann zum Hotel zurückzukehren, wo Marinović auf ihr warten würde. Sie würden dann in den Klub fahren, wo sich Rimac mit einem Jungen treffen würde, der ihm den Kauf von Kunstwerken vorschlagen wollte; die Preise seien noch nie so tief gewesen. Rimac würde das Geld aufbringen, der Junge die Gemälde auftreiben und den Preis verhandeln. Er hatte ihm versichert, es sei die beste Geldanlage, im Augenblick. Mal sehen.

Er ging durch die schwach erleuchteten Nebenstraßen. Und dann waren plötzlich die drei Männer da, und er befand sich bereits auf dem Rücksitz eines Jeeps mit getönten Scheiben. Die maskierten Entführer sagten kein Wort. Sie legten ihm Handschellen an und verbanden die Augen mit einem schwarzen Tuch. Rimac leistete keinen Widerstand und stellte auch keine Fragen. Er dachte, dass das jetzt das Ende war, dass Radić die Geduld verloren hatte, dass er von seinen Treffen mit Mara Ištuk wusste; er mag es nicht, wenn man ihm droht und ihn zu erpressen versucht; er dachte, man werde ihn jetzt töten, wie man viele getötet hatte, die im Weg waren; die Jungs würden die Arbeit sauber und professionell erledigen, das unehrenhafte Ende einer vielversprechenden Karriere. In einem Moment gelang es ihm nicht mehr, in Gedanken die Route nachzuzeichnen, die sie fuhren. Sie brachten ihn in den Keller eines Hauses, setzten ihn auf einen Stuhl, banden ihn darauf fest, und dann machte sich einer der Vermummten gleich an die Arbeit: Schnell und geschickt rasierte er Rimac bis auf die nackte Haut. Er verschonte nicht einmal seinen Schnurrbart. Rimac wehrte sich nicht.

»Warum macht ihr mich nicht einfach kalt, ohne diesen ganzen Scheiß?«, fragte er. »Was bringt euch das?«

Dann stellten sie ihn wieder auf die Beine und banden ihm die Hände an ein Rohr, das an der Decke entlanglief. Sie zogen ihn ganz aus. Der Gleiche, der ihm Haar und Schnauzer abrasiert hatte, begann ihm die Brust einzuseifen, den Bauch, die Genitalien und die Beine. Er rasierte ihm sorgfältig das letzte Härchen weg. Dann die Rückseite: den Rücken, den Hintern, die Lenden. Auch noch die Achseln. Da stehst du nun, Jadran, wie ein Baby, wie ein übergroßes Baby! Glatt wie eine Messerklinge. Sie warfen ihn so, ganz nackt, vor dem Hotel aus dem Wagen. Niemand hatte ihn gesehen. Das war die zweite Nachricht.

Jadran Rimac blieb einen ganzen Monat in seinem Zimmer. Nur Marinović besuchte ihn, der das Gerücht in Umlauf gebracht hatte, Rimac sei für eine Weile verreist, irgendwo in exotische Gegenden. Warum, Jadran, bist du aber nicht tatsächlich abgereist? Warum war es so schwer, wirklich wegzugehen, die Sachen wirklich zu vergessen? Faulheit oder Fatalismus? Marinović brachte ihm Essen, Zeitungen, Nachrichten, Gerüchte, Alkohol, Drogen und Geld. Er meldete sich nicht mal bei Mara, sodass auch sie, wie die ganze Stadt, dachte, Rimac habe eine weit entfernte Destination gewählt, wer weiß für welche Geschäfte, oder aber er hatte begriffen und nach längerer Zeit endlich beschlossen, dass er wieder vernünftig sein musste. Innerlich hatte sie auf Rimac ein Kreuz als Zeugen gemacht und sich damit abgefunden, dass er das gemacht hatte, was im ersten Augenblick als Feigheit erscheinen mag, sich dann aber nach einer gut durchschlafenen Nacht als kluge Wahl herausstellt. Ihre Vermutungen teilte sie mit Boško und ihrem Chef Čabraja. Sie wirkten zurückhaltend. Schade sagten sie, nur um etwas zu sagen.

Jadran rief Mara an einem frühherbstlichen Abend an und sagte ihr, er sei wieder zurück. Er wollte sie sehen. Sie solle schon diese Nacht in sein Zimmer kommen. Er sah müde aus, anders, regelrecht gequält. Er hatte sich mindestens fünf Tage lang nicht rasiert, sein kurzes Haar war fettig, die Augen trübe, er hatte Augensäcke wie französische Croissants, der Aschenbecher quol über von nur halb gerauchten Zigaretten, das Zimmer war äußerst unordentlich und erinnerte nur vage an das Zimmer, in dem Mara Ištuk bereits gewesen war; jetzt war das ein Raum, der davon erzählte, dass ein menschliches Lebewesen in ihm hauste, jetzt waren da Gerüche, die sie das erste Mal nicht bemerkt hatte.

»Hast du jemandem erzählt, dass ich dir von Radić erzählt habe?«

»Niemandem, wirklich niemandem!«, log sie.

»Wie kommt es dann, dass Radić es weiß?«

»Was weiß er?«

»Er weiß, dass ich dir von ihm erzählt habe.«

»Woher weißt du, dass er es weiß? Überdies, du hast mir praktisch nichts über ihn erzählt.«

»Ich habe es, sagen wir mal … aus bestimmten Nachrichten erfahren.«

»Ich habe niemandem auch nur ein Sterbenswörtchen gesagt, wirklich nichts! Niemandem! Was ist geschehen?«

»Es ist nicht wichtig. Nichts.«

»Du hast Angst vor Radić, nicht wahr?«

»Ach, lass es sein …«

»Du hast Angst vor ihm?«

»…«

»Warum bist du also in die Stadt zurückgekehrt, warum bist du nicht dort geblieben, wo du gewesen bist?«

Er blickte ihr lange in die Augen und schwieg. Dann setzte er sich auf das Bett, breitete seine Arme aus und erzählte alles. Warum erwartet man immer von mir, dass ich praktisch sei?, fragte er. Er beichtete, dass er nirgends hingefahren sei, er hatte die ganze Zeit in diesem Zimmer verbracht. Ich habe keine Kraft mehr, praktisch zu sein, sagte er, ich habe nicht mehr die Kraft, den klügsten Zug zu machen. Um praktisch zu sein, muss man stark sein, man braucht den Willen zum Erfolg, und diesen habe er nicht mehr. Ich kann das nicht mehr, seufzte er, ich kann nicht mehr in irgendwelchen Löchern, Höhlen und Verstecken verschwinden, beim geringsten Geräusch aufspringen, im Dekor verschwinden und unsichtbar sein, ich kann nicht wieder unsichtbar sein, es wäre leichter, wieder arm zu sein, als sich unsichtbar in einem Mauseloch zu verkriechen, wie viele Quadratmeter dieses auch haben möge, wie luxuriös es auch sei, ein Mauseloch ist ein Mauseloch, hier wie auch auf Barbados, da gibt es keine ausgelassenen Nächte, keine Restaurants, keine langen Fahrten durch die leeren, nassen Straßen. Ich kann nicht, sagte er, und die Tränen flossen ihm zwischen seinen Stoppeln das Kinn herunter. Ich bleibe hier. Er bedeckte die Augen mit den Händen.

Mara setzte sich neben ihn und umarmte ihn. Warum fürchtest du dich vor Radić?, fragte sie ihn leise. Die Hände von seinen Augen nehmend antwortete er, er fürchte sich nicht vor ihm, sondern er sei außer sich, weil er zum Krieg gegen Damjan Radić gezwungen sei, und aus diesem Krieg könne er, dass wisse er noch aus der Frankfurter Zeit, nie und nimmer als Sieger hervorgehen. Rimac hatte Mara verschwiegen, dass in den ersten fünfzehn Tagen nachdem man ihn geschoren hatte, sich Marinović nach jemandem auf die Suche gemacht hatte, um Damjan Radić, den wichtigsten Berater des Präsidenten, zu liquidieren. Er verschwieg natürlich auch, dass er geschoren worden war. Marinović hatte niemanden gefunden, er durfte allerdings auch nicht an alle Türen klopfen, denn man musste um jeden Preis vermeiden, dass ihre Suche nach einem Exekutor für Damjan Radić diesem zu Ohren gelangte. Und er hatte seine Ohren überall. Er ging nur zu denen, von deren Schweigen er überzeugt war. Die beiden Ersten wiesen ihn ab: Die Sache sei zu riskant, und überdies praktisch unausführbar, da Radić' sich nirgends in der Öffentlichkeit zeige und auch sonst jeden offenen Raum vermeide. Er war mindestens der zweitbestbeschützte Mann des Landes. Sie schätzten, man könne ihn realiter nur mit einer Landmine erwischen, an einem Ort, an dem er sicher vorbeifahren musste, oder mit einem Kampfhubschrauberangriff auf seine zweistöckige Villa im Nordteil der Stadt, in der er, von Kameras und Spezialeinheiten der Polizei umringt, mit seiner Ehefrau, seinem älteren Sohn und dessen Familie lebte. Das war zu kompliziert, sogar für die Nationale Sicherheit, und erst recht für freischaffende Mörder, die viel einfachere Aufträge auszuführen hatten: Es galt, abtrünnige Dealer zu liquidieren oder geschwätzige Helfer, oder aufgeblasene Zuzügler, denen alles leicht und glücklich von der Hand ging, oder kaltblütige Janjever, die ihre schroffen Sitten aus dem Süden auch in der Hauptstadt nie abgelegt hatten. Ihre letzte Hoffnung war Andrija Sučić. Rimac hatte ihn nie getroffen, aber er wusste einiges von ihm. Er glaubte, Sučić könnte verrückt genug sein, um Damjan Radić zu ermorden, aber auch ernst genug, um das ihm gemachte Angebot zu vergessen, sollte er es ablehnen. Er schickte Marinović in die kleine Stadt K, im Süden des Landes. Marinović versuchte alles, aber Sučić wollte nicht. Er sagte, er sei zu alt für so was, und er habe auch kein Motiv. Geld brauche er nicht. Es sei ihm alles egal. Rimac gab die Suche auf, begrub seinen wütenden Gedanken.

»Ich bin von allen Seiten umzingelt, es gibt keinen Ausweg«, sagte er, während ihn Mara immer noch beschützend auf dem Bett im Arm hielt. »Meine Zeit ist vorbei. Ich besaß ganz Frankfurt und Bumbar, und all das, doch die hier haben jetzt einen ganzen Krieg für sich, sie sind Helden. Jetzt ist ihre Zeit. Bleib nur bei mir.«

»Von wem sprichst du?«

»Ach, von wem ich wohl spreche?! Du weißt, von wem ich spreche.«

»Erzähl mir alles, bitte, erzähl es mir! Das ist vielleicht die einzige Art, wie du dich noch retten kannst, die einzige Möglichkeit, die dir noch bleibt, aus der Sache rauszukommen.«

»Ich hatte nie Angst, in eine Sache reingezogen zu werden, ich fürchtete mich immer nur vor dem Rausgeholtwerden.«

»Denk nach, du hast nicht viel zu verlieren … Und vielleicht haben wir Glück. Radić wird auch nicht unzerstörbar sein.«

»Bleib bei mir, ich bitte dich, bis zum Schluss.«

In den letzten Tagen seines Lebens, wenn er nicht mit Mara zusammen war, durchzechte Rimac seine Nächte in der Stadt. Er warf mit Geld förmlich um sich, trank in selbstmörderischen Mengen Schnaps und sniffte Kokain. Er spielte um größere Einsätze als jemals zuvor, und wenn nichts anderes, so ging es ihm doch am Spieltisch von der Hand, und er hörte auf, selektiv zu sein, wenn es um Frauen ging, wie früher in Frankfurt, als alles begann. Mit Mara war er auch anders. Anständig und zurückhaltend; er passte in ihrer Gesellschaft auf, was er trank oder redete. Von Radić erzählte er nur tröpfchenweise, mit der ewigen Zurückhaltung derer, die doch noch an ein Wunder glauben, und sie sammelte diese Tröpfchen sorgsam auf und gab ihrerseits die Hoffnung nicht auf, es werde plötzlich nur so aus ihm hervorsprudeln wie aus einem Bergstrom, der die Felsen durchschlägt, und auch das Fleisch, und dass es ihr so gelingen würde, seinen Kopf zu retten.

Brigitte Rimac und Mara Ištuk schwiegen, bis Brigitte endlich fragte, warum Jadran ermordet worden sei. Das war kein Zufall, nicht wahr? Sie fragte dies ruhig und still, und nicht wirklich ohne eigenes Interesse. Sie blickte ihr in die Augen und wartete auf eine Antwort. Mara sagte, sie wisse es nicht. Es gibt verschiedene Möglichkeiten, sprach sie, während sie an ihrer Zigarette zog, aber im Augenblick ist alles noch unklar. Vielleicht ist es am besten, wenn alles auch so bleibt, schloss sie und drückte die Kippe im Aschenbecher aus. Sie sagte, sie müsse jetzt.

Sie verabschiedeten sich mit einem formlos weichen Handschlag. Draußen war es feucht und kalt. Boško wartete im Café gegenüber.

10

DER TOD DES PRÄSIDENTEN

VLADIMIR MAGAŠ aß am kleinen Tischchen in seinem Zimmer zu Abend, als ich zu ihm hereinkam. Er aß mit der Gabel. Es schien mir, als würde er sich freuen, mich wiederzusehen. Ich wusste, sagte er, dass du wiederkommen würdest. Ich setzte mich auf den Stuhl ihm gegenüber, und er hörte mit dem Essen auf. Hinter seinem Rücken flimmerte ein kleiner Fernseher, der jeden Augenblick auf ewig auszugehen drohte. Schön, dass du nicht abgereist bist, sagte er, du bist doch ein kluger Junge. Er war zufrieden, dass ich seine Ratschläge ernst nahm. In diesem Augenblick begriff ich, dass ich auch niemand sonst zurate ziehen konnte. Diese Erkenntnis machte mich traurig.

Ich zog das Papier hervor, das meine Versetzung bestätigte, und reichte es Magaš. Er hat alles schnell verstanden.

»Das wolltest du doch?«

»Ja, aber ich jetzt weiß nicht mehr …«

Er fragte mich, ob ich eine andere Option habe. Nicht sofort, aber ich habe darüber nicht einmal nachgedacht. Nimm Urlaub, und dann denk darüber nach, aber der Staat ist der Staat. Mit diesem deinem Metier, und es ist ein wenig spät, Arzt oder so etwas zu werden, kann man für oder gegen den Staat arbeiten. Das Erste ist natürlich unvergleichlich sicherer.

»Und warum haben Sie dann nicht für den Staat weitergearbeitet?«

»Ich hatte eine andere Option. Und hör endlich auf, mich zu siezen.«

»Rimac.«

»Ja. Es gibt Zeiten, in den auch ein Rimac eine ernsthafte Option wird, denn manchmal verwischt sich die Grenze zwischen den Rimac' dieser Welt und dem Staat, oder sie wird zumindest mit bloßem Auge unsichtbar. Sie sind dann ein und dasselbe. Und dann ist ein Rimac auch nicht für jedermann eine Option«, lachte er verschwörerisch.

»Kann ich telefonieren?«

Ich rief Radoš' Sekretärin an und sagte ihr, ich würde zehn Tage Urlaub nehmen. Sie solle die Papiere richten. Dann rief ich meine Mutter an, ich ließ das Telefon läuten, aber sie antwortete nicht. Ich begann mir Sorgen zu machen. Sie antwortete sonst immer sofort, wenn ich anrief.

»Ich habe darüber nachgedacht wegzugehen, ins Ausland, mit Mara … Das ist vielleicht meine Option.«

Das ist mutig, sagte er. Er hätte nie so viel Mut aufgebracht. Nur großer Mut, Verzweiflung oder Wahnsinn könnten einen Mann dazu bringen, das alles zu verlassen und zwölf Stunden am Tag in fettigen, stinkenden Grillstuben am Rande der Städte Europas Teller zu waschen. Dafür brauche man einen Grund, so groß wie ein Haus.

»Hast du einen solchen Grund?«

»Ich weiß nicht, vielleicht.«

»Wenn du ihn hättest, würdest du das wissen.«

Der Fernseher schwieg plötzlich. Wir dachten im ersten Augenblick, er hätte den Geist aufgegeben. Dann erschien das Bild des bekannten Nachrichtensprechers: Er trug einen schwarzen Anzug mit schwarzer Krawatte. Einige Sekunden blickte er in die Kamera und sagte nichts. Dann atmete er tief ein und sprach: *Geehrte Mitbürger, heute ist …* Der Fernseher verstummte, und bald war auch das Bild weg. Magaš und ich blickten uns an, als würden wir vom anderen eine Erklärung erwarten.

In meiner Wohnung stopfte ich ein paar Kleider in einen Rucksack, nahm die Zahnbürste und den Pass und ging zum Bahnhof. Es war nicht mehr genug Zeit, um bei Mutter vorbeizuschauen, und ich war auch wütend auf sie. Sie benahm sich wie ein Kind, ihr ganzes Leben benahm sie sich wie ein Kind. Sie lief nur weg. Ich habe genug, zum Teufel mit ihr. Sie hatte es nicht verdient, dass man sich um sie Sorgen machte.

Ich war ein paar Minuten vor der Abfahrt des Zuges am Gleis. Zum Glück war der Bahnverkehr noch nicht wegen des Todes des Präsidenten eingestellt. Ich fand Mara im Speisewagen. Sie trank Bier, rauchte und las Zeitung. Sie zuckte zusammen, als sie mich sah. Ich küsste sie auf die Wange.

»Ich habe Hunger. Kann man hier auch etwas essen? Ich habe noch nie einen solchen Zug genommen.«

»Wirklich? Natürlich kannst du etwas essen, wir rufen gleich mal den Kellner …«

»Ich war noch nie jenseits der Grenze. Wirklich nicht.«

Ich log also, was meine Reisen betraf: nach Paris, Budapest, Rom, Venedig, London, Wien. Ich erfand Bilder, Orte, Menschen, Ereignisse. Sie sagte, ich könne gut lügen. Ich könnte ein Schriftsteller sein, fügte sie hinzu, ich könnte von meinen Lügen leben.

»Und was hast du sonst noch erlogen?«

DIE BESUCHER

DER MANN AUS DER STAATSANWALTSCHAFT rief wieder an. Es war frühmorgens. Er sagte nur, in vierundzwanzig Stunden werde mich ein Wagen abholen, der Fahrer werde mich nach Zagreb bringen. Das Gespräch war kurz. Es gelang mir nicht, auch nur das Geringste zu erwidern. Ich beschloss, Snježana erst am Abend zu sagen, dass ich nach Zagreb fahren würde.

Am selben Tag um fünf Uhr nachmittags klingelten die Generäle Tonko Mišković und Marijan Runje an meiner Tür. Snježana war zum Kaffee zu ihrer Schwester ausgegangen, die ein paar Straßen weiter lebte. Die Generäle kannten mich nicht. Wir hatten zusammen an verschiedenen Paraden vor dem Präsidenten teilgenommen, aber sie konnten sich nicht an mein Gesicht erinnern. Neben so viel wichtigeren Gesichtern hatte meines nicht ihre Aufmerksamkeit auf sich gezogen. Ich bat sie herein, auch wenn ich wusste, dass ich von ihnen nur Übles zu erwarten hatte. Du weißt, wer wir sind, wir wissen, wer du bist, sagte Mišković, sobald wir uns an den Tisch gesetzt hatten, verlieren wir also keine Zeit. Sie wussten, dass ich am nächsten Morgen in der Staatsanwaltschaft erscheinen würde. Sie wussten auch, warum ich fahren würde. Sie würden auch erfahren, was ich dort aussagen würde. Der General Mišković konnte mir nur raten, so wenig wie nur möglich zu erzählen, vor allem, wenn es um Namen ging.

»Wenn du Scheiße baust, wirst du sterben«, sagte Mišković,

so wie man sagt, dass es morgen regnen werde, »und wenn du gut bist, wirst du jemanden töten. Das ist kein Problem für dich. Und wir werden dich gut bezahlen.«

Runje sagte kein Wort. Ich fragte, ob sie etwas trinken wollten. Runje wollte nichts, Mišković einen Whisky, wenn das möglich wäre. Wir haben bedauerlicherweise keinen Alkohol im Haus. Dann einen Saft. Ich machte drei oder vier Schritte bis zum Kühlschrank. Ich machte ihn auf und nahm die Handgranate, die in einem der Fächer lag. Ich entsicherte sie und sagte ihnen, sie sollten mein Haus auf der Stelle verlassen. Auf Wiedersehen, meine Herren! Sie gingen ohne ein Wort hinaus. Sie würden das nicht vergessen.

Ich erzählte Snježana, wer uns besucht hatte, aber nicht, warum. Ich sagte, ich müsse morgen nach Zagreb.

»Kann ich mitkommen? Um Dinka und Ana zu sehen …«

»Natürlich. Morgen holt uns ein Wagen ab.«

Vor den beiden Generälen hatte mich eines Abends auch ein Mann besucht, der sich als ein gewisser Marinović vorstellte. Er kam in Gesellschaft von Mateja Bakula, mit dem ich eine Zeit lang in derselben Spezialeinheit gewesen war. Wir hatten zusammen getötet, aber das hatte keine besonderen Verbindungen zwischen uns hergestellt. Auch Marinović wollte keine Zeit verlieren. Er sagte, Jadran Rimac schicke ihn, und er bot mir Geld für die Ermordung von Damjan Radić.

»Du bist sowieso ein toter Mann, und da du schon tot bist, mach wenigstens etwas Nützliches«, sagte er. Ich bin zu alt dafür und auch in schlechter Form. Geld brauche ich nicht. Es ist mir alles egal, glauben Sie mir. Er drängte mich, wieder normal zu werden und ein wenig nachzudenken. Ich antwortete, dass es keinen Weg gebe, mich zu überreden: ich hätte über alles nachgedacht und mich von allem verabschiedet. Er stand auf und ging zur Tür. Der schweigsame Bakula folgte ihm. Marinović hielt kurz inne und sagte: »Ich gehe hinaus und rufe Jadran an. Vielleicht komme ich dann zurück und bringe dich um. Warte hier!«

Sie kamen nicht zurück.

In diesen Tagen rief auch Ljubo Begić an. Er sagte, er werde kommen; ich gab ihm die Adresse, aber am Ende kam er doch nicht. Er klang, als ob er in Schwierigkeiten stecke. Männer wie er steckten, auf die eine oder andere Art, immer in Schwierigkeiten.

Ich wurde von Generalstaatsanwalt Drazen Čabraja und seinem Stellvertreter empfangen, der, wie ich glaube, Ljutić hieß. Jedes Wort, das ich sprach, wurde aufgezeichnet. Ich schwor, dass ich nur die Wahrheit sagte. Es gab keinen Grund mehr, Dinge hinzuzufügen oder zu erfinden. Die Wahrheit wog schwer genug. Der Staatsanwalt fragte mich, warum ich den Zeitungen auch Dinge erzählt hatte, die nicht stimmten. Wegen Lanka, antwortete ich, aber ich erwarte nicht, dass Sie mich verstehen. Das ist nicht einfach zu erzählen und noch schwerer zu verstehen.

Am Abend fuhr uns derselbe Chauffeur zurück. Wir verbrachten die letzten Tage harmonisch. Nada rief noch einmal an, sie klang zerknirscht. Sie wollte, dass ich noch einmal alles erzählte, denn sie hatte von meiner Aussage vor der Staatsanwaltschaft gehört. Aber ich legte auf.

Ich träumte wieder von Elefanten. Ruhig schreiten sie an mir vorbei. Dann und wann hebt einer den Rüssel zum Gruß.

VATER

DINKA UND ANA SUČIĆ hatten es geschafft, sich nahe genug an die Mirogojer Kirsche zu schlagen, sodass sie deutlich den Generaloberst im Ruhestand, Marijan Runje, vor dem Kanonenwagen sehen konnten, ein großes Kreuz in den Händen. Neben dem Sarg des Präsidenten befanden sich zur Linken drei junge Kriegsgeneräle, die nach wie vor im aktiven Dienst waren, zur Rechten Damjan Radić, und dann Ivica Tot und hinter Tot schließlich Mihael Nikolić. Hinter dem Wagen stand der ebenfalls im Ruhestand befindliche General Tonko Mišković, vor sich ein dunkelrotes Kissen, auf dem die Auszeichnungen und Orden des Präsidenten zu sehen waren. Es war ein herrlicher Herbsttag: eine kristallene Sonne und reine Farbflächen, blau, rot, gelb, nirgends ein Wölkchen, nirgends auch nur eine Ahnung von Grau oder dessen Nuancen. Der Friedhof roch nach Leben, die Natur erblitzte noch ein letztes Mal vor dem neuerlichen Sterben, Dinka, Ana und noch zweihunderttausend Menschen wollten ernst sein und trauern, aber die Umgebung ließ das nicht zu.

Lebe wohl, Präsident! Lebe wohl, größter Sohn des Vaterlandes! Dein Werk wird uns ewig inspirieren. Wenn uns schwere Zweifel plagen oder uns der Mut verlassen sollte, werden wir uns an deinen Lebensweg erinnern, an die vielen Leiden, die du auf dich nehmen musstest, um uns im richtigen Augenblick der Geschichte aus tausend Jahren Beengung zu befreien. Deine Gestalt wird im unvernichtbaren Gedächtnis des Volkes nie verblassen. Deine Worte werden wir in ewigen Stein hauen, wir kennen keine Zweifel, wenn es um Stein geht, aus den Fassaden der Gebäude werden deine Gedanken zur Freiheit auf uns niederstrahlen.

Totenmärsche, Volkslieder, das Geraune der Betenden und der Gesang der Vögel. Dass er nicht Schweigen als Lohn für seine Taten ernte, sprach der ständig nuschelnde Kardinal. Neben dem Grab des Präsidenten ist das nächste dasjenige von Jadran Rimac (1950–1999), dem seine Frau Brigitte, seine Tochter Aleksandra und Marin das Grabmahl errichteten. Es trennen sie kaum zehn Schritte. Auf Rimac' Grabmal steht eine rote Rose, und schwach flackert das Licht einer Plastikleuchte.

Dinka und Ana beobachteten aufmerksam das rituelle Zusammenlegen der Fahne, die bald gegen den weichen Busen der Witwe gedrückt werden würde, die Soldaten ließen den Sarg Zentimeter für Zentimeter in die weiche Erde hinab; noch ein paar Tropfen Weihwasser, der Klang einer Trompete, der alle anderen Geräusche verjagte, und Erdklumpen schlugen auf die Sargoberfläche und zerstoben in kleine Krümel. Dinka hielt Ana unterm Arm fest. Lebe wohl, niemals Vergessener, lebe wohl! Dein uns gewidmetes Leben werden wir zur Quelle der Inspiration für alle diejenigen machen, die Gott mit dem Glück segnete, auf diesem heiligen Boden geboren worden zu sein, den wir jahrhundertelang vergeblich mit unserem Blut tränkten, bis endlich du kamst, um unsere Opfer mit Sinn zu versehen. Jede unserer Taten wird für immer von dem Bewusstsein deiner Allgegenwart erfüllt sein. Auf Wiedersehen, Vater!

Snježana Sučić irrte durch den leeren zoologischen Garten, als vom Mirogoje der Klang des Ehrensaluts zu ihr herübergetragen wurde, während das Volk auseinanderlief und in der Stille die Straßen mit seiner Dumpfheit füllte. Sie wollte ihre

Töchter nicht zum Begräbnis des Präsidenten begleiten. Sie war auf der Suche nach Lanka. Sie ging an schläfrigen Bären vorbei, an Giraffen, Adlern und Schlangen, blieb bei einem abgemagerten Wolf stehen, zündete sich bei den Seehunden eine Zigarette an und machte sie wieder aus vor dem Käfig, in dem zwei Panther nervös ihre Runden drehten. Auch Snježana wurde immer nervöser. Niemand war da, niemand, den sie fragen konnte, wo das Elefantenweibchen war. Lanka! Lanka, wo bist du? Melde dich, wo bist du!? Ich bin es, Snježana! Wo bist du! Melde dich doch, Lanka, antworte!

Snježana schien es, als hätte sie ein Geräusch gehört, und sie lief sofort in die Richtung, aus der es zu kommen schien. Sie lief schnell, aber blieb doch von Zeit zu Zeit stehen und horchte, den Blick in den Himmel über Zagreb gerichtet. Sie war ganz verwirrt, als sie einige Schritte von sich entfernt eine Frau erblickte, die sie nicht kannte. Sie war ein wenig älter als sie und wirkte ruhig.

»Ich habe gehört, dass Sie Lanka rufen«, sagte die Frau. Snježana bestätigte mit Kopf und Augen. Sie schämte sich: Jemand hatte gehört, wie sie den Namen des Elefantenweibchens rief. »Gehen Sie fünfzig Meter geradeaus und dann rechts. Sie werden Lanka sehen, sobald Sie um die Ecke biegen …«

Die Frau ging mit festen Schritten an Snježana vorbei und blickte sich nicht mehr um. Snježana blickte ihr nach, bis die Baumstämme den Schotterweg endgültig verschluckten.

*Die Übersetzung wurde durch Mittel des
kroatischen Ministeriumsfür Kultur gefördert.*

Motto von José Saramago aus »Die Reise des Elefanten«,
übersetzt von Marianne Gareis, Hoffmann und Campe, Hamburg 2010
mit freundlicher Genehmigung von Hoffmann und Campe.

Titel der Originalausgabe: *Sanjao sam slonove,* Naklada Ljevak, Zagreb 2011.
Umschlag: Danijel Zezelj und Heidi Sorg
Typografie und Satz: www.frese-werkstatt.de
Druck und Bindung: CPI – Clausen und Bosse, Leck
ISBN: 978-3-88897-860-9